벨 자

The Bell Jar
Copyright ⓒ 1963 by the Estate of Sylvia Plath
All rights reserved.

Korean translation copyright ⓒ 2013 by Maumsanchaek
Korean translation rights arranged with FABER AND FABER LIMITED
through EYA(Eric Yang Agency).

이 책의 한국어판 저작권은 EYA(Eric Yang Agency)를 통해
FABER AND FABER LIMITED와 독점 계약한 마음산책에 있습니다.
저작권법에 의하여 한국 내에서 보호를 받는 저작물이므로
무단 전재와 무단 복제를 금합니다.

벨 자

실비아 플라스
공경희 옮김

마음산책

벨 자

1판 1쇄 발행 2013년 8월 30일
1판 6쇄 발행 2024년 11월 20일

지은이 | 실비아 플라스
옮긴이 | 공경희
펴낸이 | 정은숙
펴낸곳 | 마음산책

등록 | 2000년 7월 28일(제2000-000237호)
주소 | 서울시 마포구 잔다리로3안길 20 (우 04043)
전화 | 대표 362-1452 편집 362-1451   팩스 | 362-1455
홈페이지 | www.maumsan.com
블로그 | blog.naver.com/maumsanchaek
트위터 | twitter.com/maumsanchaek
페이스북 | facebook.com/maumsan
인스타그램 | instagram.com/maumsanchaek
전자우편 | maum@maumsan.com

ISBN 978-89-6090-166-7 03840

* 책값은 뒤표지에 있습니다.

나는 살아 있다,
나는 살아 있다,
나는 살아 있다.

몸이 깨끗하고 성스러워진 느낌이었다.
새로운 삶을 살 준비가 된 기분.

■ 일러두기

1. 이 책은 실비아 플라스의 『The Bell Jar』(1963)를 번역한 것으로, 국내에 2006년 『벨 자』 (공경희 옮김, 문예출판사)로 출간된 책의 개정판이다.
2. 외국 인명, 지명, 작품명 및 독음은 '외래어 표기법'을 따랐다.
3. 국내에 소개된 소설, 영화, 노래 등은 번역된 제목을 따랐고, 국내에 소개되지 않은 작품은 원어 제목을 독음대로 적거나 필요한 경우 우리말로 번역해 적었다.
4. 옮긴이 주는 글줄 상단에 맞추어 표기했다.
5. 영화명, 곡명, 잡지와 신문 등의 매체명은 〈 〉로 묶었고, 단편과 시의 제목은 「 」로, 책 제목은 『 』로 묶었다.

1

찌뿌드드하고 후텁지근한 여름이었다. 그 여름 로젠버그 부부가 전기 사형에 처해졌고로젠버그 부부는 소련에 핵 기밀을 넘겼다는 죄목으로 1953년 6월 19일 처형되었는데, 이를 두고 마녀사냥이라는 비판이 끊이지 않았다, 나는 뉴욕에서 뭘 하는지도 모르면서 지냈다. 전기 사형에 대해서는 아는 게 없다. 전기로 사람을 죽인다는 것을 상상하는 자체가 메스꺼웠는데 신문에서는 온통 그 얘기만 떠들어댔다. 길모퉁이마다 크고 굵은 글씨의 신문 머리기사만 빤히 쳐다봤다. 곰팡내와 땅콩 냄새가 나는 지하철 입구 신문 가판대마다 그 기사가 실린 신문이 넘쳐났다. 나랑은 상관없었지만, 전기 사형을 당하면 어떤 기분일지 궁금하지 않을 수 없었다. 신경이 산 채로 몸이 타면 어떨까.

세상에서 가장 끔찍한 일일 거라는 생각이 들었다.

뉴욕만으로도 끔찍했다. 아침 아홉 시면 밤새 스며든 싱그러움은 달콤한 꿈의 끄트머리처럼 증발해버렸다. 가짜여도

촉촉한 시골의 느낌을 풍겼건만. 화강암 계곡 밑바닥의 신기루 같은 잿빛이 번졌고, 뜨거운 거리는 햇살 속에서 일렁거렸다. 반짝거리며 지글지글 끓는 자동차 지붕들하며 재같이 마른 먼지가 눈과 목구멍으로 들어왔다.

라디오에서도 사무실에서도 로젠버그 부부 이야기가 계속 나와서 그 생각을 떨쳐낼 수가 없었다. 처음으로 시체를 봤을 때와 비슷했다. 몇 주 후까지 해부용 시신의 머리가—또는 어디든 남은 부위가— 아침 식탁에서 달걀과 베이컨 뒤로 떠올랐고, 처음 시체를 보게 한 책임이 있는 버디 윌러드의 얼굴 뒤로 떠다니는 것 같았다. 얼마 후에는 식초 냄새가 나고 코 없는 검은 풍선 같은 시체 머리통을 줄에 매달아 끌고 다니는 기분이 들었다.

그 여름, 내가 이상하다는 걸 알았다. 로젠버그 부부만 머릿속에 맴돌았다. 불편하기 짝이 없는 비싼 옷을 사들여 옷장에 생선처럼 걸어놓다니 얼마나 멍청한 짓이었는지. 대학에 다니며 행복하게 차곡차곡 거둔 성공들이 매디슨 가의 매끈한 대리석과 통유리 현관 밖에서는 아무것도 아니었다.

다들 내가 생애 최고의 시간을 보내고 있다고 짐작했다. 미국 전역의 수많은 여대생이 선망하는 대상이었으니까. 그들은 나처럼 점심시간에 블루밍데일 백화점에 가서 7호짜리 가죽 구두와 가죽 벨트, 핸드백 세트를 사고 싶을 터였다. 또 우리 열두 명이 일하는 사진이 잡지에 실렸으니—은실로 짠 꽉 조이는 상의에 구름같이 퍼진 흰 치마 차림으로 스타

벨 자

라이트 루프라는 곳에서 마티니를 마시는 모습이었다. 미국인다운 체격을 가진, 특별히 고용되었을 이름 모를 젊은 남자 몇이 동석했다— 다들 내가 진짜 신나게 지낸다고 짐작할 터였다.

사람들은 말하겠지.

"이 나라에서 무슨 일이 일어날 수 있는지 보라니까. 십구 년간 촌구석에서 살면서 잡지 한 권 못 사 볼 형편이었던 여자애가 장학금을 받고 대학에 가더니 이런저런 상을 받고 결국 뉴욕을 휩쓸고 다니네."

하지만 난 휩쓸고 다니지 못했다. 내 자신조차 마음대로 못 했다. 호텔에서 사무실로, 파티장으로, 파티장에서 호텔로, 다시 사무실로 멍청한 무궤도 전차처럼 다닐 뿐. 다른 여자애들처럼 들떠서 지내야 마땅했지만 그러지 못했다. 마음이 가라앉고 공허한 느낌이었다. 주위가 소란한 가운데 둔하게 움직이는 폭풍의 눈 같다고 할까.

호텔에 묵는 우리 일행은 열두 명이었다.

다들 패션 잡지사 콘테스트의 에세이나 소설, 시, 패션 광고 부문 입상자들이었다. 잡지사에서는 상으로 한 달간 뉴욕에 일자리를 주었고 경비를 지급했다. 무진장 많은 무료 보너스 티켓도 따라왔다. 발레 티켓, 패션쇼 티켓, 유명 고급 미용실에서 머리를 손질할 수 있는 티켓 등등. 게다가 우리가 동경하는 분야의 전문가를 만날 기회, 각자의 태도를 어떻게 하면 좋을지 조언을 받을 기회도 주어졌다.

그때 얻은 화장품 세트를 아직도 갖고 있다. 눈동자와 머리카락이 갈색인 사람에게 어울리는 컬러였다. 작은 솔이 달린 타원형의 갈색 마스카라, 손가락으로 문질러 바를 만한 크기의 통에 든 파란색 아이섀도, 빨강에서 핑크색에 이르는 립스틱 세 개. 모든 게 한쪽에 거울이 달린 금빛 상자에 들어 있었다. 또 색색의 조개와 플라스틱 불가사리가 달린 흰색 플라스틱 선글라스 케이스도 갖고 있다.

우리가 이런 선물 공세를 받는 것이 곧 관련 회사가 공짜로 광고를 하는 것과 다름없음을 알면서도 냉소적인 태도를 취할 수가 없었다. 쏟아지는 공짜 선물이 정말 좋았으니까. 그 후 오랫동안 그것들을 숨겨두었다. 나중에 제정신을 차리고서 남에게 주었지만 몇 가지는 아직도 집에 있다. 이따금 그때 받은 립스틱을 바른다. 지난주에는 선글라스 케이스에서 불가사리를 떼어 아기에게 갖고 놀라고 주었다.

우리 열두 명은 호텔의 같은 층에 나란히 붙은 1인실에서 묵었으므로 대학 기숙사 분위기가 풍겼다. 호텔 같지 않은 곳이었다. 남녀 손님이 같은 층에 섞여서 묵는 호텔이 아니었다는 뜻이다.

호텔 이름은 '아마존'이었는데, 여성 전용이어서 부자 부모를 둔 내 또래 여자애들이 주로 묵었다. 부모들은 남자들이 얼쩡대며 유혹하지 못하는 곳에서 딸들이 살기를 바랐다. 다들 수업에 갈 때는 모자와 스타킹, 장갑 차림을 해야 하는 케이티 깁스 같은 호화판 비서 학교에 다녔다. 혹은 케이티 깁스 같은 학교를 졸업하고 회사 임원의 비서나 하면서 뉴욕에서 얼쩡대다가 직업 좋은 남자랑 결혼하기를 고대했다.

내 눈에는 이런 여자애들이 지긋지긋하게 따분해 보였다. 그들이 옥상에서 하품을 하고, 손톱칠을 하고, 피부를 태우려고 애쓰는 광경을 봤다. 다들 무지무지 지루해 보였다. 어떤 여자애랑 대화를 해봤는데, 요트도 싫증나고 비행기를 타고 돌아다니는 것도 지겹고, 크리스마스에 스위스에서 스키를 타는 것도 심드렁하고, 브라질에서 남자들이랑 지내는 것도 따분하다나.

그런 여자애들을 보면 메스껍다. 너무 샘이 나서 말도 나오지 않는다. 십구 년 동안 나는 이번 뉴욕행을 제외하면 뉴잉글랜드를 벗어나본 적이 없었다. 처음 맞는 큰 기회였지만 나는 이렇게 하염없이 앉아 손가락 사이로 줄줄 흐르는 물처럼 기회를 놓치고 있었다.

내 문제 중에는 도린이 있었던 것 같다.

도린 같은 여자애는 처음 봤다. 도린은 남부 사교계 출신으로 머리는 솜사탕같이 하얗게 부풀고, 파란 눈은 투명한 마노 구슬 같고, 입가에는 냉소를 머금은 모습이었다. 성미 고약한 냉소가 아니라 빙글거리는 묘한 냉소. 주위 사람 모두 바보 같고, 자기는 원하기만 하면 사람들을 놀리는 말을 할 수 있다는 식이었다.

도린은 금방 나를 선택했다. 그녀는 내가 남보다 냉철하다고 느끼게 했다. 도린은 정말 재미있는 친구였다. 회의용 탁자에서 곁에 앉아 있다가, 방문한 유명 인사가 말을 하면 내 귀에 대고 빈정대는 말을 속삭였다.

도린네 학교는 패션에 무척 신경을 써서, 여학생 모두 원피스와 같은 감으로 된 핸드백을 든다고 했다. 옷을 갈아입을 때마다 한 벌인 핸드백을 들고 다니다니. 이런 부분이 무척 인상적이었다. 화려하고 묘하게 퇴폐적인 생활에 자석처럼 마음이 끌렸다.

도린이 유일하게 나에 대해 타박하는 게 있다면 내가 과제를 마감까지 질질 끄는 점이었다.

"그까짓 걸 갖고 뭘 그리 땀을 뻘뻘 흘리니?"

도린은 살구색 실크 나이트가운을 입고 내 침대에 걸터앉아서 길고 노란 손톱을 줄칼로 손질했다. 나는 베스트셀러 소설가와 인터뷰한 원고를 타자로 치는 중이었다.

도린에게는 독특한 면이 하나 더 있었다. 다른 여자애들은 풀 먹인 잠옷 위에 누비 가운이나 해변 겸용 타월지 가운을 입었지만 도린은 속이 보이는 나일론 레이스 잠옷을 입었다. 야한 색상의 가운에서는 정전기가 일었다. 그녀에게는 약한 땀 냄새가 밴 묘한 냄새가 났다. 달착지근한 고사리 잎을 잘라 손가락으로 뭉갤 때 나는 사향 냄새와 비슷했다.

"제이 시는 그 기사를 내일 제출하든 월요일에 제출하든 신경 쓰지 않을 텐데 뭘 그래?"

도린이 담배에 불을 붙이자 콧구멍에서 연기가 나와 눈가로 퍼졌다. 그녀가 매몰차게 덧붙였다.

"제이 시는 징그럽게 못생겼어. 남편은 불을 다 끈 다음에야 제이 시 옆에 갈걸. 안 그러면 토하고 말 테니까."

제이 시는 내 상사였고, 도린이 무슨 험담을 하든 난 그녀를 굉장히 좋아했다. 제이 시는 가짜 속눈썹과 번지르르한 액세서리로 치장한 패션 잡지 사람들이랑은 달랐다. 머리가 좋았고, 그 덕에 예쁘지 않은 외모는 문제 되지 않는 것 같았다. 제이 시는 두어 개 외국어를 읽을 수 있었고, 이쪽 방면의 뛰어난 필자들을 모두 알았다.

제이 시가 점잖은 정장과 모자를 벗고 뚱보 남편과 침대에 누운 장면을 상상해보려 했지만 도저히 그림이 그려지지 않았다. 남녀가 침대에 누운 장면을 상상하는 일은 언제나 몹시 어려웠다.

제이 시는 내게 일을 가르쳐주고 싶어 했다. 내가 아는 노부인들 역시 모두 뭔가 가르치려 들었지만, 불쑥 배울 게 없다는 생각이 들었다. 나는 타자기 뚜껑을 꾹 내려 덮었다.

도린이 빙그레 웃었다.

"잘했어."

누군가 문을 두드렸다.

"누구세요?"

일어나기가 성가셨다.

"나야, 베시. 파티에 갈 거니?"

"그래야지."

난 여전히 꼼짝하지 않았다.

베시는 캔자스 출신으로, 찰랑대는 금발을 질끈 묶고 환한 미소를 짓는 친구였다. 둘이 TV 프로듀서의 사무실에 불려갔던 일이 기억난다. 줄무늬 양복을 입은, 턱이 파르스름한 프로듀서는 제작에 도움이 될 만한 아이디어가 있느냐고 물었다. 그러자 베시는 캔자스에는 암컷 옥수수와 수컷 옥수수가 있다는 이야기를 시작했다. 그 잘난 옥수수 때문에 어찌나 흥분했는지 프로듀서까지 눈물이 나도록 웃었다. 그 이야기를 프로그램에 내보내지는 못해서 아쉽다고 했지만.

나중에 미용 담당 편집자는 베시에게 머리를 자르고 모델이 되어달라고 부탁했다. 지금도 가끔씩 "P. Q.의 아내는 B. H. 래게Wragge를 입어요" 따위의 광고에서 환하게 미소 짓는 베시의 얼굴을 본다.

베시는 늘 내게 다른 애들이랑 뭔가 하자고 제안했다. 어찌 보면 날 구해주려고 애쓰는 것 같았다. 베시는 도린에게는 권하는 법이 없었다. 우리끼리 말할 때면 도린은 베시를 '폴리애나 카우걸'폴리애나는 미국 작가 엘리너 포터의 작품에 등장하는 주인공으로, 매우 낙천적인 성격을 대표한다이라고 불렀다.

문밖에서 베시가 물었다.

"우리 같이 택시 타고 갈래?"

도린은 고개를 저었다.

"괜찮아, 베시. 난 도린이랑 갈게."

"알았어."

벨 자

베시가 터벅터벅 복도를 걷는 소리가 들렸다.

"우린 신물이 나도록 쭉 이렇게 가겠지. 그러다 고향으로 돌아갈 거고. 여기서 열리는 파티를 보면 학교 체육관 댄스파티가 떠올라. 왜 다들 예일대 남자애들 주위를 맴돌지? 하나같이 돌대가리들인데!"

도린은 침대 옆 독서용 스탠드의 받침대에 담배를 비벼 끄며 중얼댔다.

버디 윌러드는 예일대에 진학했지만, 생각해보면 그가 멍청하다는 게 문제였다. 물론 점수를 잘 받았고 글래디스라는, 케이프의 천박한 웨이트리스랑 연애도 했지만, 눈곱만치도 직관력이 없는 애였다. 도린에겐 직관이 있었다. 그녀는 무슨 말을 하든, 내 뼛속에서 튀어나와 말하는 은밀한 목소리 같았다.

우린 공연을 보러 가는 차량들의 행렬에 갇혀버렸다. 우리 택시 바로 앞에는 베시 일행이, 바로 뒤에는 다른 여자애들이 탄 택시가 있었다. 모두 꼼짝하지 않았다.

도린은 멋졌다. 끈 없는 흰 레이스 드레스 밑으로 꼭 죄는 코르셋을 입어 허리는 쏙 들어가고 그 위아래는 보기 좋게 풍만했다. 반들반들한 구릿빛 얼굴에 옅은 파우더를 발랐다. 향수 상점을 통째로 옮긴 듯 향수 냄새가 짙었다.

나는 몸에 붙는 40달러짜리 검정 실크 드레스를 입고 있었다. 뉴욕에 가는 행운아로 뽑혔다는 소식을 듣고 장학금에서 큰 몫을 떼어 산 드레스였다. 드레스의 가슴선이 특이해서 브래지어를 할 수가 없었지만, 사내애처럼 가슴이 납작해서 출렁대지 않기에 걱정할 필요가 없었다. 무더운 여름밤에는 거의 벗은 느낌이 좋았다.

하지만 도시에서 지내니 피부색이 옅어졌다. 난 중국 사람처럼 누렇게 떴다. 평소 같으면 드레스와 흉한 피부색이 신경 쓰였겠지만, 도린과 같이 있으니 염려 따윈 잊혔다. 대단히 명석하고 냉소적인 사람이 된 기분이었다.

파란색 긴 셔츠와 면바지, 카우보이 부츠 차림의 남자가 술집의 줄무늬 차양 밑에서 우리 차를 보다가 다가오기 시작했다. 난 환상 같은 건 품지 않았다. 그가 도린에게 오고 있다는 걸 잘 알았으니까. 남자는 멈춰 선 차들 사이로 빠져나와 우리 차의 열린 창에 몸을 기댔다.

"이렇게 멋진 아가씨 두 분이 이런 멋진 밤에 택시에서 뭘 하고 계시는지 여쭤봐도 될까요?"

그는 치약 광고 모델처럼 환하게 웃었다.

"파티에 가는 길인데요."

내가 퉁명스럽게 대답했다. 도린은 갑자기 돌기둥처럼 멍해져서 흰 레이스가 달린 핸드백 뚜껑만 만지작댔다.

사내가 말했다.

"그것 참 따분하게 들리는군요. 저기 바에서 저랑 합석해서 한잔하시지요? 제 친구들도 기다리고 있습니다만."

그는 캐주얼한 차림을 하고 차양 밑에서 구부정하게 서 있는 남자 몇 명을 향해 고갯짓했다. 줄곧 이쪽을 주시하던 그들은 그가 흘끗 쳐다보자 웃음을 터뜨렸다.

그 웃음을 경고로 받아들여야 했건만……. 다 안다는 듯 낄낄대는 웃음이었지만 다시 택시가 움직일 기미를 보였고, 나는 그대로 있다간 잠시 후면 후회하리란 걸 알았다. 잡지사 측이 신중하게 마련한 행사 외에 색다른 뉴욕을 경험할 기회를 잡아야 했다고 아쉬워할 터였다.

"어쩌지, 도린?"

내가 말했다.

"어쩌지, 도린?"

사내가 함박웃음을 지으며 흉내 냈다. 이날까지도 그가 웃지 않을 때의 얼굴은 기억나지 않는다. 틀림없이 그는 줄곧 웃었을 것이다. 그렇게 미소 짓는 게 그에게는 자연스러운 일이었을 거고.

"글쎄, 괜찮겠지."

도린이 내게 말했다. 나는 차 문을 열었고, 택시가 달리려는 순간 우리는 차에서 내려 술집으로 향하기 시작했다.

끽 급정거하는 소리가 나더니 쿵 하는 소리가 이어졌다.

"이봐! 무슨 짓들이야?"

택시 기사가 화가 나서 빨개진 얼굴을 창밖으로 내밀었다.

그가 급정거하는 바람에 뒤에 있던 차와 부딪쳤고, 뒷차에 탄 여자애 넷이 손을 휘저으며 바닥에서 좌석으로 기어오르는 모습이 보였다.

사내는 웃음을 터뜨리더니 우리를 인도에 남겨두고 택시

로 가서 운전사의 손에 지폐를 쥐여주었다. 사방에서 경적 소리와 고함이 요란하게 울렸다. 우리는 친구들을 태운 택시가 줄줄이 떠나는 광경을 보았다. 신부들만 있는 결혼 피로연 같았다.

"이리 와봐, 프랭키."

사내는 친구들 중 한 명을 불렀다. 땅딸막한 사내가 다가와서 우리와 술집에 들어갔다. 프랭키는 내가 싫어하는 타입의 남자였다. 난 키가 177센티미터고, 작은 남자랑 있을 때는 허리를 굽히고 엉덩이를 처지게 해서 작아 보이게 한다. 그러면 막간에 등장하는 배우처럼 멍하고 우울한 기분이 된다.

한순간, 키에 맞춰 파트너를 정하면 좋겠다는 과욕을 품었다. 그러면 처음에 말을 건 남자와 내가 짝이 될 텐데. 그는 족히 180센티미터는 됐지만, 내게는 눈길도 주지 않고 곧장 도린에게 다가갔다. 나는 내 팔꿈치 밑에서 졸졸 쫓아오는 프랭키를 못 본 체하고 테이블에서 도린 옆에 바싹 다가가 앉았다.

바 안은 너무 어두워서 도린 말고는 아무것도 안 보였다. 흰 머리칼에 흰 드레스 차림이라 도린은 은처럼 하얗게 보였다. 바 위에 걸린 네온 불빛이 그녀의 몸에 반사됐던 것 같다. 나는 생전 처음 나의 못난 면이 밖으로 나와 그림자 속으로 녹아드는 기분을 느꼈다.

"자, 뭘 마실까요?"

사내가 활짝 웃으며 물었다.

"난 올드패션드로 해야겠어."

도린이 내게 말했다.

술을 주문할 때마다 곤란했다. 위스키랑 진이 구별되지 않았고 입맛에 맞는 술을 선택하지 못했다. 버디 윌러드를 비롯해서 내가 아는 남학생들은 돈이 없어서 독한 술을 사주지 못했다. 혹은 술 마시는 것 자체를 조소했다. 술이나 담배를 하지 않는 남자 대학생이 몇이나 될까. 그런데 내가 그들 모두를 아는 것 같았다. 버디 윌러드는 기껏해야 뒤보네 한 병을 샀다. 그나마도 자기가 의대생이면서 미적 감각이 있는 사람임을 증명하기 위해서였다.

"난 보드카로 할래."

내가 말했다.

사내는 날 찬찬히 뜯어보았다.

"아무것도 안 섞고요?"

"안 섞고요. 난 늘 아무것도 안 섞어요."

공연히 얼음이나 소다수, 진 같은 걸 섞어달라고 하면 바보 취급을 당할지 모른다는 생각이 들었다. 언젠가 보드카 광고를 봤는데, 보드카를 가득 채운 술잔이 눈발이 날리는 가운데 파란 조명을 받으며 놓여 있었다. 보드카가 물처럼 맑고 투명해 보여서 아무것도 안 섞는 게 맞을 것 같았다. 언젠가 좋은 맛이 나는 술을 주문할 날을 맞는 게 내 꿈이었다.

그때 웨이터가 다가왔고, 사내는 네 사람의 술을 주문했다. 사내는 목장에 어울릴 차림새인데도 도시적인 바에서 아주 편안해 보이는 걸로 봐서, 유명인일 것 같았다.

도린은 말없이 코르크로 된 잔 받침을 만지작대더니 담배에 불을 붙이고도 그 남자에게는 관심을 표하지 않았다. 그는 동물원에서 멋진 흰 마코 앵무새가 말하기를 기다리는 관람객들처럼 도린을 계속 응시했다.

술이 도착했다. 내 술은 보드카 광고에서 본 것처럼 맑고 투명했다.

"뭐 하세요? 여기 뉴욕에서 뭐 하시죠?"

나는 밀림의 풀처럼 빼곡히 내려앉은 침묵을 깨려고 사내에게 물었다.

사내는 천천히, 큰 노력이라도 하듯이 도린의 어깨에서 눈을 뗐다. 그가 대답했다.

"디스크자키예요. 내 이름을 들어봤을걸요. 내가 바로 레니 셰퍼드예요."

"당신을 알아요."

불쑥 도린이 말했다.

"그렇다니 반갑군요, 귀염둥이 아가씨."

레니 셰퍼드는 웃음을 터뜨리더니 덧붙였다.

"편리하게 됐구먼. 난 꽤 유명한 사람이라고요."

레니는 프랭키를 한참 쳐다봤다.

"이봐요, 어디 출신이죠? 이름이 뭐예요?"

프랭키가 홱 몸을 일으키며 물었다.

"여기 아가씨는 도린이라고 하지."

벨 자

레니가 도린의 맨어깨를 쓰다듬더니 꽉 쥐었다.

도린이 그런 수작을 알고도 모르는 체 넘어가는 게 놀라웠다. 그녀는 머리를 탈색한 흰 드레스 차림의 흑인 여자처럼 조용히 앉아서 우아하게 술을 마셨다.

"엘리 히긴바텀이에요. 시카고에서 왔어요."

내가 말했다. 그렇게 말하자 안정감이 느껴졌다. 그날 밤은 나, 내 본명, 보스턴 출신이라는 사실과 전혀 상관없는 말과 행동을 하고 싶었다.

"저기, 엘리. 춤이라도 추면 어떨까요?"

오렌지색 키높이 구두를 신고 촌스러운 티셔츠에 헐렁한 파란 점퍼를 입은 땅콩과 춤을 춘다는 생각을 하자 웃음이 나왔다. 경멸스러운 게 있다면 바로 파란색 옷을 입은 남자였으니까! 검정, 회색, 갈색 할 것 없이 다 좋다. 그런데 파란 옷을 입은 남자를 보면 웃음이 터져 나온다.

"그럴 기분이 아닌데요."

나는 쌀쌀맞게 쏘아붙이고 등을 돌렸다. 의자를 도린과 레니 쪽으로 바싹 밀었다.

두 사람은 오래 알던 사이처럼 굴었다. 도린이 술잔 밑바닥에 있는 과일을 은 숟가락으로 떠서 입으로 가져갈 때마다 레니가 으르렁대면서 빼앗으려 했다. 그가 개 흉내를 내면서 과일을 떨어뜨리려고 애쓰면 도린은 키득대면서 계속 과일을 떠먹었다.

마침내 보드카가 내게 맞는 술이라는 생각이 들기 시작했다. 아무 맛도 나지 않으면서 배 속으로 넘어가는 느낌이 차력사 칼을 삼킨 것 같았다. 기운이 나고 신이 된 기분이었다.

"난 가봐야겠어."

프랭키가 일어나면서 말했다.

실내가 너무 어두워서 그가 잘 보이지 않았지만 톤이 높고 멍청한 그의 목소리가 처음으로 들렸다. 아무도 그에게 신경 쓰지 않았다.

"이봐 레니, 자네 나한테 빚졌어. 레니, 나한테 빚진 거 기억해두라고. 알았지?"

프랭키가 우리 앞에서 레니에게 빚졌음을 상기시키는 게 이상했다. 우린 모르는 사람들인 것을. 하지만 프랭키는 그대로 서서 같은 말을 읊조렸다. 결국 레니는 주머니를 뒤져 푸른 지폐 다발을 꺼내더니 한 장을 집어 프랭키에게 내밀었다. 10달러 같았다.

"입 닥치고 가주시지."

잠시 레니가 나한테도 하는 말이란 생각이 스쳤지만, 그때 "엘리가 같이 안 가면 나도 안 갈래요" 하는 도린의 말소리가 들렸다. 내 가짜 이름을 불러주는 그녀에게 경의를 표할밖에.

"아, 엘리도 갈 거예요. 그렇죠, 엘리?"

레니가 내게 윙크를 던지며 말했다.

"그럼요, 가죠."

내가 대답했다. 프랭키가 밤 속으로 사라지자 도린을 따라가보자는 생각이 들었다. 되도록 많이 구경하고 싶었다.

벨 자

다른 사람이 난처한 상황에 처한 모습을 지켜보는 게 좋았다. 교통사고가 나거나 길에서 싸움이 벌어지거나 실험실 유리병에 담긴 아기를 발견하면 난 걸음을 멈추고 구경했다. 어찌나 골똘히 봤던지 그 장면이 잊히지 않았다.

이렇게가 아니면 못 배웠을 것을 많이 배웠다. 놀랍거나 속이 메스꺼운 일이더라도, 그런 기미를 보이지 않고 예전부터 알던 일인 척했다.

2

뭘 준대도 레니의 집에 가는 것을 포기하지 않았을 것이다.

그의 집은 뉴욕 한가운데에 있는 아파트였지만 실내는 목장 주택이랑 똑같은 분위기였다. 벽 몇 군데를 터서 공간이 넓었고, 벽에 소나무 패널이 붙어 있었다. 소나무 패널을 붙인 말굽 모양의 바도 있었고. 바닥에도 소나무 패널을 댔겠지.

커다란 흰곰 가죽이 바닥에 깔려 있고, 가구는 낮은 침상 몇 개가 전부였다. 침상에는 인디언 러그가 덮여 있었다. 벽에는 그림이 아니라 사슴과 버필로의 뿔, 박제한 토끼 두상이 걸려 있었다. 레니는 엄지로 토끼의 작은 코와 뻣뻣한 귀를 건드렸다.

"라스베이거스에서 차로 친 녀석이죠."

그가 저쪽으로 걸어갔다. 카우보이 부츠가 바닥에 닿는 소리가 총알처럼 울렸다.

벨 자

"음향효과가 좋거든요."

레니는 그 말과 함께 모습이 점점 작아지다가 멀리 있는 문으로 사라졌다.

갑자기 사방에서 음악이 울려 퍼지기 시작했다. 그러더니 음악 소리가 갑자기 멈추고 레니의 목소리가 울렸다.

"여러분의 열두 시 디스크자키 레니 셰퍼드가 인기 팝송을 가지고 왔습니다. 이번 주 톱 텐에 오른 곡은 다름 아닌, 여러분이 최근 자주 들으시는 노랑머리 아가씨의…… 〈해바라기〉입니다!"

난 캔자스에서 태어나, 캔자스에서 자랐네
그리고 내가 결혼하면 식을 올릴 곳도 캔자스 (…)

"정말 별난 사람이야! 별종 같지 않아?"
도린이 말했다.
"그런 것 같네."
내가 대답했다.
"저기, 엘리. 부탁 좀 들어줘."
이제 도린은 내 이름을 정말 '엘리'로 생각하는 것 같았다.
"그래."
내가 말했다.
"꼭 옆에 있어줄 거지? 그가 어처구니없는 짓을 하려 들면 난 피하지 못할 것 같아. 너도 그 근육 봤지?"

도린이 키득댔다.

레니가 뒤쪽 방에서 튀어나왔다.

"여기 녹음 시설에 큰 걸로 스무 장을 썼다고요."

그는 바로 걸어가서 잔 세 개와 은제 얼음 통, 커다란 주전자를 꺼냈다. 그러고는 술병 여럿을 따르며 술을 만들기 시작했다.

(…) 기다리겠다고 약속한 푸른 눈의 아가씨
그녀는 해바라기 주캔자스 주의 애칭의 해바라기

"끝내주죠?"

레니가 잔 세 개를 들고 균형을 잡으며 다가왔다. 술잔에 물방울이 땀처럼 맺혔고, 그가 잔을 돌릴 때 얼음이 부딪치는 소리가 났다. 그때 음악 소리가 그치고 다음 곡을 소개하는 레니의 목소리가 흘러나왔다.

"자기 말소리를 듣는 것처럼 묘한 게 없죠."

그는 내게 눈길을 돌리며 말을 이었다.

"프랭키가 꽁무니를 뺐으니 다시 짝을 찾아야겠죠. 내가 전화해볼게요."

"괜찮아요. 그럴 필요 없어요."

내가 말했다. 노골적으로 프랭키보다 몇 사이즈 큰 남자로 부르라고 요구하고 싶지는 않았다.

레니는 안도하는 표정을 지었다.

벨 자

"엘리가 괜찮다면 그렇게 하죠. 도린의 친구한테 잘못하고 싶지 않거든요."

그는 도린에게 활짝 웃어 보이며 덧붙였다.

"안 그래요, 귀염둥이?"

그는 한 손을 도린에게 내밀었고, 두 사람은 술잔을 손에 든 채 말없이 지르박을 추기 시작했다.

나는 침대 위에 책상다리를 하고 앉아 무심한 표정을 지으려 애썼다. 어떤 사업가가 배꼽춤을 추는 알제리 댄서를 그런 표정으로 보는 광경을 본 적이 있었다. 하지만 토끼 박제가 걸린 벽에 등을 기대기 무섭게 침대가 방 가운데 쪽으로 밀리기 시작했다. 결국 바닥에 깔린 곰 가죽에 앉아 침대에 등을 기댔다.

내 술은 축축하고 음울했다. 홀짝거릴 때마다 점점 썩은 물 맛이 났다. 술잔 중간쯤에 노란 점이 있는 분홍색 올가미가 그려져 있었다. 올가미보다 2, 3센티미터 밑까지 마시고 잠시 기다렸다가 다시 마셨지만, 또 올가미 높이만큼 술이 남아 있었다.

레니의 유령 같은 목소리가 울렸다.

"내가 어쩌자고 와이오밍을 떠났을까?"

두 사람은 노래와 노래 사이에도 지르박을 멈추지 않았다. 나는 빨간색과 흰색이 섞인 러그와 소나무 패널 사이에서 작고 검은 점으로 오그라드는 기분이었다. 바닥에 난 구멍이 된 기분.

두 사람이 서로에게 점점 열을 올리는 모습을 지켜보노라면 기운이 빠진다. 같은 방에 있으면서 우두커니 소외된 사람의 입장에서는 특히 그렇다.

그것은 파리를 떠나는 고속 열차의 맨 뒤 칸에서 파리를 쳐다보는 것과 비슷하다. 시시각각 파리가 점점 작아지고, 나도 점점 작아지고 외로워지는 느낌. 파리의 휘황찬란한 불빛과 흥분에서 시속 100만 마일의 속도로 멀어지는 기분.

레니와 도린은 몸을 부딪치며 키스하더니 몸을 떼고 술을 들이켠 후 다시 가까워지곤 했다. 도린이 호텔에 돌아가자고 할 때까지 곰 가죽에 누워서 잠이나 자야겠다는 생각이 들었다.

그 순간 레니가 끔찍한 비명을 질렀다. 나는 등을 세우고 앉았다. 도린이 그의 왼쪽 귓불을 깨물고 있었다.

"놔, 이년아!"

레니가 몸을 웅크리자 도린은 날듯이 그의 어깨에 매달렸다. 그녀가 들고 있던 술잔이 긴 포물선을 그리면서 떨어지다가 둔탁한 소리를 내면서 소나무 패널에 부딪혀 솟구쳤다. 레니는 계속 비명을 지르면서 빙글빙글 돌았다. 어찌나 빨리 돌던지 난 도린의 얼굴을 볼 수가 없었다.

남의 눈 색깔을 늦게야 알아보는 것처럼, 나는 옷 위로 드러난 도린의 젖가슴을 그제야 보았다. 레니의 어깨에 배를 대고 매달려 빙빙 돌 때 그녀의 가슴이 잘 익은 갈색 멜론처럼 흔들렸다. 도린이 발버둥을 치면서 소리를 질렀고 두 사람은

벨 자

웃기 시작했다. 곧 도는 속도가 느려졌고 레니가 치마 위로 그녀의 엉덩이를 깨물려 했다. 나는 더한 일이 벌어지기 전에 자리를 피했다. 문밖으로 나와 양손으로 난간을 잡고 미끄러지다시피 계단을 내려갔다.

레니의 집이 냉방이 되고 있었음을 길에 나와서야 알아차렸다. 온종일 길에 쏟아진 후텁지근한 열기가 마지막 모욕처럼 얼굴에 확 밀려왔다. 내가 어디에 있는지 도무지 감이 잡히지 않았다.

택시를 잡아타고 파티장에 가볼까 한참 망설이다가, 그만두기로 했다. 지금쯤 춤이 끝났을 텐데, 색종이 조각과 담배 꽁초와 구겨진 종이 냅킨만 나뒹구는 창고 무도장에서 하루를 마감하고 싶지 않았다.

조심조심 가장 가까운 교차로로 걸어갔다. 왼손 끝으로 건물을 더듬으며 중심을 잡아야 했다. 도로 표지판을 쳐다봤다. 그제야 핸드백에서 뉴욕 거리 지도를 꺼냈다. 호텔까지는 정확히 남북으로 마흔세 블록, 동서로 다섯 블록 떨어져 있었다.

난 걷는 것은 얼마든지 자신 있는 사람이다. 방향을 제대로 잡고 속으로 블록 수를 세면서 걷기 시작했다. 호텔 로비에 도착했을 때는 술이 완전히 깨어 있었다. 발이 조금 부었지만, 귀찮아서 스타킹을 안 신은 것은 내 잘못인걸 뭐.

로비에는 당직 직원이 열쇠와 전화기가 있는 부스에 불을 켜놓고 앉아 졸고 있을 뿐이었다.

엘리베이터에 올라타서 내가 묵는 층 단추를 눌렀다. 소리나지 않는 아코디언처럼 문이 접혔다. 그 순간 귀가 먹먹해지더니 크고 뿌연 눈으로 날 멍하게 바라보는 중국 여자가 보였다. 물론 거울에 비친 나였다. 옷이 구겨지고 기진맥진한 내 모습에 충격을 받았다.

복도에는 아무도 없었다. 조용히 내 방에 들어갔다. 방에는 연기가 자욱했다. 처음에는 심판이 내리느라 공중으로 연기가 피어오른다는 생각이 들었지만, 도린이 담배를 피웠기 때문임을 깨닫고 창문 환기구를 여는 단추를 눌렀다. 호텔 측은 손님이 창밖으로 몸을 내밀지 못하게 창문을 고정했는데, 나는 왠지 모르게 화가 났다.

창문 왼쪽에 서서 창틀에 뺨을 대니 시내가 내려다보였다. 어둠 속에 서 있는 유엔 건물은, 화성의 이상한 초록 벌집 같았다. 도로 위를 움직이는 빨간빛과 흰빛이 보였고, 조명 밝힌 이름 모를 다리들도 눈에 들어왔다.

고요가 날 짓눌렀다. 그것은 사방이 조용해서 생긴 고요가 아니었다. 내 자신의 고요였다.

차들이 시끄럽게 달리고, 차에 탄 사람들과 불 밝힌 건물에 있는 사람들이 소리를 낸다는 것을 알고 있었다. 또 강물도 소리를 내며 흘렀지만 내 귀에는 아무 소리도 들리지 않았다. 창문에 도시가 걸려 있었다. 포스터처럼 평평하게 걸려서 반짝이고 깜빡거렸지만 내게는 없는 게 나았을지도 모르겠다.

침대 옆에 놓인 하얀 전화기가 나를 다른 것들과 연결해줄 수도 있었지만 전화기는 죽은 자의 머리처럼 잠자코 놓여 있기만 했다. 내 전화번호를 알려준 사람들을 떠올려보려 노력했다. 그걸 알면 누구에게 전화가 올 가능성이 있는지 가늠되겠지만 번호를 알려준 사람은 버디 윌러드의 엄마뿐이라는 사실이 떠올랐다. 윌러드 부인은 유엔에서 동시통역사로 일하는 사람을 안다며 내 번호를 그에게 가르쳐주겠다고 했다.

메마른 웃음이 새어나왔다.

나와 버디가 결혼하기를 늘 바라는 그녀가 어떤 동시통역사를 소개해줄지 상상할 수 있었다. 결핵을 앓는 버디는 뉴욕 북부에서 요양 중이었다. 그 여름 윌러드 부인은 나에게 결핵 요양원의 웨이트리스 자리를 소개해주기까지 했다. 그렇게 해서라도 아들이 외롭게 지내기 않기를 바랐다. 버디 모자는 내가 그 일자리를 거절하고 뉴욕에 가기로 결정한 것을 이해하지 못했다.

서랍장 위에 달린 거울은 약간 휜 데다 은색이 지나치게 많아 보였다. 거울에 비친 얼굴이 이지러졌다. 이불 속에 기어 들어가서 자볼까 싶었지만, 휘갈겨 쓴 구깃구깃한 편지를 깨끗한 봉투에 넣는 듯한 기분이 들었다. 욕조에 뜨거운 물을 받아 목욕을 하기로 했다.

뜨거운 목욕으로 치유되지 못하는 것도 있겠지만 그런 건 몇 가지 안 된다. 슬퍼서 죽겠다 싶거나 너무 초조해서 잠을 이루지 못할 때, 사랑하는 사람을 일주일 동안 만나지 못할 때면 나는 축 처져서 중얼댄다. "뜨거운 물에 목욕이나 해야겠네"라고.

물에 몸을 담그고 명상을 한다. 물이 아주 뜨거워야 한다. 발을 담그기도 어려울 만치 뜨거워야 한다. 목이 잠길 때까지 조금조금 물에 몸을 담근다.

목욕을 해본 욕실의 천장은 모두 기억한다. 천장의 질감과 갈라진 부분, 색깔, 곰팡이가 핀 곳, 조명 기구까지 다 기억난다. 물론 욕조도 기억한다. 사자 발이 달린 앤티크 욕조, 현대적인 관 모양의 욕조, 백합이 핀 실내 연못이 내려다보이는 화려한 분홍 대리석 욕조. 수조의 모양과 크기며 다양한 비누 받침까지 기억하고 있다.

뜨거운 욕조 속에 있을 때처럼 내 자신이 흠뻑 느껴지는 시간은 없다.

재즈와 활력이 넘치는 뉴욕의 여성 전용 호텔의 17층 욕조에 한 시간 가까이 있었다. 점점 순수해지는 기분이었다. 난 세례니 요단 강 따위는 믿지 않지만, 신앙심 깊은 사람들이 성수에 대해 느끼는 기분을 목욕을 하며 공감하곤 한다.

혼잣말로 중얼댔다.

"도린이 녹고, 레니 셰퍼드가 녹고, 프랭키가 녹고, 뉴욕이 녹고 있어. 그들 모두 녹아 없어지고, 이제 그들은 전혀 중요하지 않아. 난 그들을 몰라. 지금까지 그들을 몰랐고, 난 굉장히 순수해. 내가 본 그 술과 끈적끈적한 키스와 돌아올 때 뒤집어쓴 먼지가 순수한 것으로 변하고 있어."

깨끗하고 뜨거운 물에 누워 있을수록 점점 순수해지는 기분이었고, 마침내 밖으로 나와 부드러운 흰 수건을 몸에 두르자 갓난아기처럼 순수하고 어여뻐진 기분이 들었다.

몇 시간이나 잤을까. 문을 두드리는 소리가 들렸다. "엘리, 엘리, 엘리. 나 좀 들어가게 해줘"라며 문을 두드리기에 처음에는 관심을 두지 않았다. 엘리가 누군지 알 게 뭐람. 잠시 후 처음의 가만히 두드리던 소리와 달리 거친 소리가 났다. 쾅, 쾅. 밖에서 누군가 훨씬 똑똑한 목소리로 외쳤다.
"미스 그린우드, 친구가 보자고 하네요."
그제야 도린이라는 걸 알았다.
벌떡 일어나자 어지러워서, 어두운 방 가운데서 한동안 균형을 잡고 서 있었다. 잠을 깨운 도린에게 화가 났다. 슬픈 밤에서 벗어나서 푹 잘 기회였는데 그걸 망치다니. 자는 체하면 도린이 문을 두드리다 말고 가버릴 테고 다시 평온해질 테지. 기다려봤지만 문 두드리는 소리는 그치지 않았다.
"엘리, 엘리, 엘리."
처음에 났던 목소리가 차츰 잦아들더니 다른 목소리가 들렸다.
"미스 그린우드, 미스 그린우드. 미스 그린우드!"
내가 두 사람이라도 되는 것 같았다.
문을 열고 환하게 불 켜진 복도를 보며 눈을 깜빡거렸다. 밤도 낮도 아닌, 소름 끼치는 제3의 시간같이 느껴졌다. 갑자기 밤과 낮 사이에 끼어서 끝나지 않는 시간.

도린은 문설주에 기대어 몸을 숙이고 있었다. 내가 나가자 그녀는 내 품에 쓰러졌다. 고개를 잔뜩 숙여 얼굴을 볼 수 없었다. 모근이 다갈색인 뻣뻣한 금발이 훌라 치마처럼 아래로 쏟아졌다.

나는 유니폼 차림의 작달막하고 코밑이 거무스름한 여자를 알아봤다. 우리 층에 있는 작은 방에서 평상복과 파티복을 다림질하는 여자였다. 그녀가 어떻게 도린을 아는지, 왜 도린을 조용히 방에 데려다주지 않고 나까지 깨우려 했는지는 알 수 없었다.

내 품에 기댄 도린이 딸꾹질을 하는 것 외에 조용한 것을 보자 그녀는 복도를 내려갔다. 고물 재봉틀과 하얀 다리미판이 있는 다림질 방으로 돌아갔다. 그녀를 쫓아가서 난 도린이랑 관계가 없는 사람이라고 말해주고 싶었다. 그녀가 엄격하고 근면하고 도덕적인 구식 유럽 이민자 같아서 변명하고 싶었다. 그녀를 보자 오스트리아 태생인 우리 할머니가 떠올랐던 것이다.

"눕게 해줘. 눕게 해줘."

도린은 같은 말을 계속 중얼댔다.

도린이 문지방을 넘어 내 방 안으로 들어와 침대에 누우면 다시는 그녀를 떨쳐버리지 못할 것만 같았다.

내 팔에 기댄 그녀의 몸은 베개처럼 따뜻하고 부드러웠다. 뾰족한 하이힐을 신은 발이 바보처럼 질질 끌렸다. 도린이 너무 무거워서 나 혼자 긴 복도를 끌고 갈 수가 없었다.

벨 자

그녀를 복도에 내버려둔 채 문을 잠그고 다시 잠자리에 들 수밖에 없다고 결론 내렸다. 도린은 깨면 무슨 일이 있었는지 기억 못할 테고, 내가 잘 때 내 방 앞에서 잠들었다고 생각하리라. 잠에서 깨면 정신을 차리고 자기 방으로 가겠지.

복도의 초록색 카펫에 눕히려는데 도린이 낮게 신음을 하면서 몸을 앞으로 숙였다. 그러자 입에서 갈색 토사물이 흘러 내 발밑에 쏟아졌다.

갑자기 도린이 훨씬 묵직해졌다. 도린의 머리가 토사물 위로 떨어져 습지의 나무뿌리처럼 젖어들었다. 난 그녀가 자고 있음을 알아차렸다. 몸을 뺐다. 나도 자는지 깨어 있는지 구분되지 않았다.

그날 밤 도린에 대해 결정을 내렸다. 그녀를 지켜보고 말을 들어주기야 하겠지만 마음속으로는 상관하지 않기로 했다. 속으로는 베시와 순진한 친구들과 친하고 싶었다. 마음이 통하는 사람은 베시였다.

조용히 내 방으로 들어가 문을 닫았다. 다시 생각한 끝에 문을 잠그지는 않았다. 그렇게까지 할 수는 없었다.

이튿날 아침, 햇빛 없이 후텁지근한 더위 속에서 깼다. 옷을 입고 찬물로 세수를 한 다음, 립스틱을 바르고 천천히 문을 열었다. 도린이 여전히 토사물 속에서 누워 있으리라 예상하며 그것이 내 더러운 성질을 확실히 증명해줄 거라고 각오했다.

그런데 복도에는 아무도 없었다. 카펫은 이쪽 끝에서 저쪽 끝까지 말끔한 초록색이었다. 다만 내 방 앞에 누군가 우연히 물을 쏟은 듯 희미한 얼룩이 있었지만 이미 마른 상태였다.

벨 자

3

〈레이디스 데이〉의 연회 테이블에는 마요네즈에 버무린 게살을 담은 연둣빛 아보카도와 살짝 구운 쇠고기, 찬 닭고기 접시가 놓여 있었다. 검은색 캐비아가 담긴 유리그릇도 곳곳에 놓여 있었다. 그날 아침 호텔 식당에서 아침 식사를 할 짬이 없어서 내린 지 오래된 커피만 마셨는데, 어찌나 쓴지 코가 굽어질 것 같았다. 배가 몹시 고팠다.

뉴욕에 오기 전에는 괜찮은 레스토랑에서 식사를 해본 적이 없었다. '하워드 존슨'에 다녔지만 버디 윌러드 같은 애들과 감자튀김, 치즈버거, 바닐라 밀크셰이크를 먹었을 뿐이다. 왜 그런지 몰라도 난 그 무엇보다 음식이 좋다. 아무리 많이 먹어도 살이 찌지 않는다. 지난 십 년간 딱 한 번을 제외하면 체중이 변하지 않았다.

버터와 치즈, 사우어크림이 듬뿍 든 음식이 제일 좋다. 뉴욕에서 우리는 잡지에 나오는 사람들, 다양한 게스트 명사들과 공짜 점심 식사를 할 기회가 많았다. 난 손으로 쓴 복잡한 메뉴를 쭉 훑어보다가 가장 비싸고 호사스러운 음식을 골라 줄줄이 주문했다. 50센트나 60센트짜리 콩 요리도 있었지만 거들떠보지도 않았다.

식사비는 늘 비용으로 처리됐기 때문에 난 죄책감을 느끼지 않았다. 난 음식을 워낙 빨리 먹어서, 다이어트를 하느라 주방장 샐러드와 자몽 주스만 주문한 사람들을 기다리게 하지 않았다. 뉴욕에서 만난 사람은 대부분 다이어트를 하고 있었다.

뚱뚱한 대머리 사회자가 옷깃에 꽂은 마이크에 대고 말했다.

"더할 수 없이 예쁘고 똑똑한 아가씨들을 환영하는 바입니다. 저희 스태프가 여러분을 만난 것은 큰 행운입니다. 〈레이디스 데이〉의 이 연회는 저희 푸드 테스팅 키친스가 여러분의 방문에 감사드리며 베푸는 작은 성의입니다."

숙녀다운 얌전한 박수가 나왔다. 우리 모두는 리넨 식탁보를 씌운 커다란 테이블에 앉아 있었다.

잡지사에서 온 여대생은 열한 명이었고, 우리를 감독하는 편집자 대부분이 동석했다. 또 〈레이디스 데이〉의 푸드 테스팅 키친스 스태프는 모두 복숭앗빛의 깔끔한 화장에 머리를 망으로 단정히 올리고 흰 앞치마를 입고 있었다.

도린이 빠져서 우리는 열한 명뿐이었다. 무슨 이유 때문인지 주최 측은 내 옆에 그녀의 자리를 마련했고 의자는 내내

벨 자

비어 있었다. 나는 도린에게 주려고 명패를 챙겼다. 휴대용 거울로 된 명패였다. 위에 예쁘게 '도린'이라고 박혀 있었다. 가장자리에는 데이지 화환 장식이 있고, 얼굴을 볼 수 있는 거울이 가운데 있었다.

도린은 레니 셰퍼드와 시간을 보내고 있었다. 이제 그녀는 여가 시간 내내 그와 지냈다.

〈레이디스 데이〉— 총천연색 식사 화보를 두 페이지에 걸쳐 특집으로 싣고, 매달 다양한 주제와 지방 음식을 다루는 유명 여성 잡지—에서 오찬을 하기 전, 우리는 반들거리는 주방을 구경했고, 환한 조명 아래에서 애플파이를 촬영하기가 얼마나 어려운지 알게 됐다. 아이스크림이 계속 녹아서 뒤에서 이쑤시개로 받쳐야 했고, 흐물흐물해지기 시작할 때마다 바꿔야 했다.

주방에 쌓인 음식을 보자 현기증이 일었다. 고향 집에서 잘 먹지 못해서가 아니었다. 할머니는 늘 값싼 부위의 고기로만 요리했고, 음식을 입에 대기 무섭게 "맛있게 먹으렴. 1파운드약 450그램에 41센트 주고 산 고기란다"라고 말했다. 그 말을 들을 때마다 고기가 아니라 1센트짜리 동전을 씹는 기분이 들곤 했다.

의자 뒤에 서서 환영 연설을 듣는 동안, 고개를 숙이고 캐비아 그릇의 위치를 은밀히 살폈다. 내 자리와 비어 있는 도린의 자리 사이에 캐비아 그릇이 놓여 있었다.

테이블에 설탕으로 만든 과일 장식이 있으니 맞은편 사람은 그 캐비아에 손대지 못할 터였다. 또 내 오른편에 앉은 베시는 친절한 사람이니 내가 빵과 버터 접시 옆에 팔꿈치를 괴고 캐비아 그릇을 놓으면 같이 먹자고 하지 않을 테고, 게다가 베시의 오른쪽에 앉은 사람 근처에 캐비아 그릇이 또 있으니 그녀는 그걸 먹을 터였다.

할아버지와 내가 늘 주고받는 농담이 있었다. 할아버지는 고향 집 인근 컨트리클럽의 수석 웨이터였고, 일요일마다 할머니는 월요일에 휴무인 할아버지를 집에 데려오려고 차를 몰고 클럽에 갔다. 우리 남매는 교대로 할머니를 따라갔고, 할아버지는 늘 할머니와 손주에게 클럽 손님이라도 대하듯이 일요일 저녁 식사를 대접해주었다. 할아버지는 내게 특별한 음식을 소개하기를 좋아했고, 난 아홉 살 즈음 이미 찬 비시수아즈감자, 양파, 부추, 닭 육수로 끓인 크림수프와 캐비아와 앤초비 페이스트를 알았다.

할아버지는 내 결혼식에서 먹을 캐비아는 할아버지가 챙기겠다고 농담했다. 내가 결혼하지 않겠다고 펄쩍 뛰었기에 생긴 농담이었다. 결혼한다고 해도 할아버지는 캐비아를 그렇게 많이 살 형편이 아니었다. 컨트리클럽의 주방에서 훔쳐서 옷 가방에 넣어 가져온다면 모를까.

물컵과 은 식기, 본차이나 식기가 달그락대는 소리가 나는 가운데 나는 접시에 닭고기 조각을 폈다. 닭고기 위에 땅콩버터를 바르듯 캐비아를 두껍게 발랐다. 그런 다음 손으로 닭고기 조각을 하나씩 집어 캐비아가 빠져나오지 않게 돌돌 말아서 먹었다.

어느 숟가락을 써야 하는지 극도로 신경 쓰기를 거듭한 끝에, 식탁에서 실수를 해도 다 알고 그런다는 듯 거만하게 굴면 창피당하지 않는다는 것을 터득했다. 당당하면 아무도 내가 매너가 없거나 가정교육을 못 받았다고 생각하지 않는다. 오히려 독창적이고 재치가 대단하다고 생각한다.

제이 시를 따라서 유명한 시인과 점심 식사를 하러 간 날 이런 기술을 배웠다. 시인은 후줄근한 갈색 모직 재킷에 회색 바지, 빨강과 파랑 체크 셔츠 차림이었다. 분수와 샹들리에가 많은 격조 높은 레스토랑이라 남자 손님은 모두 짙은 색 정장에 깔끔한 흰 셔츠 차림이었다.

시인은 샐러드의 잎사귀를 손으로 집어 먹으면서 자연과 예술의 차이를 이야기했다. 난 샐러드 그릇에서 상추를 집어 입으로 가져가는 시인의 흰 손가락에서 눈을 떼지 못했다. 그의 손가락은 계속 샐러드 접시와 입 사이를 오갔다. 아무도 키득대거나 소곤대며 흉보지 않았다. 시인이 손으로 샐러드를 먹는 모습은 자연스럽고 감각적인 행동으로 보였다.

내 가까이에는 잡지 편집자나 〈레이디스 데이〉 연회 스태프가 없었다. 베시는 친절하고 다정해 보이는 데다 캐비아를 좋아하는 것 같지도 않아 난 점점 자신감이 생겼다. 캐비아를 얹은 찬 닭고기를 한 접시 먹은 다음 한 접시를 더 먹었다. 그러고는 아보카도와 게살 샐러드에 달려들었다.

아보카도는 내가 제일 좋아하는 과일이다. 일요일마다 할

아버지는 아보카도를 한 개씩 갖다주었다. 가방 밑바닥, 세탁할 셔츠 여섯 장과 일요일의 만화 밑에 아보카도가 감춰져 있었다. 할아버지는 포도잼과 프렌치드레싱을 냄비에 녹여 만든 진홍색 소스를 아보카도에 채워 먹는 방법을 가르쳐주었다. 그 소스 때문에 집 생각이 났다. 거기에 비하면 게살은 밍밍한 맛이 났다.

"모피 쇼는 어땠어?"

캐비아를 놓고 경쟁할 걱정이 사라지자 나는 베시에게 물었다. 그리고 마지막 남은 짭짤한 검은 알을 수프용 숟가락으로 긁어서 빨아 먹었다.

베시는 미소를 지으며 대답했다.

"굉장했어. 밍크 꼬리와 금색 체인으로 다목적 스카프를 만드는 방법도 배웠지. 금색 체인은 울워스 상점에서 1달러 98센트에 똑같은 모조품을 살 수 있대. 쇼가 끝난 후 모피 도매 공장에서 힐다가 엄청난 할인가에 밍크 꼬리를 잔뜩 구입했고 울워스에도 들렀지. 버스에서 밍크 꼬리를 하나로 이었어."

나는 베시 옆에 앉은 힐다를 흘끗 쳐다봤다. 비싸 보이는 밍크 꼬리 스카프를 두르고 있었다. 스카프의 한쪽 끝에는 금색 체인이 달려 있었다.

사실 난 힐다를 잘 몰랐다. 키가 180센티미터, 큰 잿빛 눈에 도톰한 빨간 입술, 텅 빈 듯한 슬라브인의 표정이었다. 그녀는 모자를 만들었다. 그녀의 교육 담당자는 패션 편집자여서, 도린과 베시와 나같이 문학으로 뽑힌 사람들과는 떨어져서 지냈다. 우린 고작 건강과 미용이 주제긴 해도 칼럼을 썼다. 힐다가 글을 읽을 줄 아는지는 모르겠지만, 놀라운 모자를 만들었다. 뉴욕에 있는, 모자를 만드는 특수학교에 다녔고, 매일 새 모자를 쓰고 왔다. 그녀는 밀짚이나 모피, 리본, 묘한 색상의 베일로 직접 모자를 만들어 썼다.

"놀라운데. 놀라워."

내가 말했다. 도린이 그리웠다. 그녀가 참석했다면 힐다의 기적 같은 모피 스카프에 대해 신랄하고 멋진 평가로 우리를 즐겁게 해줬을 텐데.

나는 기분이 가라앉았다. 바로 그날 아침 제이 시에게 들켜버렸던 것이다. 나 스스로에게 가졌던 불쾌한 의심이 사실로 드러난 기분이었고 더는 진실을 감출 수가 없었다. 십구 년 동안 좋은 성적을 거두고 상을 타고, 이런저런 장학금을 타고 살았는데 경주에서 뒤로 처지는 기분이었다. 멀찌감치 뒤처지는 기분.

"왜 같이 모피 쇼에 참석하지 않은 거야?"

베시가 물었다. 그녀가 같은 말을 반복하는 것 같았다. 방금 전에도 같은 질문을 한 것 같은데……. 내가 듣고 있지 않아서 그런 거겠지. 베시가 또 물었다.

"도린이랑 외출했어?"

"아니. 모피 쇼에 가고 싶었는데 제이 시가 전화해서 사무실에 오라고 했거든."

모피 쇼에 가고 싶었다는 말은 사실이 아니었지만 가고 싶었다고 나 자신을 설득하려 애썼다. 그래야 제이 시가 한 짓 때문에 내가 속상해하는 게 되니까.

나는 그날 아침 누워서 모피 쇼에 갈 계획을 세우던 참이었다고 베시에게 말했다. 다만 그 전에 도린이 방에 찾아왔다는 이야기는 하지 않았다. 도린은 이렇게 말했다.

"그런 엉터리 쇼에 뭐하러 가겠다는 거야? 레니랑 코니아일랜드에 놀러 갈 건데 같이 가자. 레니가 멋진 남자를 불러 줄 수 있대. 점심 식사를 한 다음 오후에는 영화 시사회에 가자고. 아무도 우리를 찾지 않을 거야."

잠시 마음이 흔들렸다. 사실 모피 쇼는 별로 재미없을 것 같았다. 결국 게으름 피우고 싶은 만큼 침대에 누워 있다가 센트럴파크에 가서 잔디밭에 누워 시간을 보내기로 했다. 오리 연못이 있는 수풀 속에서 풀이 높이 자란 곳을 찾을 수 있겠지.

나는 도린에게 모피 쇼에도, 점심 모임이나 영화 시사회에도 안 갈 거라고 말했다. 코니아일랜드에도 가고 싶지 않다고, 그냥 누워 있고 싶다고 했다. 도린이 나가자 어째서 해야 할 일을 하면서 지내지 못할까 하는 의문이 생겼다. 그런 질문을 떠올리자 슬프고 고단했다. 이어서, 어째서 하면 안 되는 일을 하면서 지내지 못할까 하는 의문이 생겼다. 도린처럼 살면 좋을 텐데. 그 생각을 하자 더 슬프고 고단해졌다.

몇 시인지 감이 잡히지 않았지만, 다른 애들이 부스럭대면서 복도에서 서로 부르고 모피 쇼에 갈 채비를 하는 소리가

벨 자

났다. 이윽고 복도가 조용해졌다. 반듯이 누워 하얀 천장을 올려다보자니 적막감이 커져서 고막이 터질 것 같았다. 바로 그때 전화벨이 울렸다.

한동안 수화기를 노려봤다. 상앗빛 수화기가 살짝 흔들리는 걸로 봐서 진짜로 전화가 왔다는 것을 알 수 있었다. 무도회나 파티에서 누군가에게 전화번호를 가르쳐줘놓고 까맣게 잊고 있었나 보다 싶었다. 수화기를 들고 쉰 목소리로 나긋나긋하게 말했다.

"여보세요?"

"나야, 제이 시."

제이 시가 무뚝뚝하게 내뱉었다.

"오늘 사무실에 나올 계획이었는지 궁금해서 전화했는데."

나는 이불 위로 몸을 눕혔다. 제이 시는 왜 내가 사무실에 갈 거라고 생각했을까. 이해가 되지 않았다. 일정이 나와 있는, 등사판으로 인쇄한 스케줄표가 있었다. 우리는 아침과 오후 나절은 사무실 밖에서 지내면서 뉴욕에서 열리는 행사에 참석했다. 물론 어떤 행사는 자유의사에 따라 참석했지만.

잠시 말이 끊겼다. 내가 부드럽게 말했다.

"모피 쇼에 갈 생각이었는데요."

물론 그런 생각은 한 적도 없었지만 달리 할 말이 없었다.

나는 베시에게 그때 일을 이렇게 말했다.

"제이 시에게 모피 쇼에 갈 생각이었다고 말했지. 그런데 제이 시가 사무실로 오라는 거야. 나랑 나눌 이야기가 있고 처리할 일도 있다고."

"어머나!"

베시가 동정 조로 중얼댔다. 내 얼굴에서 눈물이 흘러 디저트 접시에 떨어졌다. 접시에는 머랭 과자와 브랜디 아이스크림이 담겨 있었다. 베시는 그걸 보더니 손대지 않은 디저트 접시를 내 쪽으로 밀었다. 나는 내 디저트를 다 먹은 후 그녀의 디저트를 먹기 시작했다. 눈물을 흘리다니 좀 어색했지만, 눈물은 진짜였다. 제이 시에게 들은 심한 말 때문이었다.

열 시쯤 축 처져서 사무실에 들어가니 제이 시가 일어나서 책상을 빙 돌아 나와 문을 닫았다. 나는 타자기 책상 앞에 있는 회전의자에 앉았다. 맞은편에 제이 시의 책상이 있었다. 그녀도 회전의자에 앉아 나를 마주 보았다. 창가와 책상 뒤의 선반에 조르르 놓인 화분의 꽃들이 남국의 정원 분위기를 자아냈다.

"일이 흥미롭지 않은 거야, 에스더?"

"아, 아니요. 흥미로워요. 정말로 관심이 있어요."

내 말이 더 설득력 있게 들리도록 큰 소리로 대답하고 싶었지만 참았다.

그때까지 난 미친 듯이 공부하고, 읽고, 쓰고, 일하는 것이야말로 하고 싶은 일이라고 스스로에게 말해왔다. 또 사실이 그런 것 같았다. 모든 것을 아주 잘했고, 전 과목 A 학점을 받았으며, 대학 입학 무렵에는 아무도 날 말리지 못했다.

벨 자

나는 지역신문 〈가제트〉의 대학 통신원이었고 문예지의 편집자였다. 또 인기 좋은 부서인 우등생위원회의 간사로 학문적·사회적 위반과 처벌을 담당했다. 또 유명 여자 시인이기도 한 교수가 동부에 있는 여러 큰 대학의 대학원에 추천해주겠다고 했다. 전액 장학금을 주겠다는 약속도 받았고, 이제 지성적인 패션 잡지의 최고 편집자에게 일을 배우게 됐다. 그런데 짐이나 끄는 멍청이 말처럼 더듬거리다니?

"저는 매사에 아주 관심이 있어요."

이런 말이 제이 시의 책상에 공허하게 툭 떨어졌다. 나무로 만든 동전이 떨어지듯 툭.

"그렇다니 반갑군. 팔을 걷어붙이기만 하면 이번 달에 잡지에 대해 많은 걸 배울 수 있을 거야. 에스더 전에 여기 왔던 여학생은 패션쇼 같은 데는 신경 쓰지 않았지. 그 친구는 이 사무실에서 곧장 〈타임〉지로 갔어."

제이 시가 심술궂은 말투로 말했다.

"어머나! 정말 빨랐네요!"

나는 침울한 어조로 말했다.

"물론이지. 에스더는 졸업까지 1년 남았지? 졸업한 다음에는 어쩔 작정이야?"

제이 시가 좀 부드럽게 물었다.

큰 장학금을 따서 대학원에 진학하거나 학자금을 지원받아서 유럽에서 공부할 생각을 늘 했다. 그 후 교수가 되어 시 관련 책을 집필하거나, 시에 대한 책을 쓰면서 편집자가 될 계획이었다. 평상시에는 이런 계획을 이야기했다.

"정말 모르겠어요."

나도 모르게 이런 말이 튀어나왔다. 그 말을 하면서 스스로 깊은 충격을 받았다. 말을 입 밖에 낸 순간 그게 사실임을 알았으니까.

그 말은 사실로 들렸고, 나는 깨달았다. 오랫동안 집 주변을 기웃대던 정체 모를 사람이 갑자기 다가와서 친아버지라고 말하는데, 아닌 게 아니라 나와 똑같이 생겨서 그가 생부고 평생 아버지로 여긴 사람은 가짜였다는 생각을 할 때처럼 그 말이 사실로 다가왔다.

"정말 모르겠어요."

"그런 식이어서는 어디에도 이르지 못할 거야."

제이 시는 말을 멈추었다가 다시 물었다.

"어떤 언어를 할 줄 알지?"

"프랑스어를 좀 읽을 줄 알고요, 전부터 독일어를 배우고 싶었죠."

오 년 전부터 독일어를 배우고 싶다는 말을 입에 달고 살았다.

어머니는 독일어로 말하며 미국에서 어린 시절을 보냈고, 제1차 세계대전 중에는 학교 아이들에게 돌팔매질을 당하기도 했다. 내가 아홉 살 때 세상을 떠난 아버지도 독일어를 했는데, 프로이센 중심부에 있는, 우울증 환자가 많은 작은 마을 출신이었다. 내 남동생은 '국제 베를린 생활 실험'에 참여

하는 중이라 독일어를 원어민처럼 할 줄 알았고.

독일어 사전이나 독일어 책을 집을 때마다 빽빽한 철망 같은 검은 글자 앞에서 조개가 입 다물듯 마음이 꽉 닫혀버린다는 말은 하지 않았다.

"늘 출판계에서 일하고 싶다는 생각을 했어요. 출판사에 지원을 해야겠지요."

나는 예전의 총명한 장사 수완을 되찾을 실마리를 잡으려고 노력했다.

"프랑스어와 독일어를 읽을 줄 알아야 해. 몇 가지 언어를 더 할 줄 알면 좋고. 스페인어와 이탈리아어 같은 걸로……. 러시아어를 구사할 줄 알면 더욱 좋지. 매년 6월이면 편집자가 될 거라는 생각으로 수백 명의 아가씨가 뉴욕으로 몰려들지. 보통 사람보다 나은 뭔가가 필요해. 외국어를 몇 가지 배우는 게 좋을 거야."

제이 시가 냉정하게 말했다.

그녀에게 졸업반 때는 외국어를 배울 짬을 내기 힘들다고 말할 용기가 없었다. 나는 독립적인 사고를 유도하는 우등생 프로그램을 수강할 예정이었고, 톨스토이와 도스토옙스키 강의를 듣고 고급 시 쓰기 세미나에 참석해야 했다. 그러면서 제임스 조이스의 작품의 모호한 테마에 관한 글을 써야 했다. 『피네건의 경야』제임스 조이스의 작품으로, 17개 국어로 쓴 서사시를 끝까지 읽지 못했기 때문에 아직 논문의 주제를 못 정했지만, 지도 교수는 내 논문에 대단히 흥분하면서 쌍둥이의 이미지에 대한 실마리를 주겠다고 약속했다.

나는 제이 시에게 말했다.

"어떻게 할 수 있는지 알아볼게요. 학교에서 준비한 기초 독일어 특강을 들을 수 있을지 모르겠네요."

그 말을 할 때는 그럴 수 있을 것 같았다. 규정에 없는 일을 해달라고 학과장을 설득해볼 수 있었다. 학과장은 나를 일종의 흥미로운 실험 대상으로 삼았으니까.

우리 학교에서는 물리학과 화학이 필수 수강 과목이었다. 나는 이미 식물학을 수강했고 성적이 아주 좋았다. 일 년 내내 한 문제도 틀리지 않았고, 한동안은 식물학자가 되어 아프리카나 남아메리카의 열대림에서 야생초를 연구할까 고민하기도 했다. 그런 독특한 분야를 연구하면 이탈리아에서 미술을 연구하거나 영국에서 영문학을 공부하는 것보다 연구 기금을 따기가 훨씬 쉽다. 경쟁이 그리 심하지 않으니까.

식물학도 좋았다. 잎을 잘라 현미경으로 들여다보면서 빵 곰팡이나, 생식 주기의 양치류 식물이 나타내는 독특한 하트 모양 잎사귀를 그리는 것도 내게는 아주 생생한 일 같았다.

물리학 수업에 들어간 날은 정말 죽음이었다.

작달막하고 가무잡잡한 데다 높은 톤의 혀 짧은 소리를 내는 만지 교수는 몸에 붙는 파란 양복 차림으로 교단에 서 있었다. 그는 작은 나무 공을 들고 있었다. 그가 홈이 있는 가파른 경사면에 공을 놓아 바닥에 떨어지게 했다. a는 가속도이고 t는 시간이라고 말하기 시작하더니, 갑자기 글자와 숫자와

벨 자

등식 부호를 칠판에 하나 가득 휘갈겨 적었다. 정신이 없어 죽을 지경이었다.

물리학 책을 기숙사로 가져갔다. 등사판으로 인쇄한 종이를 벽돌색 판지 커버로 제본한 책이었다. 400쪽에 이르는 책에는 그림이나 사진 같은 것도 없이 도표와 공식만 있었다. 만지 교수가 여대생들에게 물리학을 설명하려고 집필한 책으로, 효과적이다 싶으면 정식으로 출판하려 했다.

나는 공식들을 외우고, 수업에 참석해서 나무 공이 굴러가는 것을 보고, 수업 종소리에 귀를 기울였다. 학기 말 즈음에 다른 여학생 대부분은 낙제했고, 나는 A를 받았다. 만지 교수는 수업이 너무 어려웠다고 불평하는 학생들에게 "아니, 그렇게까지 어려울 리 없지. 한 학생이 A를 받았거든"이라고 말했다. 다들 "누구인데요? 말해주세요"라고 졸라댔지만 그는 고개만 저을 뿐 대답하지 않고 내게 공범 같은 미소를 던졌다.

다음 학기에 화학에서 도망칠 생각을 한 것도 그 때문이었다. 물리학에서 A를 받았지만 고통스러울 만치 힘들었다. 물리학 수업을 받는 내내 속이 울렁거렸다. 참을 수 없었던 것은, 모든 것을 글자와 숫자로 쪼그라들게 만든다는 점이었다. 만지 교수는 칠판에 나뭇잎 모양이며 잎이 숨 쉬는 구멍을 확대한 그림, 카로틴과 크산토필 같은 환상적인 말이 아니라, 배배 꼬인, 전갈이 기어가는 것 같은 으스스한 공식만 빨간 분필로 잔뜩 적었다.

화학은 더 끔찍하리란 걸 알고 있었다. 화학 실습실에 걸린 아흔 몇 개의 원소 차트를 본 적이 있으니까. 금, 은, 코발트, 알루미늄 같은 멋진 말이 숫자와 함께 흉한 약어로 적혀 있었다. 그런 걸로 머리를 더 짜내야 한다면 미칠 것 같았다. 당장 낙제할 것 같았다. 그나마 한 학기를 버틴 것은 무지막지한 의지 덕분이었다.

그래서 재치 있는 전략을 들고 학과장을 찾아갔다.

전공이 영문학이므로 셰익스피어 강의를 들을 시간이 필요하다는 점을 내세울 계획이었다. 내가 화학 강의에서도 A를 받으리란 것은 학과장도 나도 잘 알고 있었다. 그러니 시험을 볼 필요가 있을까? 그냥 수업에 들어가서 쳐다보고 내용을 숙지하면 그뿐이지 학점이나 성적에 신경을 쓸 필요가 있을까? 나는 우등생 중에서도 손꼽히는 우등생이었고, 형식보다는 내용이 중요했다. 어쨌거나 항상 A를 받는 사람이 점수 따위를 챙기는 것은 어리석은 일 아닌가? 또 대학 측은 우리 학년 이후로 과학을 필수과목에서 빼려 했다. 그러니 우리가 예전 제도가 적용되는 마지막 학번이라는 점도 이용할 작정이었다.

만지 교수는 내 계획에 동의했다. 내가 그의 수업을 워낙 좋아해서, 학점 같은 실질적인 이유 없이 화학의 매력 때문에 수강한다는 점이 흐뭇했을 것이다. 셰익스피어로 수강 과목을 변경한 후에도 화학 수업에 참여하겠다는 제안이 효과를 발휘했다. 그럴 필요까지는 없었지만 다른 사람들은 내가 차마 화학을 포기 못하는 것으로 봤다.

벨 자

물론 애당초 A를 받지 않았으면 이런 계획은 성공하지 못했겠지. 또 학과장이, 내가 얼마나 겁먹고 낙심하고 있으며, 화학을 공부하기에 부적당하다는 진단서를 낼 생각까지 했고, 공식만 봐도 현기증이 난다는 사실을 알았다면 내 말을 듣지 않고 화학을 수강하게 만들었을 터였다.

결국 교수 회의에서 내 청원을 받아들였고, 학과장은 나중에 몇몇 교수가 내 아이디어에 감동했다고 말했다. 내 태도를 지성적으로 성숙해지는 진정한 발걸음으로 받아들였다나.

그 학년의 나머지 시간을 생각하면 웃음이 나왔다. 일주일에 다섯 번씩 화학 수업에 참석했고 한 번도 결석하지 않았다. 만지 교수는 계단식 강의실의 맨 밑에 서서, 실험용 튜브에 든 것을 짜서 파란 불빛과 빨간 불꽃과 노란 구름을 만들어냈다. 나는 교수의 말소리를 모기 소리라고 상상하며 귀를 막고 앉아 원색의 불빛과 색색의 불꽃을 구경했다. 그러면서 연이어 종이에 시구절을 적어 내려갔다.

만지 교수는 가끔 나를 흘끗 쳐다보다가 필기하는 것을 보고는 대견해하는 미소를 던졌다. 내가 시험도 안 볼 거면서 그의 강의에 너무도 매료되어 나도 모르게 공식을 받아 적는 줄 알았으리라.

4

그때 제이 시의 사무실에서 무슨 이유로 화학 수강을 교묘히 피한 일이 떠올랐는지 모르겠다.

제이 시가 말하는 사이, 그녀 뒤에 만지 교수가 나무 공을 들고 서 있는 착각이 들었다. 그는 노란 연기를 만든 실험용 튜브도 들고 있었다. 부활절 전에 실험을 할 때 썩은 달걀 냄새가 진동하자 학생들과 만지 교수가 웃음을 터뜨렸던 일도 떠올랐다.

만지 교수에게 미안했다. 그런 심한 거짓말을 했으니 무릎을 꿇고 사죄하고 싶었다.

제이 시가 두툼한 원고를 주면서 한결 친절한 목소리로 말을 건넸다. 나는 아침 내내 원고를 읽고 소감을 분홍색 사내 메모지에 타자로 쳐서 베시를 담당한 편집자의 사무실에 보냈다. 다음 날 베시가 그 글을 읽을 터였다. 제이 시는 가끔 말을 걸어서 실무에 대한 이야기나 소문을 들려주었다.

벨 자

제이 시는 정오에 유명한 문인 두 사람을 만나러 가야 했다. 한 사람은 여자고 한 사람은 남자였다. 남자는 〈뉴요커〉에 단편소설 여섯 편을 팔았고, 제이 시에게도 여섯 편을 팔았다. 잡지사에서 단편소설을 여섯 편씩이나 사는지 몰랐던 나는 그 말에 굉장히 놀랐다. 여섯 편의 원고료가 얼마나 될지 생각하니 다리가 떨렸다. 제이 시는 이번 점심 약속에서 굉장히 조심해야 한다고 말했다. 여자 문인도 소설을 쓰지만 〈뉴요커〉에는 작품을 판 일이 없고, 제이 시에게 오 년 사이에 단 한 편만 팔았기 때문이다. 제이 시는 더 유명한 남자 문인의 비위를 맞추는 동시에 덜 유명한 여자 문인의 감정이 상하지 않도록 조심해야 했다.

프랑스산 벽시계 속의 천사들이 날개를 접었다 펴며 금빛 나팔을 입에 대고 연이어 열두 소절을 불어댔다. 제이 시는 내게 일을 많이 했다며 〈레이디스 데이〉에 가서 구경하고 연회에 참석한 후 영화 시사회에 가라고 말했다. 내일 일찍 환한 모습으로 만나자면서.

그녀는 라일락색 블라우스 위에 재킷을 입고 모자 위에 라일락 조화를 꽂았다. 재빨리 콧등에 분을 바르고 두꺼운 안경을 고쳐 썼다. 흉한 외모였지만 대단히 현명해 보였다. 그녀는 사무실에서 나가면서 라일락색 장갑을 낀 손으로 내 어깨를 토닥거렸다.

"사악한 도시에 붙들리지 말라고."

나는 몇 분간 회전의자에 앉은 채로 제이 시에 대해 생각했다. 저명한 편집자가 되어 고무나무 화분과 아프리칸 바이올렛이 즐비한 사무실에 앉아 있으면 어떤 기분일지 상상해 봤다. 아침마다 화분에 물을 주는 비서가 있다면 어떨까. 제이 시 같은 엄마가 있으면 얼마나 좋을까. 그러면 어째야 좋을지 알 텐데.

엄마는 그리 도움이 되지 않았다. 엄마는 아버지가 세상을 떠난 이후 속기와 타자를 가르치며 우리를 부양했지만 속으로는 그 일을 싫어했다. 또 생명보험 영업 사원을 믿지 못해서 보험금 한 푼 남기지 않고 세상을 떠난 아버지를 미워했다. 엄마는 내게 대학 졸업 후 속기를 배워야 한다고 채근했다. 대학 졸업장만큼이나 실속 있는 기술이라며 "사도들도 그물 고치는 일을 했지. 그들도 우리처럼 살아야 했으니까"라고 말하곤 했다.

〈레이디스 데이〉의 웨이트리스가 내가 비운 아이스크림 그릇 두 개를 치우고 물그릇을 놓아주었다. 손가락을 헹구고 하나씩 깨끗한 리넨 냅킨에 세심하게 닦았다. 냅킨을 접어서 입술 사이를 닦고 조심스럽게 입가를 눌렀다. 냅킨을 테이블에 내려놓으니 분홍색 입술 모양이 작은 하트처럼 위로 솟아 있었다.

여기까지 온 기나긴 길을 생각했다.

처음 핑거볼식사 중에 손을 닦는 물그릇을 본 것은 내게 장학금을 준 부인의 집에서였다. 장학금 담당관은 장학금 기증자가 생존해 있으면 감사 편지를 쓰는 게 대학의 전통이라고 말했다.

나는 '필로메나 기니 장학금'을 받았다. 필로메나 기니는 1900년대 초반에 우리 대학을 다닌 부유한 소설가로, 첫 소설이 라디오 시리즈뿐 아니라 베티 데이비스 주연의 무성영화로도 제작되었다. 라디오 시리즈는 지금도 방송되고 있었다. 그녀는 우리 할아버지가 일한 컨트리클럽에서 멀지 않은 저택에 살고 있다고 했다.

그래서 필로메나 기니에게 학교 이름이 빨간색으로 박힌 회색 종이에 검은색 잉크로 긴 편지를 썼다. 가을에 자전거를 타고 언덕길을 오를 때 나뭇잎이 어떤 모양인지, 내 앞에 모든 지식이 펼쳐져 있으며 언젠가 나도 그녀처럼 훌륭한 소설을 쓸 수 있을 것인지 적었다.

시내 도서관에서 기니 여사의 책을 한 권 읽어보니―무슨 이유에서인지 대학 도서관에는 없었다― 처음부터 끝까지 긴장감 넘치는 질문들이 꽉 차 있었다. "글래디스가 과거에 로저를 알았다는 사실을 에벌린은 알까? 헥터는 열에 들떠서 생각했다." "롤몹 부인과 외떨어진 시골 농장에서 숨어 사는 엘시라는 아이에 대해 알면 도널드는 어떻게 그녀와 결혼할 수 있을까? 그리젤다는 달빛을 받은 차가운 베개에게 물었다." 이런 책들 덕분에 기니 부인은 몇백만 달러를 벌었다. 나중에 그녀는 대학 시절에는 몹시 멍청했노라고 내게 말했다.

기니 부인은 답장을 보내어 집에 와서 점심 식사를 하자고 초대했다. 거기서 처음으로 핑거볼을 봤다.

물에 벚꽃 몇 송이가 떠 있는 것을 보고 식후에 먹는 일본식 수프 같은 거라고 짐작했다. 그래서 그릇에 든 물을 다 마셨다. 사각거리는 꽃잎까지 몽땅. 기니 부인은 아무 말도 하지 않았고, 나는 아주 나중에, 사교계에 데뷔한 여학생에게 그 식사에 대해 이야기하면서 내가 무슨 짓을 저질렀는지 알았다.

실내가 햇살처럼 환한 〈레이디스 데이〉 사무실에서 나오니 거리는 우중충하고 비가 내리고 있었다. 깨끗이 씻어주는 시원한 비가 아니라 브라질에서 내릴 것 같은 그런 비였다. 하늘에서 주먹만 한 빗방울이 쏟아져 반들거리는 검은 콘크리트 위로 김이 피어올랐다.

센트럴파크에서 혼자 오후 시간을 보내겠다는 은밀한 소망은 〈레이디스 데이〉의 유리 회전문 속에 깔려버렸다. 미지근한 빗속을 지나 침침한 동굴 같은 택시에 올라타면서 나도 모르게 화가 났다. 베시, 힐다, 에밀리 앤 오펜바흐와 함께였다. 빨간 머리를 쪽진 에밀리는 새침한 여자로, 남편과 세 아이와 뉴저지 주의 티넥에 살았다.

영화는 아주 형편없었다. 예쁜 금발의 여주인공은 준 앨리슨을 닮았지만 다른 사람이었고, 섹시한 검은 머리 여자도 엘리자베스 테일러처럼 생겼지만 다른 사람이었다. 릭과 길이라는 어깨가 넓고 체구가 큰 바보 둘이 나왔다.

벨 자

풋볼 로맨스였고 천연색 영화였다.

난 천연색 영화가 싫다. 천연색 영화에 나오는 배우들은 죄다 장면이 바뀔 때마다 야한 새 의상을 입고 진초록색 나무나 진노란색 밀밭이나 사방으로 흘러가는 진파란색 바다 앞에 빨래걸이처럼 서 있어야 한다고 느끼는 것 같다.

영화의 대부분이 풋볼 경기장 장면이었다. 두 여자가 멋진 옷을 입고, 옷깃에는 양배추만 한 오렌지색 국화를 달고 손을 흔들며 응원한다. 그러고는 〈바람과 함께 사라지다〉에 나올 법한 드레스를 입고 무도장에서 파트너와 플로어를 휩쓸고 다니다가, 화장실에 가서는 음란한 말을 주고받았다.

결국 착한 여주인공은 멋진 풋볼 영웅과 엮이고, 섹시한 여자는 누구와도 안 이어진다. 길이라는 남자는 연애 상대를 원했을 뿐 아내감을 원한 게 아니어서, 짐을 싸서 편도 표를 들고 유럽으로 떠나버렸으니까.

이 대목에서 묘한 기분이 느껴지기 시작했다. 앞쪽이 똑같이 은색으로 빛나고 뒤쪽에는 검은 그림자가 드리운 작은 머리통들을 둘러보았다. 관객들은 하나같이 멍청이로 보였다.

토할 것 같은 끔찍한 위험이 엄습했다. 속이 메스꺼운 게 형편없는 영화 때문인지 잔뜩 먹은 캐비아 때문인지 알 수 없었다.

"호텔로 돌아가야겠어."

나는 어둠침침한 속에서 베시에게 속삭였다.

베시는 대단한 집중력으로 뚫어져라 스크린을 응시했다.

"몸이 안 좋아?"

그녀는 입술을 달싹거리지도 않고 속삭였다.

"안 좋아. 끔찍해."

"나도 그래. 같이 가자."

우리는 자리에서 일어나 "실례합니다" "실례합니다"를 연발하며 긴 줄을 빠져나왔고, 사람들은 투덜대며 장화와 우산을 비켜 지나가게 해주었다. 나는 가능한 한 여러 사람의 발을 밟았다. 그러면서 토하고 싶은 마음을 떨쳐버릴 수가 있었으니까.

거리로 나왔을 때도 미적지근한 빗줄기가 추적추적 내렸다.

베시는 겁에 질린 표정이었다. 뺨에 화사한 기운이 사라지고, 식은땀을 흘렸으며, 얼굴은 파랗게 질려 있었다. 우리는 노란 택시에 올라탔다. 택시를 탈지 말지 정하지 못할 때는 이상하게도 꼭 택시가 서 있다. 호텔에 도착할 때까지 나는 한 번, 베시는 두 번 토했다.

운전사가 코너를 마구 도는 바람에 뒷자석에 앉은 우리는 이리저리 쏠렸다. 토할 것 같으면 바닥에 떨어진 물건을 찾는 사람처럼 조용히 머리를 숙였고, 그러면 다른 사람이 콧노래를 부르면서 창밖을 내다보는 체했다.

그래도 택시 운전사는 우리가 무슨 짓을 하는지 아는 눈치였다.

막 빨간색으로 바뀐 신호등을 지나면서 운전사가 말했다.

벨 자

"이봐요, 택시 안에서 그러면 안 되죠. 차에서 내려서 길바닥에다 토해야죠."

하지만 우리는 아무 대꾸도 하지 않았고, 그는 목적지에 거의 왔으나 호텔 정문에 도착할 때까지 내리라고 하지 않았던 것 같다.

택시비를 헤아릴 짬도 없었다. 동전을 한 움큼 운전사 손에 쥐여주고, 바닥의 토사물에 휴지 두어 장을 덮었다. 호텔 로비로 뛰어 들어가 빈 엘리베이터에 올라탔다. 다행스럽게도 호텔이 조용한 시간이었다. 베시가 엘리베이터에서 또 토했고, 나는 머리를 잡아주었다. 그러다가 내가 토하자 베시가 머리를 잡아주었다.

보통은 한바탕 토하면 곧바로 기분이 나아진다. 우리는 부둥켜안고 잘 자라는 인사를 한 다음 각자의 방을 향해 반대편 복도로 걸어갔다. 같이 토한 사람들은 오랜 친구처럼 된다.

하지만 방문을 닫고 옷을 벗고 침대로 들어가는 순간 속이 훨씬 안 좋아졌다. 당장 변기로 뛰어가야 할 것 같았다. 파란색 수레국화가 그려진 흰 가운을 입고 비틀비틀 화장실로 갔다.

베시도 이미 화장실에 와 있었다. 나는 문밖으로 그녀의 신음이 새어나오는 것을 듣고, 잰걸음으로 모퉁이를 돌아 다른 화장실로 향했다. 죽을 것 같았다. 그때는 그랬다.

화장실에 앉아서 세면대의 가장자리에 머리를 기댔다. 내장도, 저녁 먹은 것도 다 빠져나간다는 생각이 들었다. 메스꺼움은 거대한 파도처럼 밀려왔다. 매번 파도가 친 후에는 메스꺼운 느낌이 밀려가고, 팔다리가 젖은 나뭇잎 같아져서 온몸이 떨렸다. 그러다 다시 배 속에서 욕지기가 일어났고, 고문실 같은 흰 타일이 발밑과 머리 위, 사방에서 죄어들어 몸을 마구 눌러댔다.

얼마나 그렇게 있었는지 모르겠다. 세면대 마개를 빼고 찬물이 흐르게 했다. 그러면 지나가는 사람은 내가 세탁을 한다고 짐작할 테지. 밖이 조용해서 안전하다 싶어지면 난 바닥에 누워서 가만히 있었다.

여름이 다 지난 것 같았다. 한겨울처럼 뼛속까지 떨렸고 이가 딱딱 부딪쳤다. 가져온 커다란 수건을 머리 밑에 받쳤지만, 눈 더미처럼 감각이 없었다.

그렇게 욕실 문을 두드려대니 진짜 예의가 없다는 생각이 들었다. 안에 사람이 있으면 내버려두고 모퉁이를 돌아 다른 욕실에 가면 그만일 텐데, 아까 내가 그랬듯이……. 하지만 누군가 계속 문을 두드리면서 들어오겠다고 채근하자 난 어렴풋이 목소리를 알아들었다. 에밀리 앤 오펜바흐의 목소리 같았다.

"잠깐만요."

간신히 내가 대답했다. 물엿처럼 끈적거리는 소리가 나왔다.

몸을 일으켜 천천히 일어나서 변기 물을 내렸다. 물을 내린 게 이번이 열 번째쯤 될 터였다. 세면대를 깨끗이 씻은 후, 토한 자국이 보이지 않게 수건을 말아 들고 욕실 문을 열고 복도로 나갔다.

에밀리나 다른 사람을 쳐다보면 큰일이란 걸 알기에, 복도 끝에서 일렁거리는 창문에 시선을 고정하고 한 발짝씩 조심조심 내디뎠다.

다음으로 내가 본 것은 다른 사람의 구두였다.

갈라진 검은 가죽으로 된 뭉툭한 구두는 낡아 보였다. 발가락 위쪽의 조개 문양에 작은 바람구멍이 있고 반들거리지 않았다. 구두는 내 쪽을 향하고 있었다. 내 오른쪽 뺨을 짓누르는 단단한 초록색 표면에 구두가 있는 것 같았다.

난 가만히 누워서 어떻게 할지 알아낼 실마리가 잡히기를 기다렸다. 구두의 왼쪽에, 흰 바탕 위에 파란색 수레국화가 쌓인 광경을 보자 울고 싶어졌다. 내가 보고 있는 것은 내가 입은 가운의 소매였고, 소매 끝에 내 왼손이 대구처럼 창백하게 놓여 있었다.

"이제 이 아가씨는 괜찮습니다."

머리 위쪽, 냉정한 공간에서 목소리가 울렸다. 처음에는 눈치채지 못하다가 얼마 지나서야 이상한 점을 깨달았다. 남자 소리였는데, 우리 호텔은 밤낮 가리지 않고 남자는 출입 금지였다.

"다른 아가씨는 몇 명이나 되지요?"

남자가 물었다.

난 관심을 갖고 귀 기울였다. 바닥은 아주 든든해 보였다. 내가 바닥에 쓰러져서 더는 쓰러지지 못한다는 사실이 위안이 됐다.

"열한 사람일 거예요. 이 아가씨 외에 열한 명이 더 있는데 한 명이 없어졌으니 열 명이 남지요."

여자 목소리였다. 검은 구두를 신은 사람일 거라는 생각이 들었다.

"이 환자를 침대로 데려가도록 해요. 나머지 환자들은 내가 돌보겠소."

오른쪽 귓가에 통통 소리가 들리더니 점점 희미해졌다. 멀리서 문이 열렸고, 사람들 목소리와 신음하는 소리가 나더니 다시 문이 닫혔다.

내 양쪽 겨드랑이에 손이 들어왔고 여자 목소리가 들렸다.

"자, 갑시다. 갈 수 있어요."

반쯤 떠밀려가는 느낌이었고, 천천히 문을 하나하나 지났다. 마침내 우린 문을 열고 안으로 들어갔다.

여자는 침대 시트를 젖히고 나를 눕혔다. 턱까지 시트를 덮어주고 잠시 침대 옆의 의자에 앉아서 통통한 분홍색 손으로 부채질을 했다. 금테 안경을 쓴 여자는 흰 간호사 캡을 쓰고 있었다.

"누구세요?"

내가 힘없이 물었다.

벨 자

"호텔 간호사예요."
"제가 어떻게 된 거죠?"
"식중독이에요. 아가씨들 모두 식중독에 걸렸어요. 이런 일은 처음 봤어요. 여기서 아프고 저기서 아프고. 대체 뭘 먹은 거예요?"
"다른 친구들도 모두 아픈가요?"
나는 희망을 느끼며 물었다.
"모두 다요. 개처럼 끙끙대면서 엄마를 불러댄다니까요."
간호사가 대답했다.
방 주변에 가벼운 분위기가 감돌았다. 내가 갑자기 아파서 의자, 테이블, 벽 할 것 없이 동정심에서 무게를 꾹 누르고 있기라도 한 것 같았다.
"의사 선생님이 주사를 놨어요. 이제 자도록 해요."
문간에서 간호사가 말했다.
그녀의 자리에 흰 종이 같은 문이 막아서더니 문 자리에 더 큰 종이가 나타났다. 난 그쪽으로 둥둥 떠가다가 슬며시 웃으며 잠에 빠졌다.

누군가 베개 옆에서 흰 컵을 들고 서 있었다.
"마셔봐."
사람들이 말했다.
난 고개를 저었다. 베개에서 짚 뭉치 같은 바스락 소리가 났다.

"이걸 마시면 한결 기운이 날 거야."

누군가 두툼한 흰 사기 컵을 내 코밑으로 밀었다. 저녁인지 새벽녘인지, 희미한 빛 속에서 맑고 누런 국물을 쳐다봤다. 버터 조각이 둥둥 떠다녔고 닭고기 냄새가 콧구멍 속으로 스며들었다.

조심스럽게 컵 뒤에 있는 치맛자락을 쳐다봤다.

"베시구나."

내가 말했다.

"베시 아냐. 나야."

눈을 드니 창문 앞쪽으로 도린의 머리통 윤곽이 보였다. 연한 금발 끝에 황금빛 후광같이 빛이 어렸다. 얼굴에 그림자가 드리워져서 표정은 볼 수 없었지만 도린의 손끝에서는 전문가다운 상냥함이 묻어났다. 베시일 수도, 우리 엄마나 고사리 냄새를 풍기는 간호사일 수도 있었다.

나는 고개를 숙이고 국물을 마셨다. 모래가 꽉 찬 것처럼 입안이 깔깔했다. 홀짝홀짝 마시고 또 마셨다. 결국 컵이 비었다.

몸이 깨끗하고 성스러워진 느낌이었다. 새로운 삶을 살 준비가 된 기분.

도린은 컵을 창틀에 내려놓고 안락의자에 앉았다. 난 그녀가 담배를 꺼낼 기미를 보이지 않는 것을 알아차렸다. 줄담배를 피우는 도린이었기에 담배를 피우지 않는 게 놀라웠다.

마침내 그녀가 말했다.

벨 자

"너, 하마터면 죽을 뻔했어."

"캐비아 때문일걸."

"캐비아가 아냐! 게살 때문이었어. 검사를 했는데 게살에 식중독균이 우글우글했대."

〈레이디스 데이〉의 끝없이 펼쳐진, 천국처럼 흰 주방이 떠올랐다. 마요네즈에 버무린 게살을 채운 아보카도가 줄줄이 놓인 장면도 그려졌다. 아보카도는 밝은 조명 아래서 촬영됐다. 담요 같은 마요네즈를 뚫고 결이 고운 분홍색 게살이 유혹적으로 뻗친 모습이며 초록색 껍질에 싸인 아보카도의 노란 속살하며.

식중독이라니.

"누가 검사를 했는데?"

의사가 누군가의 배를 눌러댄 다음 호텔 화장실에서 채취한 변으로 검사했을 거라는 생각이 들었다.

"〈레이디스 데이〉쪽 멍청이들이 했지. 너희 모두 줄줄이 쓰러지자 누군가 사무실에 전화를 걸었고, 사무실 측에서 〈레이디스 데이〉에 연락을 했지. 그쪽에서 오찬 파티 때 남은 음식을 모두 검사했대. 이런!"

"이런!"

나는 휑하게 읊조렸다. 도린이 돌아와서 다행이었다.

"그쪽에서 선물을 보냈어. 큰 상자가 바깥 복도에 있어."

"어떻게 그렇게 빨리 도착했지?"

"특별 속달로 보냈겠지. 어떤지 알아? 너희가 〈레이디스 데이〉때문에 식중독에 걸렸다고 떠들면서 돌아다니면 그쪽으로서는 감당 못하게 되지. 너희가 똑똑한 변호사만 구한다면 소송을 해서 〈레이디스 데이〉의 전 재산을 받아낼 수도 있어."

"선물은 뭔데?"

좋은 선물이라면 식중독 사건은 그냥 넘어가겠다는 생각을 하기 시작했다. 몸이 말짱했으니까.

"아직 아무도 선물 상자를 안 열었어. 상자가 납작해. 멀쩡한 사람은 나 혼자여서 모두에게 수프를 먹여야 하거든. 맨 먼저 너한테 수프를 가져온 거야."

"선물이 뭔지 살펴봐줘."

내가 부탁했다. 그 다음 뭔가 떠올라 이런 말을 덧붙였다.

"나도 너한테 줄 선물이 있는데."

도린은 복도로 나갔다. 잠시 부스럭대더니 종이 찢는 소리가 들렸다. 마침내 도린은 번쩍이는 표지 장정이 된 두꺼운 책을 들고 돌아왔다. 책에는 사람들의 이름이 박혀 있었다.

"『올해의 최고 단편 30선』."

도린이 책을 내 무릎에 내려놓았다.

"상자에 열한 권이 더 있어. 너희가 아픈 동안 읽을거리를 줘야겠다고 생각했나 봐."

도린은 잠시 말을 멈추었다가 덧붙였다.

"내 선물은 어디 있어?"

나는 핸드백을 뒤져서 이름과 데이지 꽃이 박힌 거울을 도린에게 주었다. 그녀는 날 물끄러미 보았고 나도 그녀를 보았다. 우리는 웃음을 터뜨렸다.

"먹고 싶으면 내 수프까지 먹도록 해. 실수로 쟁반에 수프를 열두 그릇 내왔더라고. 나는 레니랑 비가 그치기를 기다리면서 핫도그를 많이 먹어서 아무것도 못 먹겠어."

도린이 말했다.

"수프를 가져와. 배고파 돌아가시겠어."

내가 말했다.

5

 다음 날 아침 일곱 시에 전화벨이 울렸다.
 나는 깊은 잠의 밑바닥에서 천천히 헤엄쳐서 올라왔다. 제이 시가 보낸 전보는 이미 거울에 꽂혀 있었다. 출근하려 애쓰지 말고 하루 쉬면서 몸을 추스르라는 내용이었다. 또 상한 게살을 먹었다니 유감이라는 말도 덧붙여 있었다. 그러니 누가 전화를 걸었는지 짐작할 수가 없었다.
 손을 뻗어 수화기를 베개 쪽으로 당기자 송화구는 쇄골에 닿고 귀에 대는 부분은 어깨에 놓였다.
 "여보세요?"
 남자 목소리였다.
 "에스더 그린우드 양인가요?"
 약간 외국인의 억양이 있다는 생각이 들었다.
 "그런데요."
 "콘스탄틴 누구누구입니다."

성은 알아듣지 못했지만 '스'와 '크' 소리만 잔뜩 들렸다. 아는 사람 중에 콘스탄틴이라는 사람은 없었지만 그렇게 말할 용기는 없었다.

그때 윌러드 부인이 소개해주겠다던 동시통역사가 기억났다.

"아, 네네!"

나는 소리치다시피 말하면서 일어나 앉아 수화기를 양손으로 붙들었다.

윌러드 부인에게 콘스탄틴이라는 남자를 소개해도 좋다고 말한 적이 없는데.

나는 요상한 이름의 남자를 많이 알았다. 소크라테스라는 남자도 알았다. 못생겼지만 키가 크고 지적인 남자로, 할리우드에서 활동하는 그리스 거물 영화제작자의 아들이었다. 하지만 가톨릭 신자인 점이 둘 모두에게 안 좋게 작용했다. 소크라테스 말고도 아틸라라는 백러시아인을 알았다. 그는 보스턴 경영대학에 다니는 남학생이었다.

나는 차츰 콘스탄틴이 오후에 만날 약속을 만들려고 애쓰는 것을 알아차렸다.

"오늘 오후에 유엔에 구경 올래요?"

"유엔은 얼마든지 구경할 수 있는데요."

나는 약간 신경질적으로 키득거렸다.

그가 난처해하는 것 같았다.

"방 창문으로 보이거든요."

그가 알아듣기에는 내 영어가 좀 빠르다는 생각이 들었다. 침묵이 흘렀다.

그러다가 콘스탄틴이 말했다.

"그럼 나중에 밥이나 먹을래요?"

그 말에서 윌러드 부인의 말투를 감지하자 가슴이 덜컥 내려앉았다. 윌러드 부인은 늘 "밥이나 먹자"라며 초대했다. 그제야 이 사람이 처음 미국에 왔을 때 윌러드 부인의 집에서 묵은 일이 기억났다. 윌러드 부인은 외국인에게 집을 개방하고, 외국에 가면 그 외국인의 집에 묵는 모임의 회원이었다.

그제야 윌러드 부인이 러시아에서의 숙박을, 내가 뉴욕에서 '밥이나 먹는' 것과 맞바꾸었다는 것을 알 수 있었다.

"네, 밥이나 먹도록 하죠. 몇 시에 오실래요?"

내가 뻣뻣하게 물었다.

"두 시쯤 차를 가지고 가죠. 아마존 맞죠?"

"네."

"아, 그 호텔이 어디 있는지 알아요."

순간, 그의 말투에서 묘한 뉘앙스가 느껴졌다. 유엔에서 비서로 일하면서 아마존에 묵는 여자와 데이트해봤겠지. 나는 그가 전화를 끊을 때까지 기다렸다가 수화기를 내려놨다. 다시 침대에 누우니 기분이 우울했다.

어떤 남자가 날 만나자마자 열정적으로 사랑하는 화려한 상상을 해보았다. 그런데 지루한 유엔 구경을 한 다음 유엔 샌드위치나 먹다니!

벨 자

기분 전환을 하려고 애썼다.

윌러드 부인이 소개한 동시통역사는 땅딸보 추남이겠지. 난 버디 윌러드를 경멸하는 것처럼 이 남자도 경멸할 거야. 그 생각을 하자 만족감이 생겼다. 다들 버디가 결핵 요양원에서 퇴원하면 나와 결혼할 거라고 생각하지만, 난 그를 경멸하기 때문에 결혼하는 일은 없을 터였다. 그가 지구에 남은 마지막 남자라 해도.

버디 윌러드는 위선자였다.

물론 처음에는 위선자인 줄 몰랐다. 내가 만난 최고의 남자로 생각했다. 그는 오 년간 멀리서 사모한 끝에 날 쳐다봐주었고, 그 후 나는 그를 사모하고 그는 나를 쳐다봐주는 아름다운 시기가 있었다. 그러다가 그가 날 점점 많이 바라보자 우연히 그가 끔찍한 위선자라는 걸 알게 되었다. 이제 그는 나와 결혼하고 싶어 하지만 난 그의 됨됨이가 싫었다.

이 얘기에서 최악은, 내가 당당히 나서서 버디를 어떻게 생각하는지 말 못한다는 점이었다. 생각을 밝히기 전에 그가 결핵에 걸렸으니까. 그가 다시 회복해서 있는 그대로의 진실을 받아들일 수 있을 때까지 난 그에게 장단을 맞춰야 했다.

아침 식사를 하러 카페에 내려가지 않기로 했다. 내려가려면 옷을 입어야 하는데, 아침 내내 누워 있을 거면서 옷을 차려입어 뭐하려고? 아래층에 전화해서 방으로 아침 식사를 갖다달라고 할 수도 있었지만, 그러면 직원에게 팁을 주어야 했다. 팁을 얼마나 주어야 할지 알 수가 없었다. 뉴욕에 와서 팁을 주려고 애쓴 경험은 몇 번 있었다.

처음 아마존에 도착했을 때, 제복 차림에 키가 난쟁이만 한 대머리 사내가 가방을 엘리베이터에 옮기고 객실 문을 열어주었다. 물론 난 곧장 창문으로 가서 주변 풍경을 보았고, 그사이 직원은 세면대의 온수와 냉수를 틀어 보이면서 "이건 온수고 이건 냉수입니다"라고 말했다. 그러더니 라디오를 켜고 뉴욕의 방송국 주파수를 말해주었다. 나는 불편해지기 시작해서 그에게 등을 돌리고 단호하게 말했다.

"가방을 올려다줘서 고마워요."

"고마워요, 고마워요, 고마워요. 하!"

그는 사람을 모욕하는 투로 말하더니 내가 무슨 일인가 싶어 몸을 돌리기도 전에 사라져버렸다. 문 닫는 소리가 요란했다.

나중에 도린에게 그의 미심쩍은 행동에 대해 말하자 그녀는 이렇게 말했다.

"순진한 아가씨야, 그는 팁을 바랐던 거야."

얼마나 주었어야 하냐고 묻자 도린은 최소한 25센트, 가방이 아주 무거우면 35센트는 주어야 한다고 했다. 나 혼자서도 가방을 너끈히 가지고 올라올 수 있었지만 그 사람이 도와주고 싶어 안달을 하기에 내버려둔 건데. 그런 종류의 서비스는 숙박료에 포함됐다고 생각했고.

나도 쉽게 할 수 있는 일을 해주었다고 돈을 주는 건 싫다. 신경이 바짝 곤두서게 만든다.

벨 자

도린은 10퍼센트를 팁으로 주어야 한다고 했지만 잔돈이 그만큼 없을 때가 많았다. 50센트를 주면서 "이 중 15센트는 당신에게 주는 팁이니 35센트를 거슬러줘요"라고 말하는 건 멍청해 보일 것 같았다.

뉴욕에 와서 처음 택시를 탔을 때 운전사에게 10센트를 팁으로 주었다. 택시 요금이 1달러여서 10센트면 딱 알맞다고 생각했다. 미소를 지으며 감사의 말과 함께 10센트짜리 동전을 주었다. 그런데 그는 동전을 손바닥에 펴놓고 멀뚱멀뚱 쳐다보기만 했다. 실수로 캐나다 동전을 주지 않았기를 바라며 택시에서 내리는데 운전사가 고함치기 시작했다.

"아가씨같이 깍쟁이처럼 살아야 하는데."

그가 시끄럽게 굴자 어찌나 겁이 나던지 막 뛰었다. 다행히 택시가 정지 신호에 걸렸으니 망정이지, 안 그랬으면 운전사가 계속 쫓아오면서 당혹스럽게 소리를 질렀으리라.

그 일에 대해 물었더니 도린은 전에 뉴욕에 왔을 때는 팁이 10퍼센트였는데 15퍼센트로 올랐나 보다고 중얼댔다. 어쨌든 택시 운전사는 정말 못된 인간이었다.

〈레이디스 데이〉에서 보내준 책을 집었다.

표지를 펼치니 카드가 떨어졌다. 카드 앞에는 꽃무늬 옷을 입은 푸들이 슬픈 얼굴로 바구니에 앉아 있고, 카드 안에는 푸들이 미소 지으며 바구니에 누워 있는 그림이 있었다. 곤히 잠든 푸들 위에 "푹 쉬어서 회복하시기를"이라고 수놓은 쿠션이 있었다. 카드 하단에는 보라색 잉크로 "얼른 일어나세요! 〈레이디스 데이〉의 친구들 보냄"이라고 적혀 있었다.

단편소설을 한 편씩 대충 넘겨 읽다가 무화과나무에 대한 이야기를 보게 됐다.

이 무화과나무는 어느 유대인 사내의 집과 수녀원 사이에서 자랐다. 유대인 남자와 아름다운 수녀는 익은 무화과를 따러 왔다가 계속 마주쳤고, 마침내 어느 날 두 사람은 나뭇가지에 있는 새 둥지에서 알이 부화되는 광경을 목격했다. 아기 새가 알을 깨고 나오는 것을 볼 때 둘의 손등이 닿았고, 그 후 수녀는 무화과를 따러 나오지 않았다. 대신 심술궂은 인상의 주방 하녀가 나와서 무화과를 딴 후 남자가 더 많이 따 가지 않는지 일일이 확인했다. 그러자 유대인 남자는 화가 났다.

아름다운 이야기라는 생각이 들었다. 겨울에 눈 맞은 무화과나무와 푸른 열매가 달린 봄의 무화과나무를 묘사한 대목은 특히 아름다웠다. 마지막 페이지에 이르자 아쉬웠다. 담장 사이로 기어들듯 검은 활자 사이로 기어 들어가서 멋진 아름드리 무화과나무 밑에서 잠들고 싶었다.

버디 윌러드와 내가 그 유대인 남자와 수녀 같았다. 물론 우리는 유대인도 가톨릭 신자도 아닌 유일교도_{신교의 일파로 삼위일체설을 부인하고 유일 신격을 주장하여 그리스도의 신성을 부인하는 교파}였지만, 우리는 상상의 무화과나무 밑에서 만났고, 우리가 본 것은 알을 깨고 나오는 새가 아니라 여자의 몸에서 나오는 아기였다. 그 후 무시무시한 일이 일어났고 우린 각자의 길을 갔다.

외로움과 허약함을 느끼며 호텔의 하얀 침대에 누워 있자니 요양원에서 나보다 훨씬 외롭고 힘없이 누워 지내는 버디가 생각났다. 나 자신이 형편없는 배반자처럼 느껴졌다. 버디가 보낸 편지에는 의사이자 시인이 쓴 시를 읽고 있다는 얘기며, 고인이 된 저명한 러시아 단편소설가가 의사였다는 사실을 알아냈다며 의사와 작가는 잘 어울린다는 얘기가 들어 있었다.

우리가 알고 지낸 지난 이 년 동안 버디가 입에 달고 다니던 말과는 전혀 분위기가 달랐다. 그가 씩 웃으면서 "시가 뭔지 알아, 에스더?"라고 말했던 날이 지금도 기억난다.

"아니, 뭔데?"

내가 물었다.

"먼지."

이런 생각을 했다는 걸로 그가 어찌나 으스대던지, 나는 그의 금발과 파란 눈, 길고 튼튼하고 하얀 치아를 빤히 쳐다보기만 했다.

"그렇겠네."

내가 말했다.

마침내 내가 그 말에 합당한 대답을 찾아낸 것은 일 년 후 뉴욕 한복판에서였다.

나는 버디와의 대화를 상상하느라 긴 시간을 보냈다. 그는 나보다 두 살 많았고 대단히 과학적이어서 항상 뭐든지 증명할 줄 알았다. 버디와 같이 있을 때면 정신을 차리기 위해 애써야 했다.

마음속에 떠오른 대화는 늘 버디와 실제로 나눈 대화로 시작됐다. 다만 상상 속의 대화는 내가 앉아서 "그렇겠네"라고 맞장구치는 대신 톡 쏘는 걸로 끝났다.

이제 침대에 누워서 나는 버디가 이런 말을 하는 상상을 했다.

"시가 뭔지 알아, 에스더?"

"아니, 뭔데?"

내가 묻겠지.

"먼지."

그가 미소 지으면서 으스대는 표정을 짓기 시작하면, 나는 말하리라.

"네가 해부하는 시체도 마찬가지야. 네가 치료한다고 생각하는 사람들도 그렇고. 그들도 다 먼지에 불과하다고. 훌륭한 시는 그런 사람들 백 명을 모아놓은 것보다도 훨씬 오래 남지."

물론 버디는 그 말에 대꾸하지 못할 터였다. 내가 한 말이 사실이니까. 사람들은 먼지 덩어리에 불과했고, 그런 먼지 덩어리를 치료하는 게 시를 쓰는 일보다 뭐가 대단한지 알 수 없었다. 사람들은 불행하거나 아프거나 잠을 못 이룰 때면 시를 기억하고 외우지 않던가.

벨 자

버디 윌러드의 말을 하나님 말씀으로 여겼다는 게 내 문제였다. 그가 내게 첫 키스를 했던 밤이 기억난다. 예일대 3학년 무도회가 끝난 후였다. 버디가 나를 무도회에 초대한 것은 의외였다.

어느 크리스마스 방학 때 그가 불쑥 우리 집에 들어섰다. 두툼하고 흰 터틀넥 스웨터를 입은 그가 어찌나 잘생겼는지 눈을 뗄 수가 없었다. 그가 말했다.

"언제 학교에 들러도 괜찮겠지?"

난 어리둥절했다. 둘 다 학교에 다니다 집에 와 있을 때 주일에 교회에서 보는 게 고작이었다. 그것도 멀리서 봤기에 그가 무슨 생각으로 집에 찾아왔는지 나로서는 감이 잡히지 않았다. 그는 우리 집까지 3킬로미터가 넘는 거리를 크로스컨트리 연습 삼아 뛰어왔다고 했다.

물론 양쪽 어머니들은 친한 친구 사이였다. 같은 학교에 다녔고, 둘 다 다니던 학교의 교수랑 결혼해서 같은 고장에 자리 잡았다. 하지만 버디는 가을에 대학 예비 학교에서 장학금을 받아 집을 떠나 있거나 여름에 소나무 발진 녹병을 처치하고 돈을 벌기 위해 몬태나에 가 있곤 했다. 그가 늘 집에 없었기에 양쪽 어머니가 동창생인 것도 도움이 되지 않았다.

그때 갑자기 찾아온 후로 3월 초의 화창한 토요일 아침까지 나는 버디의 소식을 듣지 못했다. 대학 기숙사의 내 방에서, 월요일에 치를 십자군에 관한 역사 시험 공부를 하는 중이었다. 은자 피터와 무일푼 월터에 관한 내용이었다. 그때 복도의 전화벨이 울렸다.

보통은 학생들이 돌아가면서 전화를 받지만, 우리 층에 신입생은 나 혼자뿐이고 모두 졸업반이었기에 대개 내가 전화를 받았다. 다른 사람이 먼저 전화를 받을까 해서 잠시 기다렸다. 그러다 다들 스쿼시 경기를 하러 갔거나 주말이라 외출했다는 걸 깨닫고 직접 전화를 받았다.

"너, 에스더니?"

아래층에서 당번을 서는 선배가 물어서 그렇다고 했더니 그녀가 다시 말했다.

"어떤 남자가 널 보러 왔어."

그 말에 난 깜짝 놀랐다. 그해에 미팅에서 만난 남자 가운데 전화해서 데이트 신청을 한 사람은 한 명도 없었으니까. 난 운이 지독히 나빴다. 토요일 밤마다 호기심을 갖고 긴장한 채 아래층에 내려가 보면, 귀가 튀어나오거나 이가 이상하거나 다리가 불구인 창백한 남자가 있었다. 선배의 고모의 단짝 친구의 아들 등등이었다. 내가 왜 그런 꼴을 당해야 하나. 어디가 모자란 것도 아닌데. 그저 공부를 너무 열심히 하고, 언제 멈추어야 할지 모르는 것뿐인데.

머리를 빗고 립스틱을 덧바르고 역사책을 챙겨서—마음에 안 드는 남자가 와 있으면 도서관에 가는 길이라고 둘러댈 수 있으니까— 아래층에 내려갔다. 버디 윌러드가 카키색 점퍼와 파란 면바지에 회색 운동화 차림으로 우편용 테이블에 기대서서 날 보고 활짝 웃었다.

벨 자

"인사나 하려고 들렀지."

그가 돈을 절약하려고 히치하이크를 했다고 쳐도, 예일대에서 여기까지 '인사나 하려고' 왔다니 미심쩍었다.

"어서 와. 나가서 현관에 앉자."

내가 말했다.

워낙 말이 많은, 당번인 선배가 궁금증 어린 눈초리로 나를 쳐다보기에 밖으로 나가고 싶었다. 그 선배는 버디가 큰 실수를 저질렀다고 생각하는 눈치였다.

우리는 버드나무 흔들의자 두 개에 나란히 앉았다. 햇살이 맑았고, 바람 한 점 없이 아주 따뜻했다.

버디가 말했다.

"몇 분만 있다가 갈 거야."

"아니, 점심 먹고 가."

내가 말했다.

"아니야, 그럴 수가 없어. 조앤이랑 2학년 무도회에 가려고 왔거든."

스스로 바보도 이런 바보가 없다 싶게 느껴졌다.

"조앤은 잘 지내?"

내가 쌀쌀맞게 물었다.

조앤 길링은 우리랑 같은 고향 출신으로 같은 교회에 다녔고, 나보다 한 학년 높았다. 대단한 여학생이었다. 물리학 전공으로 과 대표였고, 대학 하키 챔피언이었다. 조앤을 볼 때마다 움츠러드는 기분이었다. 그 자갈 색깔의 눈동자하며 윤나는 반듯한 치아, 숨이 차는 목소리하며, 말만큼 덩치도 컸다. 버디의 여자 취향이 형편없다는 생각이 들기 시작했다.

"아, 조앤이 두 달 전부터 이 무도회에 와달라고 부탁을 했고, 그 애 어머니가 우리 어머니한테 내가 같이 갈 수 있느냐고 물어보셨어. 그러니 어쩌겠어?"

"같이 가고 싶지 않다면 왜 같이 가겠다고 대답했어?"

내가 심술궂게 물었다.

"난 조앤을 좋아해. 조앤은 자기한테 돈을 써주든 말든 상관 안 해. 또 야외 활동을 즐거워하고. 지난번에 조앤이 예일대의 기숙사 오픈 행사에 왔을 때 우린 자전거를 타고 이스트 록에 갔었어. 언덕을 오를 때 자전거를 밀어주지 않아도 되는 여자는 조앤 한 사람뿐이라니까. 조앤은 잘 지내고 있어."

나는 질투심으로 냉랭해졌다. 예일대에 가본 적이 없었고, 예일대는 우리 기숙사에 있는 모든 상급생이 주말에 가장 가고 싶어 하는 곳이었다. 버디 월러드에게 아무것도 기대하지 않기로 작정했다. 아무 기대도 없으면 실망할 일도 없는 법이니까.

내가 담담한 어조로 말했다.

"그럼 가서 조앤을 찾아보는 게 좋겠네. 난 데이트 상대가 오기로 했어. 선배랑 같이 있는 걸 보면 그가 좋아하지 않을 걸."

"데이트 상대? 누군데?"

벨 자

버디가 놀란 표정으로 물었다.

"두 사람이야. '은자 피터'랑 '무일푼 월터'라고."

내가 대답했다.

버디가 아무 대꾸도 안 해서 내가 다시 말했다.

"두 사람의 별명이야."

그렇게 말하고 또 덧붙였다.

"둘 다 다트머스대 학생이야."

버디는 역사 공부를 별로 안 했던 것 같다. 입매가 굳은 걸 보면. 그는 흔들의자에서 일어나더니 의자를 확 밀었다. 그가 예일대 문장이 박힌 하늘색 봉투를 내 무릎에 떨어뜨렸다.

"네가 없으면 두고 가려던 편지야. 편지에 적힌 질문은 편지로 답해도 좋아. 지금은 너한테 그걸 물어볼 기분이 아니야."

버디가 가자 나는 편지를 뜯었다. 예일대 3학년 무도회에 초대하는 편지가 들어 있었다.

너무 놀라서 두어 번 낑낑대는 소리를 내고는 기숙사 안으로 달려가며 소리쳤다.

"가야지, 가야지, 가야지!"

환한 햇살이 쏟아지는 현관 밖에서 실내로 들어가니 사방이 어두워서 아무것도 분간할 수가 없었다. 나도 모르게 당번인 선배를 끌어안았다. 내가 예일대 3학년 무도회에 간다는 말을 들은 선배는 놀라고 존중하는 태도로 대해주었다.

이상스럽게도 그 후 기숙사에서 많은 게 달라졌다. 같은 층에 사는 선배들이 내게 말을 걸기 시작했고, 전화벨이 울리기 무섭게 전화를 받았다. 또 황금기인 대학 시절을 책에 코나 박고 낭비하는 사람이 어떻다느니 하며 내 방 밖에서 떠들던 소리도 사라졌다.

무도회가 열리는 내내 버디는 날 그냥 친구나 사촌 누이처럼 대했다.

우리는 줄곧 뚝 떨어져서 춤추었다. 그러다 〈올드 랭 사인 Auld Lang Syne〉이 흘러나오자 그가 갑자기 고단한 듯 내 머리에 턱을 고이는 것이었다. 그 후 우리는 어둡고 찬바람이 부는 길을 8킬로미터나 걸어서 내가 묵는 숙소로 갔다. 침대가 있는 방은 하룻밤 숙박비가 2달러였지만 나는 50센트를 내고 거실 소파에서 잤다. 그나마 소파는 길이가 아주 짧았다.

기분이 가라앉고 멍했고, 장래가 산산이 부서진 느낌이었다.

그 주말, 버디가 나를 사랑하게 될 거라고 상상했다. 앞으로는 토요일 밤에 뭘 할지 걱정할 필요가 없을 거라고. 숙소가 가까워지자 버디가 말했다.

"우리 화학 실험실에 올라가보자."

나는 어안이 벙벙했다.

"화학 실험실에?"

"응."

버디는 손을 뻗어 내 손을 잡았다.

"화학 실험실 뒤쪽으로 경치가 아름답거든."

벨 자

당연히 실험실 뒤쪽은 언덕진 곳이었고, 거기서 뉴헤이븐의 두어 집 불빛이 보였다.

내가 풍경에 감탄하는 척하며 서 있는 사이, 버디는 기회를 엿보았다. 그가 키스할 때 나는 눈을 뜨고 불빛 사이의 간격을 기억하려고 애썼다. 잊지 않으려고.

마침내 버디가 물러섰다.

"와!"

그가 외쳤다.

"뭐가 '와'야?"

나는 놀라서 물었다. 건조하고 무덤덤한 입맞춤이었고, 찬바람을 맞으며 8킬로미터나 걷느라 둘 다 입술이 갈라져 있었다.

"와, 너랑 키스하니까 기분이 정말 좋은데."

나는 얌전하게 아무 말도 하지 않았다.

그러자 버디가 말했다.

"남자들이랑 데이트를 많이 했나 봐."

"아마 그럴걸."

그해에 매주 다른 남자랑 데이트해야 했던 기억이 떠올랐다.

"저기, 난 공부를 많이 해야 하거든."

"나도 마찬가지야. 장학금을 계속 받아야 하니까."

내가 얼른 대답했다.

"삼 주에 한 번씩 주말에 만날 수 있을 것 같아."

"나도 좋아."

기절할 것 같았다. 빨리 학교로 돌아가서 떠벌리고 싶어 죽을 지경이었다.

버디는 숙소 앞 계단에서 다시 키스했다. 다음 가을 그가 의과대학에서 장학금을 받게 되자 나는 예일대가 아닌 의대로 그를 만나러 갔다. 오랜 세월 그가 날 속였으며, 그가 얼마나 위선자인지 알게 된 것도 거기에서였다.

아기가 태어나는 것을 함께 본 날 나는 깨달았다.

벨 자

6

나는 정말 흥미진진한 병원의 모습을 보여달라고 버디를 졸라댔다. 그래서 어느 금요일 수업을 다 빼먹고 긴 주말을 보내러 그에게 갔다.

먼저 나는 흰 가운을 걸치고 시체 네 구가 있는 해부실의 의자에 앉았다. 버디와 친구들이 해부 중이었다. 시신이 워낙 사람 같지 않아서 별로 마음에 걸리지 않았다. 뻣뻣하고 가죽 같은 피부는 검푸른색이었고, 오래된 피클 병 같은 냄새가 났다.

해부가 끝난 후 버디는 나를 복도로 데려갔다. 태어나기 전에 죽은 태아들이 큰 유리병에 들어 있었다. 첫 번째 병에 든 아기는 개구리만 한 몸을 잔뜩 웅크리고 흰 머리를 숙인 자세였다. 그 다음 병에 든 아기는 몸집이 더 컸고, 마지막 병에 든 아기는 보통 신생아만 했다. 그 아기가 날 쳐다보며 빙긋이 웃는 것 같았다.

이런 끔찍한 것들을 차분히 쳐다보는 내가 자랑스러웠다. 내가 화들짝 놀랐던 것은 버디가 허파를 절개하는 모습을 보려다 시체의 배에 팔꿈치가 닿았을 때뿐이었다. 1, 2분쯤 지나자 팔꿈치에서 화끈한 느낌이 들었다. 시체가 아직 따뜻해서 반쯤 살아 있을 것 같아, 낮게 비명을 내뱉으면서 의자에서 벌떡 일어났다. 보존액 때문에 화끈한 느낌이 든다는 버디의 설명을 듣고 나는 아까 그 자리에 다시 앉았다.

점심시간 전에 버디는 나를 강의에 데려갔다. 겸상 적혈구 빈혈증을 비롯한 중병에 관한 강의였다. 환자들을 연단에 올려 보내 질문을 한 다음 데리고 내려오고, 천연색 슬라이드를 보여주었다.

뺨에 검은 점이 있는 소녀가 예쁘게 웃는 장면이 기억난다. "저 검은 반점이 생긴 지 이십 일 만에 사망했습니다."

의사가 말하자 한동안 다들 아주 조용했다. 그때 종이 울려서 나는 그 반점이 뭔지, 왜 소녀가 죽었는지 알아내지 못했다.

오후에는 아기가 태어나는 광경을 보러 갔다.

먼저 병원 복도에서 시트를 보관하는 장을 찾았다. 버디는 내가 쓸 하얀 마스크와 거즈를 꺼냈다.

키가 크고 뚱뚱한 의대생이 어슬렁대면서 버디가 내 머리에 거즈를 둘둘 마는 것을 지켜보았다. 버디는 내 머리카락이 완전히 보이지 않게 거즈를 말았다. 흰 마스크를 쓰자 눈만 밖으로 나왔다.

벨 자

의대생은 불쾌한 웃음을 터뜨리더니 중얼댔다.
"그래도 어머니는 사랑해주겠지."
나는 그를 보며 젊은 남자가 그렇게 뚱뚱해서 가엾다는 생각을 하느라 바빴다. 저렇게 배가 나왔으니 어떤 여자가 몸을 숙여 키스할 수 있을까. 그런 생각을 하느라 이 의대생이 나한테 모욕적인 말을 했다는 것을 알아차리지 못했다. 그가 자기를 괜찮은 사람으로 알고 있으며, 뚱뚱보를 사랑하는 사람은 어머니뿐이라는 신랄한 말을 떠올렸을 때 그는 이미 가고 없었다.

버디는 벽에 걸린 이상한 나무 판을 살피고 있었다. 동전 크기부터 접시만 한 것까지 구멍이 줄줄이 나 있었다.

버디가 내게 말했다.
"좋아, 잘됐어. 지금 아기를 출산하려는 사람이 있대."
분만실 문에 키가 크고 어깨가 굽은 의대생이 서 있었다. 그는 버디와 아는 사이였다.

버디가 말을 걸었다.
"안녕하세요, 윌 선배. 누가 담당이에요?"
"나야. 내가 맡았는데 이번이 처음이거든."
윌이 침울하게 말했다. 나는 그의 허연 이마에 송송 맺힌 땀방울을 보았다.

버디는 윌이 3학년이고, 졸업하려면 아기를 여덟 명 받아야 한다고 설명해주었다.

그때 복도 끝에서 부산한 움직임이 일었다. 연두색 가운과

두건 차림의 남자들과 간호사 몇 명이 침상을 밀고 우리 쪽으로 다가왔다. 침상에는 크고 흰 덩어리가 놓여 있었다.

월이 내 귀에 대고 중얼댔다.

"아가씨는 보면 안 되는데요. 아기를 낳고 싶지 않을 테니까요. 분만 광경은 여자들한테 보여주면 안 돼요. 그랬다간 인류가 멸종할 거거든요."

버디와 나는 웃음을 터뜨렸다. 버디가 월과 악수한 다음 모두 분만실로 들어갔다.

산모가 누워 있는 수술대를 보고 나는 충격을 받아서 한마디도 할 수가 없었다. 침상 끝 쪽의 공중에는 철제 발걸이가 달려 있는데 고문대랑 비슷했다. 침상의 다른 쪽 끝에는 뭔지 모를 온갖 종류의 도구와 철사, 튜브가 놓여 있었다.

버디와 나는 창가에 나란히 섰다. 산모와 가까운 곳이라 분만 광경이 아주 잘 보였다.

산모의 배가 워낙 불러서 얼굴이나 상체가 보이지 않았다. 산모는 남산만 한 배와 높은 발걸이에 매달린 흉한 긴 다리만 붙은 사람 같았다. 출산하는 내내 인간 같지 않은 낑낑대는 소리를 토해냈다.

산모가 통증을 잊는 약물을 투약 받았다는 얘기를 나중에 버디에게 들었다. 욕설을 퍼붓고 신음을 하면서도 반마취 상태라 본인은 아무것도 모른다고 했다.

그런 것은 남자나 만들 약이라는 생각이 들었다. 거기 엄청난 통증을 느끼는 여자가 있었다. 그녀는 모든 걸 느꼈을 터

벨 자

였다. 무감각했다면 그렇게 신음하지 않았겠지. 그런데 그녀는 집에 돌아가기 무섭게 또 아기를 가지려 할 터였다. 진통이 얼마나 지독했는지 약이 잊게 할 테니까. 사실 그녀의 은밀한 곳에서는 아무것도 안 보이고 문도 창문도 없는 고통의 기나긴 복도가 열렸다가 다시 그녀를 가두려고 기다리고 있는 것이다.

월을 감독하던 담당 의사가 계속 산모에게 말했다.

"힘을 주세요, 토몰릴로 부인. 힘을 줘요, 잘했어요. 힘을 줘요."

마침내 털을 깎고 살균제를 바른 다리 사이로 검은 털이 난 것이 나타났다.

"아기 머리야."

산모의 신음을 뚫고 버디의 말소리가 들렸다.

하지만 왜 그랬는지 아기의 머리가 걸렸고, 의사는 월에게 절개를 해야 한다고 했다. 천을 자르듯 산모의 살을 가위로 자르는 소리가 나더니 피가 흐르기 시작했다. 아찔한 선홍색. 갑자기 월의 손에서 아기가 튀어나온 것 같았다. 허연 게 낀 청보라색 몸에 피가 얼룩져 있었다. 월은 계속 중얼댔다. 겁에 질린 목소리였다.

"아기를 떨어뜨릴 것 같아요. 떨어뜨릴 것 같아요. 아기를 떨굴 것 같은데요."

"아니야, 안 떨어뜨릴 거야."

의사가 말하더니, 월의 손에서 아기를 받아 마사지하기 시작했다. 그러자 퍼런 기운이 빠지고, 아기는 갈라지는 소리로 울기 시작했다. 사내아이였다.

아기는 의사의 면전에 대고 오줌을 쌌다. 나중에 나는 어떻게 그런 일이 가능한지 모르겠다고 버디에게 말했다. 그는 독특한 일이긴 해도, 가끔 있는 일이라고 설명했다.

아기가 태어남과 동시에, 분만실에 있던 의료진은 두 그룹으로 나뉘었다. 간호사들은 아기의 팔목에 개 목걸이 같은 철제 팔찌를 채우고 면봉으로 눈을 닦은 후, 아기를 감싸서 캔버스 천으로 된 요람에 뉘었다. 그사이 의사와 윌은 산모의 절개 자리를 바늘과 긴 실로 봉합하기 시작했다.

누군가 "아들입니다, 토몰릴로 부인"이라고 말한 것 같지만 산모는 대답하지 않았고 고개도 들지 않았다.

초록빛이 도는 안뜰을 지나 그의 방으로 걸어가면서 버디가 내게 물었다.

"그래, 어땠어?"

"근사했어. 그런 거라면 매일이라도 볼 수 있겠던걸."

내가 대답했다.

다른 방법으로 아이를 가질 수 없느냐고 물을 기분은 나지 않았다. 왠지 몰라도, 아기가 나오는 것을 직접 봐서 자기 아이를 확인하는 게 가장 중요하게 느껴졌다. 어차피 모든 고통을 견뎌야 한다면 정신이 말짱한 게 나을 것 같았다.

나는 전부터 출산이 끝난 후 분만대에 팔꿈치를 괴고—물론 화장도 안 하고 끔찍한 산통을 겪은 후라 죽은 사람처럼

벨 자

허연 얼굴로— 머리를 허리까지 늘어뜨린 채 내 첫 아이에게 손을 뻗는 상상을 했다. 이름이 뭐든 아기의 이름을 부르면서.
"왜 몸에 허연 게 덮여 있었지?"
대화를 잇기 위해 묻자 버디는 아기의 피부를 보호해주는 왁스 같은 것이라고 말했다.

버디의 방으로 돌아갔다. 썰렁한 벽, 썰렁한 침대, 썰렁한 바닥, 책상에 그레이의 『해부학』을 비롯한 두꺼운 책들이 쌓여 있는 방은 수도사의 방을 연상하게 했다. 버디는 촛불을 밝히고 와인의 코르크 마개를 땄다. 우리는 침대에 나란히 누웠고, 버디가 와인을 마시는 동안 나는 가져온 책에서 「내가 가지 않은 길」과 다른 시들을 소리 내어 읽었다.

버디는 나 같은 여학생이 늘 시를 읽는 걸 보면 시에 뭔가 있을 거라고 말했다. 그래서 나는 그와 만날 때마다 시를 읽어주고 그 시에서 느낀 점을 설명해주었다. 그것은 버디의 아이디어였다. 그는 늘 시간을 낭비해서 후회하는 일이 없게 주말 계획을 세웠다. 버디의 아버지는 선생님이었고, 그 역시 선생님이 될 수도 있었으리라. 늘 내게 뭔가를 설명해주고 새로운 지식을 소개해준 걸 보면.

내가 시 한 편을 읽고 나자 불쑥 버디가 말했다.
"에스더, 남자를 본 적 있어?"
말투로 봐서 정상이거나 일반적인 남자를 말하는 게 아니라 벌거벗은 남자를 뜻한다는 걸 눈치챘다.
"아니, 조각상만 봤지."

내가 대답했다.

"그럼 내 몸을 보고 싶은 마음은 없어?"

뭐라 대답해야 좋을지 난감했다. 최근 엄마와 할머니는 버디 윌러드가 얼마나 단정하고 반듯한 청년인지 은근히 암시하기 시작했다. 단정하고 반듯한 집안 출신이고, 교회 신도 모두 버디를 모범생으로 여기며, 부모와 노인들에게 친절한 데다, 운동도 잘하고 잘생겼고 머리도 좋다나.

나는 버디가 단정하고 반듯하며 친절한 청년이니 그의 여자 친구도 단정하고 반듯해야 한다고 생각했다. 그래서 그가 어떤 제안을 하더라도 문제가 있을 거라고는 생각하지 않았다.

"그러지 뭐. 좋아."

내가 대답했다.

나는 버디가 면바지 지퍼를 내리고 벗어서 의자에 던져놓고 나일론 망사 팬티를 벗는 모습을 빤히 쳐다봤다.

"시원해. 어머니가 그러시는데 세탁도 잘된대."

버디가 설명했다.

그는 내 앞에 버티고 섰고, 나는 계속 쳐다봤다. 칠면조 목과 내장 같다는 생각만 들었고 아주 실망스러웠다.

내가 아무 말 없자 버디는 상처를 받은 눈치였다. 그가 말했다.

"이런 나한테 익숙해져야 될 거야. 이제 너를 보여줘."

버디 앞에서 옷을 벗는 게 문득 대학에서 '자세 사진'을 찍는 것과 비슷하게 느껴졌다. 그때는 카메라 앞에 벌거벗고 서야 했다. 실오라기 하나 안 걸치고 찍은 전면과 측면 사진은 몸이 곧은 정도에 따라 A, B, C, D로 점수를 매겨서 대학 체육 파일에 보관한다.

"그건 다음에 할게."

내가 말했다.

"그래."

버디가 다시 옷을 입었다.

우리는 키스를 하고 한참 포옹했고, 난 기분이 조금 풀렸다. 나머지 와인을 마시고 침대 그트머리에 책상다리를 하고 앉았다. 버디에게 빗을 달라고 했다. 나는 버디가 얼굴을 보지 못하게 얼굴 위로 머리를 빗어내리기 시작했다. 불쑥 내가 말했다.

"다른 사람이랑 관계해본 적 있어, 버디?"

왜 그랬는지 몰라도 말이 입 밖으로 툭 튀어나왔다. 버디 윌러드가 다른 사람이랑 잤다는 생각은 단 일 분도 해본 적이 없는데……. 그가 "아니, 너처럼 순결한 처녀랑 결혼할 것에 대비해 나도 순결을 지키고 있어"라고 대답할 거라고 기대했다.

하지만 버디는 아무 말 없이 얼굴만 붉혔다.

"해봤어?"

"관계하다니 무슨 뜻이야?"

버디가 속이 들여다보이는 목소리로 반문했다.

"다른 사람이랑 자봤냐고?"

나는 버디 쪽의 뺨 위로 리듬감 있게 머리를 빗질했다. 뺨에 전기가 이는 뜨거운 느낌이 들자 "그만둬, 하지 마. 말하지 마. 아무 말도 하지 마"라고 소리치고 싶었다. 그런데 안 그랬다. 그냥 가만히 있었다.

마침내 버디가 말했다.

"응, 자본 적 있어."

쓰러질 뻔했다. 키스하면서 내가 데이트 경험이 많은가 보다고 말했던 밤 이후, 버디는 나로 하여금 섹시하고 경험이 많은 사람처럼 느끼게 했다. 포옹과 키스와 애무 따위를 할 때면 단지 나를 보자 와락 격정에 빠져서 그런다는 듯 굴었다. 어쩔 수 없는 듯, 어쩌다 그런 짓을 저질렀는지 모르겠다는 듯 행동했다.

이제 버디가 늘 순진한 척했을 뿐임이 드러났다.

"그 얘기 좀 해봐. 상대가 누구였는데?"

천천히 빗질을 할 때마다 빗이 뺨을 파고드는 느낌이 들었다.

버디는 내가 화내지 않아서 안도하는 눈치였다. 어떤 유혹을 받았는지 말하게 되어 안심하는 기미까지 보였다.

당연히 누군가 버디를 유혹했지 그가 먼저 시작한 일은 아니었다. 그러니 알고 보면 그의 잘못이 아니다. 지난여름 버디가 케이프코드에서 접시 닦이로 일했던 호텔의 웨이트리스였다. 버디는 그녀가 묘한 눈길을 던지고 복잡한 주방에서 가슴을 들이미는 것을 알아차렸다. 결국 어느 날 그는 웨이트리스에게 왜 그러냐고 물었고, 그녀는 눈을 똑바로 응시하며 "네가 필요해"라고 대답했다.

버디는 순진하게 웃음을 터뜨리며 대답했다.

"파슬리를 곁들여서 서빙할까?"

"아니, 밤에 만나."

웨이트리스가 대답했다.

버디는 그렇게 동정을 잃었다.

처음에는 딱 하룻밤이었을 거라고 생각했지만, 확인하는 의미에서 몇 번 잤냐고 물어봤다. 버디는 기억나지 않지만, 여름 내내 일주일에 두 번 이상 잤다고 대답했다. 3 곱하기 10을 계산하니 30이 나왔고, 그 정도면 보통 관계가 아니었다.

그 후 내 안의 뭔가가 얼어붙어버렸다.

나는 학교에 돌아와 이 선배 저 선배를 붙들고, 어느 여름에 애인이 헤픈 웨이트리스랑 서른 번이나 잤다고 불쑥 말하면 어쩌겠느냐고 물어댔다. 하지만 그녀들은 남자는 다 그렇다며, 정혼하거나 약혼식을 하기 전에는 남자가 그래도 비난할 수 없다고 대답했다.

실은 버디가 딴 여자랑 잤다는 사실이 신경 쓰이는 게 아니었다. 나는 남녀의 동침에 대한 별별 글을 읽어봤고, 버디가 아니라 딴 남자였다면 가장 흥미로운 대목을 자세히 물었을 것이다. 나도 나가서 다른 남자랑 자서 서로 공평하게 만든 다음, 그 일은 다시 생각하지 않았겠지.

정작 참을 수 없었던 것은, 버디가 나를 굉장히 섹시한 사람 취급하고 자기는 몹시 순진한 사람인 척했다는 점이었다. 앙큼한 웨이트리스랑 관계하면서 내 면전에서 비웃어주는 기분이었겠지.

그 주말 나는 버디에게 물었다.

"그 웨이트리스에 대해 어머니는 어떻게 생각하셔?"

버디는 어머니와 무척 가까웠다. 어머니가 남녀 관계에 대해 한 말을 버디는 입에 달고 살았다. 나는 윌러드 부인이 남녀 모두의 순결에 무척 집착한다는 것을 알고 있었다. 처음 식사를 하러 집에 갔을 때 부인은 빈틈없는 묘한 눈길로 나를 훑어보았다. 처녀인지 아닌지 가늠하려 했다는 것을 난 알고 있었다.

예상했던 대로 버디는 당황했다.

"어머니가 글래디스에 대해 물으셨어."

그가 인정했다.

"그래서 뭐랬는데?"

"자유로운 스물한 살의 백인이라고 했지."

버디가 어머니에게 그렇게 불손하게 말할 리가 없다는 것을 난 알았다. 그가 늘 "남자가 원하는 것은 반려자이고 여자가 원하는 것은 끝없는 안정감"이라거나 "남자의 인품은 미래로 날아가는 화살이고 여자의 인품은 그 화살을 쏘는 시위"라는 어머니의 말을 읊어서 귀가 따가울 지경이었으니까.

내 생각을 밝히려 할 때마다 버디는 어머니가 아직도 아버지에게서 즐거움을 얻는다며 나이로 봐서 대단하지 않느냐고, 어머니가 뭐가 뭔지 잘 알아서 그럴 거라고 말하곤 했다.

난 버디를 단호하게 차버리겠다고 작정했다. 그가 웨이트리스와 잠을 자서가 아니라, 그런 사실을 모두에게 인정하고 인격의 일부로 받아들이는 정직한 용기가 없어서였다. 그런데 그때 홀에 있는 전화벨이 울리더니 누군가 노래하듯 말했다.

"네 전화야, 에스더. 보스턴에서 온 전화야."

사고가 났다는 것을 즉시 알아차렸다. 보스턴에 아는 사람이라곤 버디뿐인데, 그는 편지보다 돈이 많이 든다고 장거리 전화를 거는 법이 없었다. 한번은 내게 당장 알릴 말이 있었는데, 의대를 돌아다니면서 주말에 우리 학교에 오는 사람이 있는지 수소문했다. 오는 사람을 찾아내 버디는 그 편에 메모를 맡겼고, 난 당일로 메모를 받았다. 덕분에 우푯값이 굳었다.

과연 버디였다. 매년 가을에 하는 가슴 엑스선촬영을 했는데 결핵 판정을 받아서, 결핵에 걸린 의대생들이 받는 장학금을 타서 애디론댁에 있는 결핵 요양원에 갈 거라고 말했다. 그러더니 내가 주말 이후 편지를 안 보냈다며 우리 사이에 문제가 없으면 좋겠다고 했다. 또 내가 일주일에 적어도 한 번씩 편지를 보내면 좋겠고, 크리스마스 방학 때는 요양원으로 면회를 와주겠느냐고 물었다.

버디가 그렇게 당황하는 것은 처음 봤다. 늘 건강에는 대단히 자신 있었고, 내가 축농증으로 숨을 쉬지 못하자 순전히 정신적인 문제라고 말한 사람이 바로 버디였다. 의사가 그런 태도를 보이다니 이상했고, 심리 상담사 공부가 어울릴 것 같다는 생각이 들었다. 물론 그 자리에서 그런 말을 하지는 않았다.

버디에게 결핵에 걸려서 안됐다고 위로하고 편지를 보내겠다고 약속했다. 하지만 전화를 끊을 때는 안쓰러운 마음이 전혀 들지 않았다. 후 하는 안도감만 밀려올 뿐이었다.

결핵은 버디가 이중생활을 하면서 남보다 잘났다고 으스댄 데 대한 벌인 것 같았다. 주변에 버디랑 헤어졌다고 발표하면 다시 지겨운 소개를 받게 될 텐데 그럴 필요가 없어서 잘됐다 싶기도 했다.

사람들에게 버디가 결핵에 걸렸고, 사실상 우리는 약혼한 사이라고만 말했다. 덕분에 토요일 밤에 숙소에 남아 공부를 하면 다들 무척 잘해줬다. 내가 아주 용감하고, 아픈 가슴을 감추려고 묵묵히 공부만 한다고 넘겨짚었으니까.

벨 자

7

아니나 다를까 콘스탄틴은 키가 심하다 싶게 작았지만, 나름대로 미남이었다. 옅은 갈색 머리에 파란 눈을 지녔고, 생기 있고 도전적인 표정이었다. 햇볕에 그을린 피부와 보기 좋은 치열을 보면 미국인이라 해도 그런 줄 알 것 같았지만, 나는 그가 외국인임을 단박에 알아볼 수 있었다. 콘스탄틴에게는 내가 만난 미국인들은 갖고 있지 못한 게 있었다. 바로 직관이었다.

처음부터 그는 내가 윌러드 부인의 손아귀에서 놀아나지 않는 사람임을 알아봤다. 나는 이런 말을 할 때는 한쪽 눈썹을 치뜨고, 저런 말을 하면서는 메마른 웃음을 터뜨렸다. 곧 우리는 내놓고 윌러드 부인을 흉봤다. '이 남자는 내가 너무 크고 외국어를 잘 못하고, 유럽에 못 가봤어도 상관하지 않을 것 같아. 그런 게 아닌 내 본모습을 봐줄 것 같아'라는 생각이 들었다.

콘스탄틴은 낡은 초록색 승용차에 나를 태우고 유엔으로 데려갔다. 지붕이 열리는 차였고 좌석은 편안한 갈색 가죽이었다. 그는 테니스를 치느라 그을렸다고 했다. 쏟아지는 햇살을 받으며 나란히 앉아 거리를 달릴 때 그가 내 손을 잡더니 꼭 쥐었다. 그러자 아버지와 뜨거운 하얀 해변을 달렸던 아홉 살 이후 가장 행복한 기분이 들었다. 아버지는 그 여름 세상을 떠났다.

우리는 유엔의 조용한 강당에 들어가 건강한 러시아 여자 옆에 앉았다. 화장기 없는 여자는 콘스탄틴처럼 동시통역사였다. 거기 앉아 있으려니 아홉 살 때까지 순수하게 행복했다는 생각을 처음 했다는 사실이 묘하게 느껴졌다.

그 후로는 진정으로 행복한 적이 없었다. 어머니가 날 위해 모은 돈으로 걸스카우트 활동을 하고 피아노 레슨을 받고 수채화를 배우고 무용 강습을 받고 조정 캠프에 갔고, 대학에 진학한 후로는 아침 식사 전에 안개 속에서 배를 타고 매일 새로운 아이디어를 불꽃놀이 하듯 떠올렸지만 말이다.

회색 정장 차림의 러시아 통역사를 빤히 쳐다보니 그녀는 알아듣지 못할 말로 계속 관용구를 중얼댔다. 콘스탄틴 말로는 러시아어와 영어의 관용어구가 달라서 관용어 통역이 가장 까다롭다고 했다. 그 모습을 보면서 그녀 속으로 기어 들어가서 평생 관용어나 말하면서 살면 좋겠다 싶었다. 더 행복하지는 않아도 다른 삶보다는 쓸모 있는 인생살이가 될 테니까.

벨 자

그 순간 콘스탄틴과 러시아 통역사, 마이크를 앞에 두고 토론을 하는 흑인과 백인, 황인 모두 멀어지는 것 같았다. 사람들의 입이 소리 없이 오르락내리락했다. 그들이 항구에서 떠나는 배의 갑판에 앉아 나를 거대한 침묵 속에 가라앉히는 것만 같았다.

내가 잘 못하는 일을 떠올리기 시작했다.

우선 요리.

할머니와 엄마의 음식 솜씨가 워낙 뛰어나서 나는 나설 수가 없었다. 두 분은 늘 이런저런 요리를 가르치려 했지만 나는 쳐다보면서 "네, 네, 알아요"라고 건성으로 대답하며 설명을 한 귀로 흘렸다. 또 시키는 일마다 제대로 못하니 아무도 일을 시키지 않았다.

대학 신입생 때 유일한 단짝 친구였던 조디가 어느 아침 숙소에서 스크램블드에그를 만들어준 일이 기억난다. 독특한 맛이 나서 색다른 재료를 넣었느냐고 물었더니 조디는 치즈와 마늘, 소금을 넣었다고 대답했다. 누구한테 배운 요리법이냐고 물으니 가르쳐준 사람은 없고 자기가 생각한 거라고 말했다. 당시 조디는 사회학 전공이었고 현실적인 사람이었다.

속기도 할 줄 몰랐다.

대학 졸업 후 좋은 직장을 못 구할 거라는 뜻이었다. 엄마는 영어 전공만으로는 아무도 일을 주지 않을 거라고 잔소리했다. 하지만 속기 능력을 갖춘 영어 전공자라면 얘기가 달라졌다. 다들 그런 여직원을 원할 터였다. 그런 여자라면 잘나가는 젊은 남자들이 서로 일을 시키려 할 테고 계속 멋진 편지를 받아쓰게 될 터였다.

다만 내가 남자들에게 그런 봉사를 하기 싫어한다는 게 문제였다. 게다가 엄마가 보여준 속기 책에 나오는 기호들은 시간을 t, 총 거리를 s로 표시하는 것만큼이나 끔찍해 보였다.

할 줄 모르는 일의 목록이 점점 길어졌다.

춤에 관한 한 몸치였다. 리듬을 타지 못했다. 균형 감각이 없어서 체육 시간에 양손을 뻗고 머리에 책을 올리고 좁은 판자 위를 걸을 때면 늘 떨어졌다. 가장 해보고 싶었던 것은 승마와 스키지만 비용이 많이 들어서 못 배웠다. 독일어로 말할 줄도, 한자를 쓸 줄도 몰랐다. 히브리어도 읽지 못했다. 내 앞에 있는 유엔 사람들이 대표하는 국가의 위치를 지도에서 짚어내지도 못했고.

평생 처음으로 유엔 건물의 방음이 되는 심장부에서, 테니스를 치는 동시통역사 콘스탄틴과 관용어구를 많이 아는 러시아 여자 사이에 앉아 있으니 내가 끔찍하게 부족한 사람처럼 느껴졌다. 지금까지 늘 부족했는데 그런 생각을 해본 적이 없다는 게 문제였다.

내 특기는 장학금 따기와 상 타기였는데 이제 그것도 끝나가고 있었다.

경마장이 아니라 거리에 던져진 경주마가 된 기분이었다. 대학 우승자인 풋볼 선수가 양복 차림으로 월스트리트와 마주 선 느낌과 비슷했다. 트로피에 새겨진 날짜는 묘비의 날짜

벨 자

와 다름없었다.

내 인생이 소설에 나오는 초록빛 무화과나무처럼 가지를 뻗는 장면이 연상되었다.

가지 끝마다 매달린 탐스러운 무화과 같은 멋진 미래가 손짓하고 윙크를 보냈다. 어떤 무화과는 남편과 행복한 가정과 아이들이었고, 어떤 것은 유명한 시인이었고, 또 어떤 것은 뛰어난 교수였다. 훌륭한 편집자라는 무화과도 있었고, 유럽과 아프리카와 남미인 무화과도 있었다. 어떤 것은 콘스탄틴, 소크라테스, 아틸라 등 이상한 이름과 엉뚱한 직업을 가진 연인이었다. 올림픽 여자 조정 챔피언인 무화과도 있었고, 이런 것들 위에는 내가 이해 못하는 무화과가 더 많이 있었다.

무화과나무의 갈라진 자리에 앉아, 어느 열매를 딸지 정하지 못해서 배를 곯는 내가 보였다. 열매를 몽땅 따고 싶었다. 하나만 고르는 것은 나머지 모두를 잃는다는 뜻이었다. 결정을 못하고 그렇게 앉아 있는 사이, 무화과는 쪼글쪼글 검게 변하더니 하나씩 땅에 떨어지기 시작했다.

콘스탄틴이 데려간 레스토랑에서는 허브와 향신료, 사우어크림 냄새가 풍겼다. 뉴욕에 머물면서 이런 레스토랑에 와 본 적이 없었다. '헤브리 햄버거' 같은 곳만 찾아다녔다. 그런 데에서는 커다란 햄버거와 오늘의 수프, 눈부신 거울이 붙은 카운터에 놓인 네 종류의 화사한 케이크를 먹을 수 있었다.

어둠침침한 계단 일곱 개를 내려가 지하실 같은 데로 들어가야 레스토랑이 나왔다.

연기에 그을린 벽에는 여행 포스터가 여러 장 붙어 있었다. 창에서 스위스의 호수가 내다보이는 사진, 일본의 산과 아프리카의 초원 사진이 있었다. 초를 꽂은 먼지 낀 유리병은 오래전부터 썼는지 초록색 촛농 위에 파란 촛농, 빨간 촛농이 덕지덕지 붙어 있었다. 촛불이 테이블마다 둥그런 빛을 드리웠고, 손님들 얼굴이 둥둥 떠 있는 불꽃처럼 보였다.

뭘 먹었는지 모르겠지만, 한 입 먹은 후 기분이 굉장히 좋아졌다. 무화과나무와 탐스러운 열매가 시들어 땅에 떨어지는 공상은 배 속이 비어서 생긴 거라는 생각이 들었다.

콘스탄틴은 달짝지근한 그리스 와인을 연방 따랐다. 술은 소나무 껍질 맛이 났다. 나도 모르게 독일어를 배울 예정이며 유럽에 갈 거고, 매기 히긴스 같은 종군기자가 될 거라고 떠들어댔다.

요구르트와 딸기 잼을 먹을 즈음에는 기분이 좋아서 콘스탄틴이 유혹하게 내버려두기로 마음먹었다.

버디 윌러드가 웨이트리스 이야기를 한 후 나도 다른 사람이랑 데이트하고 잠을 자야겠다는 생각을 계속했다. 버디와 자는 것은 소용없었다. 그래 봤자 버디가 나보다 경험이 한 번 많게 되니까. 상대는 딴 남자여야 했다.

실제로 동침을 고려한 남자는 한 명뿐이었다. 남부 출신으로 매부리코에 냉정한 성품인 예일대생이었다. 어느 주말 그는 우리 학교에 왔다가 여자 친구가 전날 택시 운전사와 달아

났다는 사실을 알았다. 그날 밤 숙소를 지키던 사람은 나뿐이어서, 그를 위로하는 일이 내게 떨어졌다.

동네 커피숍에 가서 칸막이가 있는 은밀한 자리에 앉았다. 높은 나무 벽에는 몇백 명의 이름이 적혀 있었다. 우리는 끝없이 블랙커피를 마시며 섹스에 대한 솔직한 대화를 나누었다.

그의 이름은 에릭이었다. 그는 우리 학교 여학생들이 통행 금지 시간인 새벽 한 시 직전에 현관의 불빛 밑이나 훤히 보이는 나무 밑에서 키스를 하며 목을 빼고 사람들이 봐주기를 기다리는 게 역겹다고 말했다. 에릭은 냉정하게 내뱉었다. 우리는 백만 년이나 진화를 했는데 어떤 꼴이죠? 동물이죠.

그런 다음 첫 상대와 잠자리를 한 경위를 말해주었다.

그는 남부의 사립 고교를 다녔는데, 이 학교는 신사 양성 교육에 주력했다. 졸업 전에 여자를 알아야 하는 게 불문율이었다. 에릭은 "성서적인 의미로"라고 덧붙였다.

어느 토요일, 에릭은 같은 반 친구 몇 명과 버스를 타고 가까운 도시로 나가서 악명 높은 매춘 업소를 찾아갔다. 에릭이 만난 매춘부는 옷도 벗지 않았다. 뚱뚱한 중년 여자로 머리를 빨갛게 물들인 데다 피부는 거무튀튀했고, 이상스레 입술이 두꺼웠다. 여자가 불도 끄지 않아서, 그는 25와트짜리 전구 아래서 그녀를 안아야 했다. 섹스는 듣던 것과는 전혀 달랐다. 화장실에 가는 것만큼이나 지루한 일이었다.

사랑하는 여자라면 그렇게 지루하지 않을 거라고 내가 말했지만, 에릭은 '이 여자도 다른 여자들과 똑같은 동물'이라고 생각되면 섹스를 망칠 거라고 받아쳤다. 그러니 사랑하는 여자와는 절대 자지 않을 거라고, 필요하다면 매춘부를 찾을 거고 사랑하는 여자를 더러운 짓에서 지킬 거라고 했다.

그 순간 에릭이 알맞은 동침 상대라는 생각이 머리를 스쳤다. 이미 경험이 있는 데다가 그런 말을 할 때도 보통 남자들처럼 음흉하거나 멍청해 보이지 않았으니까. 하지만 에릭은 날 사랑할 수 있을 것 같다는 편지를 보냈다. 내가 굉장히 지적이고 냉소적이지만 친절한 얼굴의 소유자라나. 또 놀랄 만큼 누나랑 닮았다고 했다. 그 편지를 받고 그와 잔다는 생각을 접었다. 나는 그가 데리고 잘 타입의 여자가 아니었다. 그래서 아쉽지만 어릴 적 연인과 결혼할 거라는 편지를 보냈다.

생각할수록 뉴욕에서 동시통역사의 유혹을 받는다는 아이디어가 마음에 들었다. 콘스탄틴은 매사에 성숙하고 사려 깊은 사람 같았다. 또 내가 아는 사람들에게 우리 관계를 떠벌릴 위험도 없었다. 여자랑 차 뒤에서 섹스를 하고 나서 룸메이트나 농구팀 친구들에게 자랑하고 싶어 안달하는 남자애들과는 달랐다. 또 윌러드 부인이 소개해준 남자와 잠을 잔다는 것도 유쾌한 아이러니였다. 따져보면 소개한 그녀의 잘못이 될 테니까.

콘스탄틴이 자기 아파트에 올라가서 발랄라이카기타와 비슷한 러시아 악기 음악을 듣겠느냐고 묻자 난 슬며시 웃음이 나왔다. 엄마는 어떤 상황에서도 데이트 후에 남자의 방에 가서는 안 된다고, 그러면 당할 꼴은 딱 한 가지라고 늘 잔소리를 했다.
"난 발랄라이카 음악을 굉장히 좋아해요."
내가 말했다.
콘스탄틴의 방에는 발코니가 있었고 강이 내려다보였다. 어둠 속에서 예인선 소리를 들을 수 있었다. 감상적인 상태가 되었고 마음이 누그러지는 느낌이었다. 그리고 내가 무슨 일을 할지 분명히 알 수 있었다.
임신할 수 있다는 걸 알았지만, 그 생각은 멀리 어렴풋한 곳으로 밀려나 걱정스럽지 않았다. 임신하지 않을 백 퍼센트 확실한 방법은 없다는 글을 엄마가 오려서 보내준 〈리더스 다이제스트〉 기사에서 읽은 적이 있었다. 결혼해서 자녀를 둔 여성 변호사가 쓴 기사의 제목은 '순결을 지키기 위하여'였다.
기사에는 여자가 남편 이외의 남자와 자면 안 되는 모든 이유가 나와 있었다. 남편이 될 남자라도 결혼한 후에만 자야 한다고 했다.
남자의 세계는 여자의 세계와 다르며, 남자의 감정은 여자의 감정과 다르다는 게 기사의 요점이었다. 결혼만이 두 세계와 두 감정을 적절히 하나가 되게 할 수 있다나. 여자가 이런 사실을 알 때는 이미 너무 늦기 때문에, 결혼해서 전문가가 된 사람들의 충고를 받아들여야 한다는 게 엄마의 지론이었다.
이 여자 변호사는, 최고의 남자는 신부가 순결하기를 바라며, 남자 자신은 순결하지 않더라도 아내에게 성을 가르치고 싶어 한다고 말했다. 물론 남자들은 여자에게 성관계를 채근하며 나중에 결혼하겠다고 약속하지만 여자가 몸을 주자마자 그 여자에 대한 존경심을 잃는다고 했다. 또 여자가 자기와 그 짓을 했으면 다른 남자와도 할 거라고 말하기 시작하고, 결국 여자의 일생을 비참하게 만드는 것으로 끝난다나.

이 여자는 후회하느니 안전한 게 낫다면서, 아기를 갖지 않을 확실한 방법 따윈 없으며 임신하면 큰 문제라는 말로 글을 맺었다.

내가 보기에 이 글은 여자의 감정을 전혀 고려하지 않았다. 순결을 지키다가 순결한 남자랑 결혼하는 게 좋을지 몰라도, 결혼 후에 갑자기 남자가 버드 월러드처럼 순결하지 않았다고 고백하면 어떨까? 여자는 순결한 삶만 살아야 하는데 남자는 순결한 삶과 그렇지 않은 삶, 두 가지를 산다는 생각을 참을 수가 없었다.

결국 스물한 살까지 동정을 지킨, 남자답고 지적인 남자를 찾기가 그렇게 어렵다면, 내 순결을 지키기를 포기하고 순결하지 않은 남자랑 결혼하는 게 낫다고 결론지었다. 또 남자가 내 인생을 비참하게 만든다면 나도 그의 삶을 비참하게 만들어주겠다고 생각했다.

열아홉 시절, 내게는 순결이 가장 큰 화두였다.

세상을 가톨릭교도와 개신교도, 공화당 지지자와 민주당 지지자, 백인과 흑인, 남자와 여자로 나누지 않고, 섹스를 해본 사람과 해보지 않은 사람으로 나누었다. 그것만이 사람과 사람을 가르는 분명한 기준인 것 같았다.

그 경계선을 넘는 날, 특별한 변화가 밀려들 것 같았다.

유럽에 다녀와도 비슷한 기분이 아닐까. 집에 와서 거울을 찬찬히 들여다보면 내 눈 뒤에 있는 하얀 알프스를 보게 될 것 같다. 이제는 내일 거울을 보면 인형만 한 콘스탄틴이 내 눈 속에 앉아서 웃어주는 것을 볼 것만 같았다.

우리는 한 시간 넘게 발코니에 있었다. 각각 1인용 의자에 앉아서 빅터 축음기에서 흘러나오는 음악을 들었다. 둘 사이에 발랄라이카 음반이 쌓여 있었다. 가로등 불빛인지 달빛인지, 아니면 자동차 불빛인지 별빛인지 알 수 없었지만, 희미한 빛이 비추었다. 하지만 콘스탄틴은 내 손을 잡는 것을 빼면 유혹하려는 기미를 보이지 않았다.

약혼했거나 특별한 여자 친구가 있나 보다 짐작하고 물어봤지만 콘스탄틴은 아니라고 대답했다. 그런 가까운 관계는 피한다고 말했다.

아까 마신 소나무 껍질 맛 나는 와인이 핏속에 돌아서 무거운 졸음이 쏟아졌다.

"들어가서 누워야겠어요."

나는 이렇게 말하고 자연스럽게 침실로 들어가서 구두를 벗어 던졌다. 깔끔한 침대가 구명보트처럼 내 앞에서 일렁댔다. 나는 대자로 뻗어 눈을 감았다. 그때 콘스탄틴이 한숨을 지으며 발코니에서 안으로 들어오는 소리가 들렸다. 한 발씩 구두가 바닥에 닿는 소리가 나더니 그가 내 곁에 누웠다.

나는 얼굴 앞으로 쏟아진 머리칼 사이로 살며시 그를 보았다.

콘스탄틴은 머리에 손을 받치고 반듯이 누워서 천장을 쳐다보았다. 팔꿈치까지 걷어 올린 풀 먹인 흰 셔츠 소매가 어슴푸레한 빛 속에서 으스스하게 빛났고, 그을린 피부는 거의 검게 보였다. 지금까지 이렇게 아름다운 남자는 보지 못했다는 생각이 들었다.

내 얼굴이 조각 같다거나 내가 똑똑하게 정치학을 논할 수 있다면, 또는 유명 작가라면 이 남자는 날 안아볼 만한 여자로 여겼을까?

그때, 그가 날 좋아하는 순간 진부함에 빠져들 거라는 의심이 솟구쳤다. 또 그가 날 사랑하게 되면 난 그의 단점을 찾아내겠지. 버디 윌러드나 그 전에 만난 남자애들한테 그랬듯이.

늘 같은 일이 반복되었다.

멀리 있을 때는 결점 없는 남자라 여기지만, 가까이 다가오기만 하면 그 정도 남자로는 부족하다는 걸 깨닫곤 했다.

결혼하고 싶지 않은 데에는 그런 이유도 있었다. 무한한 안정감을 갖추고 화살을 튕겨내는 시위 따위는 결코 되고 싶지 않았다. 나는 변화와 짜릿함을 원했고, 나 자신이 사방으로 튕겨 나가고 싶었다. 독립기념일에 로켓에서 쏘아 올리는 색색의 화살처럼.

빗소리에 깼다.

벨 자

칠흑처럼 어두웠다. 한참 후 낯선 창문의 희미한 윤곽선이 눈에 들어왔다. 빛줄기가 손가락으로 더듬듯 반복해서 벽을 지나고는 이내 어둠으로 미끄러졌다.

누군가 숨 쉬는 소리가 들렸다.

처음에는 내 소리일 거라고, 내가 취해서 어두운 호텔 방에 누워 있다고 짐작했다. 숨을 멈추어봤지만 숨소리는 계속 들렸다.

내 옆에서 초록색 눈이 반짝거렸다. 눈은 나침반처럼 4등분되어 있었다. 천천히 손을 뻗어 잡은 다음 위로 들어 올렸다. 팔이 함께 당겨졌다. 죽은 사람의 팔처럼 묵직했지만 온기가 있었다.

콘스탄틴의 손목시계는 세 시를 가리켰다.

그는 셔츠와 바지를 입고 양말을 신은 채 자고 있었다. 내가 잠에 빠질 때와 똑같은 차림이었다. 눈이 어둠에 익숙해지자 그의 얇은 눈꺼풀과 반듯한 콧날, 참을성 많게 생긴 날렵한 입술이 분간되었지만, 안개 속에 그려놓은 것처럼 현실감이 없었다. 몇 분 동안 몸을 숙이고 콘스탄틴을 찬찬히 살폈다. 남자 옆에서 잠든 것은 이번이 처음이었다.

그가 남편이라면 어떨지 상상해보려 애썼다. 일곱 시면 일어나 달걀 요리를 만들고 베이컨을 굽고, 토스트와 커피를 준비해야겠지. 그가 출근한 후에는 머리를 클립으로 말고 잠옷 바람으로 돌아다니며 설거지를 하고 침대를 정돈하겠지. 그는 활기차고 환상적인 하루를 보내고 퇴근하면서 푸짐한 저녁 식사를 기대할 테고, 나는 아침보다 많은 저녁 설거지를 하며 밤 시간을 보내다가 지친 몸으로 잠에 빠질 테고.

십오 년 동안 A 학점만 받은 여자에게는 끔찍하고 낭비적인 삶으로 보였지만, 나는 결혼 생활이 어떤 것인지 알고 있었다. 버디의 어머니가 아침부터 밤까지 하는 일이 바로 요리하고 청소하고 설거지하는 거였으니까. 그녀는 대학 교수의 아내였고, 전직 교사였다.

한번은 버디네 집에 가보니 윌러드 부인이 남편의 낡은 모직 양복을 잘라서 깔개를 만들고 있었다. 그녀는 몇 주 동안 깔개에 매달렸고, 난 갈색과 초록색, 파란색이 패턴을 이룬 깔개에 감탄했다. 부인은 깔개를 완성하자 부엌에 깔았다. 나 같으면 벽에 걸었을 텐데. 며칠 지나자 깔개는 물에 젖어 엉망이 되어서, 할인 상점에서 1달러도 안 주고 살 수 있는 매트랑 다름없어졌다.

또 나는 알고 있었다. 결혼 전에 남자는 장미며 키스며 레스토랑에서의 식사를 퍼부으면서도, 속으로는 결혼식만 끝나면 여자가 윌러드 부인의 부엌 매트처럼 자기 발밑에 납작 엎드리기를 바란다는 것을.

아버지는 리노네바다 주에 있는 도시로 이혼이 쉽게 허용되는 것으로 유명하다로 신혼여행을 다녀오기 무섭게—아버지는 유부남이어서 이혼부터 해야 했다— 엄마에게 말했다지 않던가.

"휴, 이제 억지로 꾸며 행동하지 않고 있는 그대로 보여주면 되니 마음이 놓이지?"

벨 자

그날부터 엄마는 단 일 분도 평온을 얻지 못했다고 했다.

또 버디는 뻔히 알지 않느냐는 듯 못된 말투로 말했다. 내가 아이를 가지면 느낌이 달라질 거라고, 그때는 시를 쓰고 싶지 않을 거라고. 여자가 결혼을 해서 자식을 가지면 세뇌가 되고, 나중에는 전체주의 국가에 사는 노예처럼 둔해지는 게 사실이라는 생각이 들기 시작했다.

깊은 우물 바닥에 있어 손이 닿지 않는 조약돌 보듯 콘스탄틴을 쳐다보는데, 그의 눈꺼풀이 떨리더니 그가 날 물끄러미 보았다. 그의 눈에는 사랑이 넘쳤다. 뿌연 부드러움 위로 감각의 빗장이 찰칵 소리를 내는 광경을 난 멍하니 보았다. 넓은 동공이 가죽처럼 반들거리고 깊이를 알 수 없었다.

콘스탄틴은 하품을 하며 일어나 앉았다.

"몇 시예요?"

"세 시요. 집에 가야겠어요. 내일 아침 일찍 출근해야 하거든요."

나는 담담하게 말했다.

"차로 데려다줄게요."

우리는 침대 양쪽에 걸터앉아 으스스할 정도로 환한 램프 불빛 속에서 신발을 찾았다. 그때 콘스탄틴이 몸을 돌리는 기척이 느껴졌다.

"머리가 늘 그래요?"

"어떤데요?"

그는 대답하지 않고 내 머리칼의 뿌리에 손을 대더니 천천히 빗질하듯 쓰다듬었다. 전기 같은 충격이 내 몸속을 지났고 난 얌전히 앉아 있었다. 어릴 때부터 누군가 머리를 쓸어주는 게 좋았다. 그러면 졸리고 마음이 편안해졌다.

콘스탄틴이 말했다.

"이제 알겠네요. 방금 감아서 그런 거예요."

그는 허리를 굽히고 테니스화의 끈을 맸다.

한 시간 후, 호텔 침대에 누워서 빗소리에 귀를 기울였다. 빗소리가 아니라 수돗물 떨어지는 소리처럼 들렸다. 왼쪽 정강이 중간에 통증이 일어 알람 시계가 튜바 소리로 깨워주는 일곱 시까지 눈을 붙이려던 희망은 접었다.

비가 내릴 때마다 부러졌던 다리가 기억을 되살리는 것 같았다. 다리에 묵직한 통증이 느껴졌다.

이런 생각이 났다.

'버디 윌러드 때문에 다리가 부러졌어.'

그러자 이런 생각도 났다.

'아냐, 내가 부러뜨린 거야. 그렇게 비열했던 대가를 치르게 하려고 일부러 내가 부러뜨린 거라고.'

벨 자

8

 윌러드 씨는 나를 차에 태우고 애디론댁으로 갔다.

 크리스마스 다음 날이었고, 잿빛 하늘은 눈을 뿌릴 기세였다. 헛배가 부르고 멍하고 실망스러운 기분이었다. 크리스마스 다음 날이면 늘 그랬다. 꼭 소나무 가지와 촛불, 금색과 은색 리본을 맨 선물들, 자작나무 모닥불, 칠면조 구이, 피아노로 연주하는 캐럴에 대한 약속이 지켜지지 않은 기분이었다.

 크리스마스 때면 가톨릭 신자면 좋겠다 싶었다.

 처음에는 윌러드 씨가 운전했고 나중에 내가 교대했다. 우리가 무슨 이야기를 했는지 몰라도 눈이 잔뜩 쌓인 시골길을 따라 황량한 산등성이로 접어들었다. 잿빛 언덕에서 길가까지 전나무가 빽빽이 있어 짙은 초록색이 검게 보이자 나는 점점 우울해졌다.

 윌러드 씨에게 혼자 가라고, 나는 히치하이킹을 해서 집에 돌아가겠다고 말하고 싶은 유혹을 느꼈다.

하지만 그의 얼굴을 슬쩍 보고는 그럴 수 없다는 것을 알았다. 그는 아이처럼 짧게 자른 은발하며 맑은 눈, 발그레한 뺨, 순진하고 신뢰 가는 표정을 하고 있었다. 이번 면회는 끝까지 해야 했다.

한낮이 되자 잿빛은 엷어졌고, 우리는 얼어붙은 길가에 차를 세우고 점심을 먹었다. 윌러드 부인이 싸준 참치 샌드위치와 오트밀 쿠키, 사과, 보온병에 담긴 블랙커피를 나누어 먹었다.

윌러드 씨는 친절한 눈으로 날 쳐다봤다. 그러더니 헛기침을 하고 무릎에서 빵가루를 털어냈다. 나는 그가 심각한 말을 할 태세임을 알았다. 워낙 수줍음이 많은 사람이었고, 중요한 경제학 강의를 하기 전에는 그렇게 헛기침을 한다고 들었다.

"넬리와 난 늘 딸을 갖고 싶어 했지."

한순간 윌러드 씨가 부인이 임신해서 딸을 낳을 거라는 말을 할 거라고 짐작했다. 얼빠진 생각이었지만.

"하지만 어떻게 너보다 좋은 딸이 있을 수 있겠니."

윌러드 씨는 아버지 노릇을 하고 싶다는 말에 내가 감격해서 운다고 생각했던 것 같다.

"자—자."

그는 내 어깨를 토닥이더니 한두 차례 헛기침을 하고 덧붙였다.

"우리가 서로 이해한다고 생각한다."

벨 자

그가 차 문을 열고 나가 내 문 쪽으로 걸어왔다. 잿빛 공기 속에 번지는 그의 입김은 일그러진 연기 신호 같았다. 내가 옆자리로 옮기자 그는 차를 출발시켰고, 우리는 달렸다.

버디가 묵고 있는 요양원을 내가 어떻게 상상했는지 모르겠다.

작은 산꼭대기에 있는 나무 산장을 상상했을까. 결핵을 앓아 뺨이 발그레한 젊은이들은 매력적이지만 열 기운에 눈이 반들거릴 것 같았다. 다들 두꺼운 담요를 두르고 발코니에 누워 있겠지.

버디가 학교로 보낸 편지에 이렇게 썼다.

"결핵은 폐 속에 폭탄을 안고 사는 것과 비슷해. 아주 조용하게 누워서 병이 빠져나가기를 기다리는 거지."

조용히 누워 있는 버디는 상상하기 힘들었다. 아침에 일어나서 줄곧 움직이자는 게 평소 그의 생활철학이었으니까. 여름에 같이 해변에 가서도 그는 나처럼 느긋하게 누워서 일광욕을 하지 않았다. 해변에서 뛰거나, 공을 갖고 놀거나, 빠른 속도로 팔굽혀펴기를 하면서 시간을 보냈다.

윌러드 씨와 나는 오후 휴식 치료가 끝날 때까지 대기실에서 기다렸다.

요양원 전체의 색상은 간肝 색깔에 기초한 것 같았다. 짙은 빛깔의 반들반들한 나무 장식, 타오를 듯한 나무색 가죽 의자, 예전에는 흰색이었지만 곰팡이와 습기 때문에 바랜 벽. 갈색 비닐 장판 바닥은 얼룩덜룩했다.

짙은 색 나무판자로 만든 낮은 탁자에는 원과 반원 모양의 얼룩이 잔뜩 있었고, 지난 호 〈타임〉지와 〈라이프〉지가 있었다. 나는 가까이 있는 잡지의 가운데를 펼쳤다. 아이젠하워가 날 보고 웃고 있었다. 병 속에 들어 있던 태아처럼 대머리에 멍한 표정이었다.

한참 후 기척이 느껴졌다. 일순간 벽에 스며든 습기가 빠지기 시작하는가 싶었지만, 곧 구석에 있는 작은 분수에서 나는 소리임을 알아차렸다.

파이프에서 물이 몇 인치쯤 공중으로 솟았다가 노란 물이 담긴 돌그릇에서 떨어졌다. 돌그릇에는 공중화장실에서 볼 수 있는 흰 육각형 타일이 붙어 있었다.

버저 소리가 났다. 멀리서 여러 개의 문이 열리고 닫혔다. 곧 버디가 들어섰다.

"아버지, 안녕하셨어요?"

버디는 아버지를 포옹하더니 끔찍할 정도로 환한 표정으로 내게 다가와 손을 내밀었다. 나는 악수를 했다. 그의 손은 축축하고 통통했다.

윌러드 씨와 나는 가죽 소파에 앉았다. 버디는 맞은편에 놓인 미끄러운 안락의자에 앉았다. 그는 보이지 않는 철사로 입꼬리를 위로 잡아맨 양 빙그레 웃었다.

버디가 그렇게 살이 찔 줄은 상상도 못했다. 요양원에 있는 그를 생각할 때마다 광대뼈 아래가 움푹하고 퀭한 눈을 번뜩이는 모습이 떠올랐는데.

벨 자

하지만 버디의 몸에서 오목했던 부분이 갑자기 볼록해져버렸다. 달라붙는 흰 나일론 셔츠 밑으로 배가 불룩했고, 뺨은 설탕으로 만든 과일처럼 둥글고 불그레했다. 웃음소리까지도 통통하게 들렸다.

버디와 눈이 마주쳤다.

"많이 먹어서 그래. 요양원에서 매일같이 잔뜩 먹이고 누워서 지내게 하거든. 하지만 이제 산책 시간을 허락 받았으니까 걱정하지 마. 두어 주 지나면 날씬해질 거야."

그는 벌떡 일어나서 신이 난 유령처럼 씩 웃으며 덧붙였다.

"내 방 구경할래?"

나는 버디를 따라갔고, 윌러드 씨가 내 뒤를 따라왔다. 뿌연 유리 회전문 두어 곳을 지나 붉은 복도를 걸었다. 바닥용 왁스와 소독약 냄새에다가 썩은 치자 냄새가 풍겼다.

버디가 갈색 문을 활짝 열었고 우리는 비좁은 방에 들어갔다.

파란 줄무늬 침대보를 씌운 큰 침대가 공간을 다 차지했다. 침대 옆에 테이블이 있고, 주전자와 유리잔 한 개, 은색 체온계가 든 분홍색 소독기가 놓여 있었다. 침대 발치와 옷장 사이에 옹색하게 놓인 다른 테이블에는 책과 종이, 엉성한 도자기 그릇들—구워서 칠했지만 반들거리지는 않았다—이 놓여 있었다.

윌러드 씨가 말했다.

"방이 쾌적해 보이는구나."

버디가 웃음을 터뜨렸다.

"이것들은 뭐야?"

나는 도자기 재떨이를 집으며 물었다. 초록색 수련 잎 모양에다 노란색 잎맥이 그려져 있었다. 버디는 담배를 피우지 않는다.

"재떨이야. 너 주려고."

버디가 대답했다.

나는 재떨이를 내려놓았다.

"난 담배 안 피우는데."

"알아. 그래도 네가 좋아할 것 같아서."

윌러드 씨가 바싹 마른 입술을 비비고 나서 말했다.

"저, 나는 그만 가봐야겠다. 젊은이들끼리 있게 해줘야지……."

"그러세요, 아버지. 그만 가보세요."

나는 깜짝 놀랐다. 윌러드 씨도 하룻밤 지내고 같이 갈 걸로 알았는데 혼자 가다니.

"저도 갈까요?"

"아니, 아니야."

윌러드 씨는 지갑에서 지폐 몇 장을 꺼내 버디에게 주었다.

"에스더가 기차의 편한 자리에 앉아서 가도록 신경 쓰렴. 에스더는 하루쯤 여기 머물 거야."

버디는 아버지를 문까지 배웅했다.

윌러드 씨에게 버림받은 기분이었다. 그가 미리 작정한 일이라는 의심이 생겼지만, 버디는 그게 아니라 아버지가 요양원 풍경을 차마 볼 수 없어서 그런 거라고 말했다. 특히 당신 아들이 아픈 걸 보기 힘들었을 거라고. 아버지는 모든 병은 의지가 병든 것이라고 생각하는 사람이라고 했다. 윌러드 씨는 평생 하루도 아파본 적이 없다는 것이었다.

나는 버디의 침대에 앉았다. 달리 앉을 데가 없었다.

버디는 작업이라도 하는 태도로 종이 뭉치를 뒤적였다. 그가 얇은 회색 잡지를 내게 건네주었다.

"11쪽을 펴봐."

메인 주 어디에선가 인쇄된 잡지에는 등사한 시와 짤막한 글 들이 실려 있었다. 11쪽에는 「플로리다 새벽」이라는 시가 있었다. 수박 같은 빛과 초록색 야자수 잎, 그리스 건축물처럼 홈이 팬 조가비의 이미지를 대충대충 훑었다.

"나쁘지 않네."

속으로는 끔찍하다 싶은 생각이 들었다.

"그 시를 누가 썼지?"

버디가 묘한 웃음을 흘리며 물었다.

오른쪽 하단에 적힌 이름을 보았다. B. S. 윌러드.

"난 모르겠어. 아니, 물론 알아. 버디 네가 썼네."

버디는 내게 다가왔다.

나는 뒤로 물러났다. 결핵에 대해 아는 게 없지만, 내가 보기에 극도로 심각한 병 같았다. 은근히 사람을 변화시킨 걸 보면 보통 중한 병이 아닌가 봐. 그가 끔찍한 결핵균을 혼자서 보유하면 좋으련만.

버디는 웃음을 터뜨리며 말했다.

"걱정 마. 난 양성이 아니야."

"양성?"

"너한테 안 옮는다고."

버디는 가파른 계단을 오르다가 중간에서 쉬는 사람처럼 말을 멈추고 숨을 쉬었다.

"너한테 묻고 싶은 말이 있어."

그는 내 머릿속을 꿰뚫어보고 안에 든 것을 분석이라도 할 듯이 빤히 쳐다보는 새로운 습관이 생겼다.

"편지로 묻는 게 좋다는 생각도 했는데."

뒷면에 예일대 문장이 찍힌 하늘색 봉투가 눈앞에 어른거렸다.

"하지만 네가 찾아올 때까지 기다렸다가 물어보는 게 낫다고 결론지었지. 직접 보고 물어봐야겠다고."

그는 말을 멈추었다가 덧붙였다.

"무슨 질문인지 알고 싶지 않아?"

"뭔데?"

나는 작고 무덤덤한 목소리로 물었다.

버디는 내 곁에 앉았다. 그는 내 허리를 팔로 감더니 귓가의 머리칼을 만졌다. 난 꼼짝도 하지 않았다. 그때 그가 속삭이는 소리가 들렸다.

"버디 윌러드 부인이 되는 게 어때?"

벨 자

하하 웃고 싶은 충동이 일었다.

버디를 멀리서 흠모하던 오륙 년 전이었다면 그 말을 듣고 얼마나 놀랐을까.

버디는 내가 머뭇거리는 것을 알아챘다. 그가 얼른 말했다.

"물론 지금 내 꼴이 엉망이란 걸 알아. 아직도 결핵 치료약을 복용하고, 갈비뼈 한두 대가 온전하지 않을지 몰라도, 다음 가을이면 의대로 돌아갈 거야. 이번 봄부터 일 년만 지나면……."

"너한테 할 말이 있어, 버디."

"무슨 말하려는지 알겠다. 다른 사람을 만나는구나."

버디가 뻣뻣하게 말했다.

"아니, 그게 아냐."

"그럼 뭐지?"

"난 절대 결혼하지 않을 거야."

버디의 얼굴이 환해졌다.

"제정신이 아니구나. 마음이 바뀔 거야."

"아니야. 마음을 정했어."

하지만 버디는 계속 쾌활한 표정을 지었다.

내가 말했다.

"연극제가 끝나고 나랑 히치하이크를 해서 우리 학교에 갔던 일 기억해?"

"기억해."

"내게 어디에 살고 싶은지, 시골인지 도시인지 물었던 거

기억해?"

"너는……."

"나는 시골과 도시 양쪽 다 살고 싶다고 말했잖아."

버디가 고개를 끄덕였다.

나는 갑자기 힘 있게 말했다.

"그러자 너는 웃으면서 내가 진짜 노이로제 환자의 면모를 갖췄다고 말했지. 그 주에 심리학 시간에 본 질문지에 나온 질문이라면서."

버디의 얼굴에서 웃음기가 사라졌다.

"그래, 네 말이 맞아. 난 신경증 환자야. 시골이나 도시 한 곳을 집어서 말할 수 없었어."

"둘 사이에 살면 되잖아. 그럼 가끔 도시에 가고 가끔 시골에 갈 수 있다고."

버디가 도움을 주려는 듯 말했다.

"거기에 뭐 그리 신경증적인 게 있다는 거야?"

버디는 대꾸하지 않았다.

"말해봐!"

나는 '이런 환자들이 버릇없이 굴게 내버려두면 안 되겠지. 그게 가장 나쁜 거니까. 오냐오냐 하면 응석받이가 될 테니까' 하는 생각을 했다.

"그게 아냐."

버디가 희미한 목소리로 말했다.

"신경증이라니, 웃기네!"

나는 조롱하듯 웃고 덧붙였다.

"서로 다른 두 가지를 동시에 하고 싶은 게 신경증이라면 난 끔찍한 신경증에 걸렸어. 난 죽을 때까지 완전히 다른 것들 사이를 날아다닐 거야."

버디가 내 손을 잡으며 말했다.

"나도 같이 날아다니게 해줘."

나는 피스가 산의 스키 슬로프 정상에 서서 아래를 내려다보았다. 별로 할 일이 없었다. 평생 스키를 타본 적이 없었으니까. 하지만 기회가 있을 때 경치를 구경하고 싶다는 생각이 들었다.

내 왼쪽으로 리프트용 밧줄이 스키어들을 눈 쌓인 정상으로 끌어올렸다. 사람들이 오가느라 다져진 눈은 한낮의 햇살에 조금 녹았다가 다시 얼어붙어 반들거렸다. 찬 공기가 폐부를 파고들어 속이 맑아지는 것 같았다.

사방에서 빨갛고, 파랗고, 하얀 재킷을 입은 스키어들이 슬로프를 내려가는 모습은 도망치는 성조기 조각들 같았다. 스키장 밑에 있는, 통나무집을 본뜬 숙소에서 울리는 노랫소리가 정적을 깨뜨렸다.

    융프라우를 바라보네
    우리 둘의 샬레에서 (…)

쾌활한 가락과 웅얼거리는 소리가 눈밭 아래 숨은 개울처럼 내 옆을 스치고 지났다. 자칫 잘못하면 슬로프에서 굴러 저 아래 있는 작은 카키색 점으로 돌진할 터였다. 구경꾼들 사이에 카키색 옷을 입은 버디 윌러드가 있었다.
  아침 내내 버디는 스키 타는 법을 가르쳐주었다.
  그는 스키와 스키 폴을 마을에 사는 친구에게 빌렸다. 스키 부츠는 어느 의사의 부인에게 빌렸다. 그녀의 발은 나보다 한 치수 컸다. 또 간호 실습생에게 빨간 스키 재킷을 빌려 왔다. 그가 고집스러운 표정으로 끈질긴 태도를 보이는 게 놀라웠다.
  의과대학에 다닐 때 버디가 사망자의 유가족을 설득해 해부 승낙을 받아내는 대회에서 상을 받은 일이 기억났다. 그는 부검이 필요하든 아니든 과학 발전을 위해 기증해달라고 유가족을 설득했다. 부상으로 뭘 받았는지는 잊었지만, 흰 가운을 걸친 버디의 모습은 또렷이 그릴 수 있었다. 주머니에서 튀어나온 청진기는 그의 내장 같았다. 그는 멍하니 있는 유가족들에게 웃으면서 절을 했고, 말을 걸어 부검 서류에 서명하게 했다.
  다음으로 버디는 주치의에게 차를 빌렸다. 주치의는 결핵에 걸려본 경험이 있어서 대단히 이해심이 깊었다. 우리가 차를 타고 출발할 때 해가 들지 않는 요양원 복도에 산책 시간을 알리는 버저 소리가 울렸다.
  버디도 스키를 타본 적이 없었지만 기본 원리는 아주 간단

벨 자

하다고 말했다. 또 스키 교사와 학생 들을 자주 봤기 때문에 필요한 사항을 가르칠 수 있다고 했다.

첫 삼십 분 동안 나는 고분고분 배웠다. 낮은 슬로프 위를 시옷 자 모양으로 올라가서 폴을 밀어 일자로 내려갔다. 버디는 내 실력이 늘자 기쁜 눈치였다.

내가 스무 번쯤 슬로프를 오르내리자 그가 말했다.

"에스더, 잘하는데. 이제 리프트용 밧줄을 타보자구."

"하지만 버디, 난 아직 지그재그로 내려갈 줄 모르잖아. 꼭 대기에서 내려오는 사람들은 다 지그재그로 탈 줄 안단 말이야."

"절반만 올라가면 돼. 그러면 가속도가 붙지 않아서 괜찮아."

버디는 나랑 같이 리프트로 가서 중간에 줄을 놓는 법을 가르쳐주더니 줄을 단단히 붙들고 올라가라고 말했다.

싫다고 할 엄두가 나지 않았다.

나는 거친 밧줄을 꽉 쥐었다. 밧줄이 손가락 사이로 빠지면서 위로 올라갔다.

하지만 밧줄에 매달리니 올라가는 속도가 너무 빨라서 도중에 밧줄을 놓는 것은 바랄 수도 없었다. 앞에도 뒤에도 스키어가 있으니 밧줄을 손에서 놓는 순간 다른 사람의 스키와 폴에 걸려 고꾸라질 터였다. 소동을 일으키고 싶지 않아서 그냥 리프트에 매달려 있었다.

하지만 정상에 오르자 다른 생각이 들었다.

버디는 빨간 재킷을 입고 머뭇거리는 나를 알아봤다. 그는 카키색 풍차처럼 팔을 흔들었다. 그가 설원을 누비는 스키어들의 사이로 내려오라고 신호를 보냈다. 하지만 목이 타는 데다가 불편한 자세로 서 있자니 발아래 하얀 길이 뿌옇게 변했다.

어떤 스키어가 왼쪽에서 나와 지나갔고, 다른 스키어가 오른쪽에서 나와 지나갔다. 버디는 균 같은 극미極微 동물이 버글대는 들판의 끄트머리에 뻗친 안테나 같은 팔을 힘없이 저어댔다.

나는 빙빙 돌아가는 원형극장 같은 데서 그 뒤의 풍경으로 눈을 돌렸다.

하늘의 거대한 잿빛 눈이 날 보았고, 언덕과 언덕 너머 사방에서 쏟아진 고요한 흰 길에 초점을 맞춘 태양은 안개에 가린 채 내 발을 붙들었다.

바보같이 굴지 말라고—살갗이 벗겨지는 꼴 당하지 말고 스키를 벗고 걸어 내려가라고, 슬로프 가장자리에 있는 소나무 사이로 걸으라고— 조르는 내 안의 목소리가 서글픈 모기처럼 날아다녔다. 죽을지 모른다는 생각이 마음속에 나무나 꽃처럼 냉정하게 자리 잡았다.

버디가 있는 곳까지의 거리를 눈으로 어림했다.

이제 팔짱을 끼고 있는 그가, 뒤에 있는 멍청하고 누르께하며 시원찮은 울타리의 일부로 보였다.

산꼭대기의 가장자리로 가서 폴을 눈에 꽂고 몸을 힘껏 날

벨 자

렸다. 내 기술이나 의지로는 멈추지 못하리란 걸 알고 있었다.
 직선으로 내려가기로 했다.
 숨어 있던 칼바람이 입안에 들어차고 머리칼이 휘날렸다. 난 내려갔지만 하얀 해는 더 높이 떠오르지 않았다. 해는 굽이치는 언덕 위에 걸려 있었다. 해는, 그것 없이는 세상이 존재하지 않는 활기 없는 축이었다.
 내 몸속에서 반응하는 작은 지점이 해를 향해 솟구쳤다. 풍경이 들어차서 폐가 팽팽해지는 느낌이었다. 공기, 산, 나무들, 사람들. '이런 게 행복일 거야'라는 생각이 들었다.
 초보자, 전문가 할 것 없이 지그재그로 스키를 타는 사람들을 지나 내달렸다. 이중적인 행동과 미소, 타협하며 보낸 긴 시간을 지나 내 과거로 들어갔다.
 터널 끝의 밝은 지점으로 향하니 양쪽에서 사람과 나무가 획획 지나갔다. 우물 밑바닥의 조약돌, 어머니 배 속에 안긴 하얀 아기 같은 밝은 지점을 향해 내려갔다.
 이가 갈리는 기분이었다. 얼음물이 목구멍을 타고 흘렀다.
 내 위에 버디의 얼굴이 있었다. 궤도를 벗어난 행성처럼 커다란 얼굴이 다가들었다. 그 뒤로 다른 얼굴들도 보였다. 그들 뒤에 펼쳐진 흰 평원에는 검은 점들이 몰려 있었다. 요정이 요술 막대기를 젓는 듯 하나씩 예전의 세상이 되돌아왔다.
 "네가 잘하고 있었는데 어떤 남자가 네 앞을 막았어."
 귀에 익은 목소리가 말해주었다.
 사람들은 내 스키를 풀고 하늘을 향해 눈 더미에 꽂힌 스키 폴을 가져왔다. 내 등 뒤로 통나무집의 울타리가 솟아 있었다.

버디는 부츠와 몇 켤레나 신은 흰 양말을 벗겼다. 그는 통통한 손으로 내 왼쪽 발을 들어서 발목을 위로 당기더니 숨긴 무기라도 찾으려는 듯 쿡쿡 찔렀다.

냉정한 흰 햇살이 하늘 꼭대기에서 빛났다. 내 몸을 해에 대고 갈고 싶었다. 칼날처럼 성스럽고 날카로우며, 본질만 남기를 바랐다.

"올라갈 테야. 다시 해볼래."

내가 말했다.

"안 돼, 못 해."

버디의 얼굴에 묘하게 만족스러운 표정이 떠올랐다.

그는 마지막으로 씩 웃으며 되풀이해 말했다.

"안 돼, 못 해. 다리가 두 군데나 부러졌어. 몇 달 동안 깁스를 하고 있어야 될 거야."

9

"그 사람들이 죽게 되어 정말 다행이야."

힐다는 고양이처럼 기지개를 켜며 하품을 하더니 회의용 탁자에 팔을 올리고 얼굴을 묻었다. 다시 잘 태세였다. 담녹색 밀짚이 눈썹 위에 열대의 새처럼 걸쳐져 있었다.

담녹색. 가을에 유행할 색상이었고, 힐다가 늘 그렇듯 반년쯤 앞선 패션이었다. 검은색과 담녹색, 흰색과 담녹색, 사촌뻘인 청록색과 담녹색.

번지르르하고 공허한 패션 광고판 같은 힐다가 수상스러운 거품을 내 머리에 일으켰다. 거품들이 퍽퍽 소리를 내며 위로 올라왔다.

'그 사람들이 죽게 되어 정말 다행이야.'

더럽게 운 나쁘게도 힐다와 같은 시간에 호텔 카페에 들어섰다. 잠을 많이 못 자 머리가 멍해서 장갑이나 손수건, 우산, 공책 따위를 방에 두고 왔다는 핑계를 대지 못했다. 결국 호텔의 뿌연 유리문을 지나 붉은 대리석이 깔린 매디슨 가까지 끔찍하고 먼 길을 동행해야 했다.

힐다는 줄곧 마네킹처럼 움직였다.

"모자가 멋지네. 직접 만들었어?"

그녀가 나를 돌아보고 "목소리를 들으니 몸이 안 좋은가 봐"라고 말하리라는 기대가 반쯤 있었다. 하지만 힐다는 백조 같은 목을 길게 뺐다가 당길 뿐이었다.

"응."

전날 연극을 봤다. 여주인공이 죽은 사람의 악령에 씌어서, 악령이 그녀의 입을 통해 말을 할 때는 동굴 속 같은 깊은 소리가 울렸다. 남자 소리인지 여자 소리인지 구분 안 되는 목소리였다. 힐다의 목소리가 그 악령의 소리처럼 들렸다.

그녀는 매 순간 존재하는지 확인하는 것처럼 연방 유리 진열장에 비친 모습을 흘끔댔다. 둘 사이의 침묵이 너무 깊어서 내 잘못도 있다는 생각이 들었다.

그래서 내가 말했다.

"로젠버그 부부의 일, 끔찍하지 않아?"

그날 밤 로젠버그 부부는 전기의자에서 사형당할 터였다.

"맞아!"

힐다가 대답했고, 나는 드디어 실뜨기 모양의 그녀의 심장에서 인간미라는 줄을 튕긴 느낌이 들었다. 힐다가 그 "맞아"에 사족을 붙인 것은, 무덤처럼 컴컴한 회의실에서 둘이 사람들을 기다릴 때였다.

벨 자

"그런 자들이 산다는 게 끔찍해."

그녀가 하품을 하자 주황색 입이 열리며 어둠이 드러났다. 나는 매혹을 느끼고 얼굴 뒤의 컴컴한 동굴을 응시했다. 마침내 그녀가 입술을 오므렸다가 움직이자 악령이 숨은 곳에서 말을 토해냈다.

"그 사람들이 죽게 되어 정말 다행이야."

"자, 자. 웃어봐요."

나는 제이 시의 사무실에서 손에는 종이 장미를 들고 분홍 벨벳 의자에 앉아 있었다. 잡지사 소속 사진기자를 쳐다봤다. 연수생 열두 명 중 마지막으로 내가 사진 촬영을 했다. 화장실에 숨었지만 베시가 문 밑으로 내 발을 보는 통에 들키고 말았다.

울음이 터질까 봐 사진 찍기가 싫었다. 왜 울 것 같은지 몰라도, 누가 말을 걸거나 빤히 쳐다보면 눈물이 줄줄 흐르고 목구멍에서 흐느낌이 치솟아 일주일 내내 목 놓아 울 것 같았다. 물이 가득 차서 넘칠 것 같은 컵처럼 눈물이 차올랐다.

이 사진을 마지막으로 잡지가 발행되고, 우리는 털사든 빌럭시든 티넥이든 쿠스 베이든 집으로 돌아갈 터였다. 우리는 하고 싶은 일을 암시하는 물건을 들고 촬영했다.

베시는 농부의 아내가 되고 싶은 마음을 보이려고 옥수수 껍질을 들고 사진을 찍었다. 모자 디자이너가 되고 싶은 힐다는 모자 제작자가 사용하는 대머리 마네킹을 들고 찍었다. 도린은 인도에서 사회복지사가 되고 싶다며 금사로 수를 놓은 사리를 들었다.(실은 사리를 만져보고 싶었을 뿐이라고 털어놓았지만.)

뭐가 되고 싶으냐는 질문에 나는 모른다고 말했다.

"아니지, 당연히 알 텐데."

사진기자가 말했다.

제이 시가 재치 있게 말했다.

"이 친구는 모든 게 되고 싶은 거야."

나는 시인이 되고 싶다고 대답했다.

그러자 그들은 내가 들고 찍을 소품을 찾으려 애썼다.

제이 시가 시집을 이야기했지만 사진기자는 너무 뻔해서 안 된다고 했다. 시를 은유적으로 보여줄 만한 물건이어야 했다. 마침내 제이 시의 최신 모자에서 종이 장미를 떼어냈다.

사진기자는 뜨겁게 달구어진 흰 조명을 조정했다.

"시를 쓰는 일이 얼마나 행복한지 보여줘요."

나는 창가의 고무나무 뒤로 펼쳐진 파란 하늘을 바라보았다. 구름이 오른쪽에서 왼쪽으로 흐르고 있었다. 가장 큰 구름에 시선을 고정했다. 그 구름이 시야에서 사라지면 구름과 함께 행운이 사라지기라도 하는 것처럼.

입술 선을 유지하는 게 아주 중요하게 느껴졌다.

"좀 웃어봐요."

결국 내 입술은 복화술사가 조작하는 인형의 입처럼 비틀리기 시작했다.

벨 자

사진기자는 갑자기 무엇을 예감한 듯 말했다.

"이봐요, 울 것 같은데."

멈출 수가 없었다.

분홍색 벨벳 의자의 등판에 얼굴을 묻었다. 눈물과 함께 아침 내내 담고 있던 슬픔을 쏟아냈다. 큰 안도감을 느꼈다.

고개를 들어보니 사진기자가 없었다. 제이 시도 거기 없었다. 무서운 동물이 내 살을 벗기기라도 한 것처럼 힘이 빠지고 배신당한 느낌이었다. 동물의 손아귀를 벗어나 다행이었지만, 동물의 발이 닿은 곳은 다 벗겨져버렸다. 영혼까지도.

핸드백에서 금색 콤팩트를 찾았다. 콤팩트에는 마스카라와 마스카라 솔, 눈썹연필, 립스틱 세 개와 거울이 있었다. 실컷 두들겨 맞고 감옥 창살로 빤히 쳐다보는 듯한 얼굴이 거울 속에 드러났다. 부은 데다가 멍든 것처럼 색색으로 얼룩져 있었다. 비누 세수와 기독교도의 인내심이 필요한 얼굴이었다.

나는 기운 없이 화장하기 시작했다.

한참 후 원고 더미를 안고 제이 시가 들어왔다.

"이것들을 보면 재미있을걸. 잘 읽어보라고."

그녀가 말했다.

아침마다 소설 편집자의 사무실에는 눈사태 난 것처럼 원고가 쏟아졌다. 미국 전역의 서재, 다락방, 교실에서 사람들이 은밀히 글을 쓰는 것 같았다. 일 분에 한 명씩 탈고한다고 하자. 오 분 후면 원고 다섯 편이 편집자의 책상에 쌓이는 셈이었다. 한 시간 후면 육십 편이 책상 위에 모일 테고, 일 년이면…….

오른쪽 상단 귀퉁이에 '에스더 그린우드'라고 타자 친 원고가 공중에 떠다니는 장면을 떠올리니 웃음이 나왔다. 한 달 동안의 잡지사 견습이 끝나면 유명 작가가 강의하는 여름 학기 강좌를 듣기 위해 지원해놓은 참이었다. 먼저 소설 원고를 보내 작가가 읽고, 수업을 들을 자격이 있다고 인정한 학생만 수강할 수 있었다.

물론 아주 규모가 작은 강좌였고, 나는 오래전에 원고를 보냈는데 아직 답을 듣지 못했다. 하지만 집에 돌아가면 우편물 테이블에 수강을 허락하는 편지가 놓여 있을 거라고 자신했다.

나는 제이 시를 깜짝 놀라게 하기로 마음먹었다. 그 강좌를 들으면서 소설 두어 편을 써서 가명으로 보내야지. 어느 날 소설 담당 편집자가 제이 시를 찾아가서 원고를 책상에 탁 놓으며 말하리라. "독특한 작품이 들어왔는데." 그러면 제이 시도 동의하고 원고를 게재하기로 결정하면서 작가에게 점심을 먹자고 하겠지. 그 작가는 바로 나일 테고.

도린이 말했다.
"솔직히 이 사람은 달라."
"그 남자에 대해 말해봐."
내가 덤덤하게 말했다.
"페루 출신이야."

벨 자

"그럼 땅딸막하겠네. 아즈텍 족처럼 못생겼을 거고."

"아니, 아니야. 내가 이미 만나봤는걸."

우리는 내 침대 위에 앉아 있었다. 침대 위에는 더러워진 면 원피스들과 올 나간 스타킹, 거무죽죽한 속옷가지가 널브러져 있었다. 도린은 십 분째 컨트리클럽의 댄스파티에 가자고 졸라댔다. 레니의 친구와는 아주 다른 사람을 소개하겠다고 했다. 하지만 난 이튿날 아침 여덟 시 기차를 타야 했기에 짐을 싸야 될 것 같았다.

또 밤새도록 혼자 뉴욕 거리를 헤맨다면 이 도시의 신비와 웅장함이 싹 가실 것 같았다.

하지만 손을 들 수밖에 없었다.

이즈음 뭘 하겠다고 작정하기가 점점 힘들어졌다. 가방을 챙기겠다고 마음먹어도, 서랍장과 옷장에서 세탁할 비싼 옷가지를 꺼내서 의자와 침대, 바닥에 던져놓기만 했다. 그러고는 주저앉아서 난감해하며 옷가지를 노려보았다. 옷 하나하나가 세탁되고 개켜지고 차곡차곡 챙겨지기를 거부하는 고집불통 같았다.

내가 도린에게 말했다.

"이 옷들 때문에 그래. 방에 돌아왔을 때 난장판을 보면 참을 수 없으니까."

"그거야 쉽지."

도린은 속치마와 스타킹, 철심이 든 끈 없는 브래지어―프림로즈 코르셋 회사의 선물인데, 착용할 용기가 나지 않았다—를 치우기 시작했다. 40달러나 주고 산, 묘하게 재단된 원피스를 집었을 때 내가 말했다.

"도린, 그건 놔둬. 입을 거야."

도린은 검은 원피스를 빼서 내 무릎에 던졌다. 그러더니 나머지 옷가지를 둘둘 말아서 침대 밑에 밀어 넣었다.

도린은 금색 손잡이가 달린 초록색 문을 두드렸다.

안에서 맞붙어 싸우는 소리와 남자가 웃다가 멈추는 소리가 났다. 곧 금발을 짧게 깎은 키 큰 남자가 문을 열고 내다보았다. 그는 셔츠 차림이었다.

"베이비!"

그가 외쳤다.

도린이 그의 품에 안겼다. 레니가 아는 사람일 거라는 생각이 들었다.

나는 검은 드레스에 술이 달린 검은 숄을 두르고 문간에 얌전히 서 있었다. 어느 때보다 호기심이 동했지만 기대는 별로 없었다. '나는 구경꾼이야'라고 속으로 중얼대면서, 금발 남자가 도린을 방으로 안내하는 것을 지켜보았다. 다른 남자가 도린을 맞았다. 그 역시 키가 컸지만, 머리칼은 더 검고 길었다. 흰 양복에 하늘색 셔츠, 노란 타이에 넥타이핀을 꽂은 차림새였다.

나는 그 넥타이핀에서 눈을 뗄 수가 없었다.

거기서 굉장한 빛이 나와 방을 밝혔다. 그러더니 빛이 줄어

들어 금색 바탕에 이슬방울처럼 남았다.
나는 한 발짝씩 걸었다.
"저게 다이아몬드라고요."
누군가 말하자 여러 사람이 웃음을 터뜨렸다.
나는 손톱으로 유리 같은 표면을 두드렸다.
"그녀의 첫 번째 다이아몬드가 될 거야."
"그걸 아가씨한테 주지 그래, 마르코."
마르코는 절을 하더니 넥타이핀을 내 손에 쥐여주었다.
그것은 천상의 얼음덩이인 듯 광채를 내며 춤을 추었다. 나는 얼른 모조 구슬 백에 넥타이핀을 넣고 주위를 둘러봤다. 사람들 얼굴이 접시처럼 횅했고, 아무도 숨을 쉬지 않는 것 같았다.
건조하고 억센 손길이 내 팔뚝을 잡았다.
"운 좋게도 내가 오늘 저녁에 이 숙녀를 에스코트하게 됐군. 가벼운 봉사를 해야겠는데……."
마르코의 눈빛이 잦아들면서 검은 눈만 보였다.
누군가 웃었다.
"다이아몬드 가치만큼의 봉사를."
그는 내 팔을 잡은 손에 힘을 주었다.
"아야!"
마르코가 손을 치웠다. 나는 팔을 내려다보았다. 엄지손가락 자국이 보였다. 마르코는 날 지켜보다가 내 팔의 안쪽을 손짓하며 말했다.

"거길 봐요."

그곳을 보니 손가락 자국 네 개가 희미하게 드러났다.

"알겠지요, 난 진담이라고요."

마르코의 미소를 보니 브롱크스 동물원에서 놀렸던 뱀이 떠올랐다. 유리 진열장을 톡톡 두드리자 뱀은 규칙적으로 입을 벌렸고, 웃는 것처럼 보였다. 그러더니 잠시 후 뱀은 유리를 마구 쳤고, 결국 나는 그 자리를 떠나고 말았다.

여자를 혐오하는 남자를 만난 것은 그때가 처음이었다.

마르코가 여성혐오자임을 금방 알 수 있었다. 그날 밤 모델과 TV 스타 들이 많았는데도 내게만 눈길을 준 것을 보면 확실했다. 친절이나 호기심 때문이 아니라, 우연히 내가 그의 손에서 놀아나게 됐기 때문이었다. 카드 한 벌 속의 카드 한 장처럼.

컨트리클럽 밴드의 단원이 마이크에 다가서더니 남미 음악을 연주할 때 사용하는 악기를 흔들기 시작했다.

마르코가 손을 내밀었지만 나는 넉 잔째 다이키리럼주, 라임 주스, 설탕, 얼음을 섞은 칵테일를 마시며 자리에 남아 있었다. 다이키리는 처음이었다. 다이키리를 마신 것은 마르코가 대신 주문해주었기 때문이었다. 그가 어떤 술을 마시겠느냐고 묻지 않은 게 너무 고마워서 난 한 마디도 하지 않고 술만 홀짝였다.

마르코가 날 쳐다봤다.

"안 돼요."

벨 자

내가 말했다.

"안 된다니 무슨 뜻이죠?"

"저런 음악에 맞춰서는 춤을 못 춘다고요."

"바보 같은 소리 말아요."

"여기 앉아서 술이나 마저 마시고 싶어요."

마르코는 어색한 웃음을 지으면서 내게 몸을 숙였고, 내 술잔은 단번에 날개가 달린 듯 날아가 야자수 화분에 떨어졌다. 마르코의 손길이 억셌다. 그를 따라 플로어로 나가든지 팔이 찢어지든지 선택해야 될 것 같았다.

"탱고예요. 난 탱고가 좋아요."

마르코가 나를 춤추는 사람들 사이로 이끌었다.

"난 출 줄 모르는데요."

"당신은 춤출 필요 없어요. 춤은 내가 출 테니까."

그는 한 팔로 내 허리를 감싸고 몸을 끌어올려 눈부신 양복에 찰싹 붙게 했다. 그러더니 말했다.

"물에 빠진 척해봐요."

눈을 감으니 음악이 폭풍우처럼 쏟아졌다. 마르코의 다리가 내 다리 사이로 미끄러지자 내 다리는 뒤로 빠졌다. 내 몸이 그의 몸에 고정된 듯 의지나 지식 따위는 사라지고 그가 움직이는 대로 따라 움직였다. 한참 후 '두 사람이 아니라 한 사람만 있으면 되는 춤이구나'라는 생각이 들었다. 나는 내 몸을 바람에 흔들리는 나무처럼 내버려두었다.

"내가 뭐랬어요? 이거 대단한 댄서시구먼."

마르코가 내 귀에 대고 속삭였다.

여성혐오자들이 여자를 갖고 놀 수 있는 이유를 알 것 같았다. 여성혐오자들은 신과 같아서 강인하고 힘이 넘쳤다. 그들은 지상으로 내려왔다가는 사라져버린다. 그러니 여자가 손으로 붙잡을 수 없었다.

남미 음악이 끝난 후 휴식 시간이 있었다.

마르코는 나를 데리고 프렌치 도어밖으로 여닫는 방식이며 주로 테라스나 정원과 연결된 문를 지나 정원으로 나갔다. 연회장 창문으로 빛과 소리가 새어나왔지만, 몇 미터 걸어가니 어둠이 장막을 친 듯 빛도 소리도 사라졌다. 별빛이 쏟아지는 가운데 나무와 꽃은 시원한 향기를 뿜어냈다. 달은 보이지 않았다.

뒤로 산울타리가 둘러쳐져 있었다. 인적 없는 골프 코스가 나무숲이 있는 언덕까지 뻗어 있고, 이 풍경에서 왠지 쓸쓸한 익숙함이 느껴졌다. 컨트리클럽과 춤, 잔디밭의 귀뚜라미 한 마리.

여기가 어딘지 정확히는 모르지만 뉴욕의 부유한 교외 지역이었다.

마르코는 가는 시가와 총알 모양의 은색 라이터를 꺼냈다. 그는 시가를 입에 물고 불꽃 쪽으로 몸을 숙였다. 과장된 그림자와 빛이 드리운 얼굴이 낯설고 고통스러워 보였다.

나는 그를 가만히 바라보았다. 그러다가 물었다.

"당신이 사랑하는 사람이 누구예요?"

그는 잠자코 있더니 입을 벌려 고리 모양의 파란 연기를 뿜어냈다.

"완벽하군!"

마르코가 웃음을 터뜨렸다.

고리는 커지면서 흐려졌고, 어두운 공중에서 유령처럼 파리해 보였다.

그가 말했다.

"친척을 사랑해요."

"그 사람이랑 결혼하면 되잖아요?"

"불가능해요."

"어째서요?"

마르코는 어깨를 으쓱하며 말했다.

"사촌 누이거든요. 수녀가 될 거예요."

"아름다운가요?"

"그 누구보다."

"그 사람도 당신이 사랑하는 걸 알아요?"

"물론이죠."

나는 말을 멈추었다. 그 장애가 내게는 비현실적으로 보였다.

내가 다시 말했다.

"그 사람을 사랑한다면, 언젠가 다른 사람도 사랑하게 될 거예요."

마르코는 시가를 밟아 껐다.

땅이 솟아오르는 것 같았고, 나는 가벼운 충격을 느꼈다.

손가락 사이에서 진흙이 꿈틀거렸다. 마르코는 내가 반쯤 일어날 때까지 기다렸다. 그러더니 내 어깨를 양손으로 잡아 일으켰다.

"드레스가……"

"드레스!"

진흙이 스며서 어깨에 번졌다.

"드레스!"

마르코의 얼굴이 내 얼굴 위로 쏟아졌다. 내 입술에 침이 묻었다. 그가 말을 이었다.

"네 드레스도 검은색이고 흙도 검은색인데 뭐."

그는 내 몸에 대고 갈아 짓이기려는 듯 몸을 던졌다.

난 속으로 중얼댔다.

'일이 벌어지고 있어. 일이 벌어지는 거야. 꼼짝 않고 누워 있으면 일이 날 거야.'

마르코는 어깨끈을 물어뜯고 드레스를 허리까지 찢었다. 맨살이 번뜩였다. 두 적수 사이에 놓인 베일 같았다.

"헤픈 계집!"

그 말이 내 귀를 스쳤다.

"헤픈 계집!"

흙을 털어내자, 싸움 현장이 한눈에 들어왔다.

나는 몸부림치며 깨물기 시작했다.

마르코가 나를 땅에 눕혔다.

"헤픈 계집!"

벨 자

나는 뾰족한 구두 굽으로 그의 다리를 찔렀다. 마르코가 몸을 돌리고 아픈 곳을 더듬어 찾았다.

그 순간 나는 주먹을 쥐고 그의 코를 때렸다. 전함의 강판을 때리는 것 같았다. 마르코가 몸을 일으켰다. 난 울기 시작했다.

그는 흰 손수건을 꺼내 코 주위를 눌렀다. 잉크처럼 검은 것이 흰 천에 묻었다.

나는 짤짤한 주먹을 핥았다.

"도린한테 갈 거야."

마르코는 골프 코스를 멍하니 바라보았다.

"도린한테 갈 거야. 집에 갈 거야."

"헤픈 계집. 하나같이 헤픈 계집들이라니. '좋아요'라고 하든 '싫어요'라고 하든 하나같이 똑같지, 그저."

마르코는 혼잣말을 중얼댔다.

내가 그의 어깨를 찔렀다.

"도린은 어디 있어?"

마르코가 콧방귀를 뀌며 대꾸했다.

"주차장에 가보라고. 차마다 뒷좌석을 들여다봐."

그러고는 몸을 홱 돌리며 쏘아붙였다.

"내 다이아몬드."

나는 일어나서 어둠 속에서 숄을 찾았다. 걸음을 옮기기 시작했다. 마르코가 벌떡 일어나서 앞을 가로막았다. 그는 일부러 코피를 손에 묻혀서 내 뺨에 두 번 묻혔다.

"이 피가 다이아몬드 값이야. 다이아몬드를 돌려줘."

"어디 있는지 나도 몰라."

물론 다이아몬드가 구슬 백에 들어 있다는 것을 알았다. 마르코가 날 바닥에 내동댕이쳤을 때 구슬 백이 새처럼 솟아올라 어둠 속으로 날아갔다. 그를 다른 데로 보내고 나중에 혼자 나와서 백을 찾아야겠다는 생각이 들었다.

그만한 다이아몬드를 사려면 얼마나 있어야 하는지 몰라도 비싸다는 것은 알았다.

마르코는 양손으로 내 어깨를 부여잡았다.

"말해. 말하지 않으면 목을 부러뜨릴 테니까."

그는 한 마디 한 마디 힘주어 말했다.

갑자기 난 아무래도 좋다는 생각이 들었다.

"내 가짜 구슬 백에 들어 있어. 진흙탕 어디에 있을 거야."

어둠 속을 기는 마르코를 두고 나는 자리를 떠났다. 어둠은 성난 그로부터 다이아몬드를 감추었다.

연회장에도 주차장에도 도린은 없었다.

나는 드레스와 구두에 풀이 묻은 걸 들키지 않으려고 그림자 속으로 다녔다. 어깨와 가슴은 숄로 가렸다.

다행히 댄스가 거의 끝나서 사람들이 연회장에서 나와 주차장으로 향했다. 차마다 묻고 다닌 끝에 맨해튼 중심부에 내려줄 차를 얻어 탈 수 있었다.

밤과 새벽 사이의 어중간한 시간, 아마존 호텔의 옥상은 비

벨 자

어 있었다.

나는 수레국화 무늬 가운을 걸치고 도둑처럼 살금살금 난간 끝으로 갔다. 난간은 내 어깨 높이라, 벽에 쌓여 있는 접이의자를 꺼내서 난간 밑으로 갔다. 의자를 펴고 불안한 의자 위에 올라섰다.

찬 바람에 머리칼이 휘날렸다. 발아래 도시는 불을 끄고 잠들었다. 장례식에 가는 사람처럼 건물들은 시커멓게 보였다.

난 마지막 밤을 보냈다.

보따리를 풀었다. 끈 없는 속치마는 원래 신축성이 있었지만 낡아 빠져서 헐렁했다. 속치마를 손에 쥐고 흔들었다. 휴전의 백기처럼 한 번, 두 번……. 바람에 흔들리는 속치마를 손에 놓았다.

다시 옷 꾸러미에서 옷을 뺐다.

하얀 옷자락은 밤하늘로 날아올랐다가 천천히 가라앉았다. 어느 거리, 어느 지붕에 떨어질지 궁금했다.

바람이 불 듯하다 잦아들자 맞은편 펜트하우스의 옥상정원에 그늘이 드리워졌다.

옷을 밤바람 속으로 조금씩 날려 보냈다. 연인의 유골을 뿌리는 것처럼……. 거무죽죽한 옷가지들이 여기저기로 날아가 뉴욕의 어두운 심장에 내려앉았다. 어디쯤인지 나는 모를 곳으로.

10

거울에 비친 얼굴은 병든 인디언 같았다.

콤팩트를 핸드백에 넣고 기차의 창밖을 응시했다. 서로 상관없는 부서진 조각들을 쌓은 거대한 쓰레기 처리장처럼 코네티컷의 늪지와 가정집 뒷마당 들이 휙휙 지나갔다.

세상은 얼마나 뒤죽박죽인가!

낯선 스커트와 블라우스를 흘끗 내려다봤다.

초록색 바탕에 검은색과 흰색, 파란색 줄무늬가 잔잔한 헐렁한 스커트는 스탠드 갓처럼 부푼 모양이었다. 작은 구멍이 난 흰 블라우스 어깨에는 소매 대신 프릴이 달려 있었다. 프릴은 새로 태어난 천사의 날개 같았다.

뉴욕 하늘에 옷을 날리면서 평상복을 한 벌 남기는 것을 잊는 바람에, 베시에게 목욕 가운을 주고 블라우스와 스커트를 얻었다.

핏기 없는 안색, 흰 날개, 질끈 묶은 갈색 머리가 풍경 위로 유령처럼 어른거렸다.

나도 모르게 큰 소리로 말했다.

"폴리애나 카우걸이 따로 없네."

맞은편에 앉아서 잡지를 보던 여자가 고개를 들었다.

뺨에 비스듬히 난 두 줄기 마른 핏자국을 씻으려다가 내키지 않아 그냥 두었다. 핏자국은 가슴을 뭉클하게 했고 볼 만해서 그대로 놔두고 돌아다니기로 했다. 마른 자국이 저절로 떨어질 때까지 죽은 연인의 유품이라도 되는 양 간직할 작정이었다.

물론 웃거나 얼굴을 많이 움직이면 피 딱지가 떨어질 터였다. 그래서 얼굴을 움직이지 않았고, 말을 해야 하는 경우에는 입술을 움직이지 않고 이 사이로 말이 새어 나가게 했다.

왜 사람들이 날 빤히 쳐다보는지 알 수가 없었다.

나보다 이상한 사람들도 많은데, 뭐.

머리 위 선반에 놓인 회색 가방에는 『올해의 최고 단편 30선』과 흰 플라스틱 선글라스 케이스, 도린이 이별 선물로 준 아보카도 스물댓 개만 달랑 들어 있었다.

아보카도는 아직 익지 않아 오래 보관할 수 있었다. 가방을 아래위로 흔들거나 옮길 때면 아보카도가 이리저리 부딪혀 요란한 소리를 냈다.

"루트 128!"

차장이 소리쳤다.

마구 자란 소나무, 단풍나무, 참나무가 볼품없는 그림처럼 기차 창으로 불쑥 들어왔다. 긴 통로를 걷는데 옷가방에서 통탕통탕 소리가 났다.

냉방장치가 된 객차에서 역 플랫폼에 내려서니 엄마 같은 교외 공기가 온몸을 휘감았다. 잔디밭 스프링클러와 왜건, 테니스 라켓, 개, 아기 냄새가 났다.

여름의 느긋함이 모든 것 위로 위안의 손길을 뻗었다. 죽음처럼.

엄마가 회색 쉐보레 옆에 서 있었다.

"애야, 얼굴은 어쩌다 그랬니?"

"베었어요."

간단히 대답하고, 가방을 들고 뒷자리에 올라탔다. 집까지 가는 길 내내 엄마의 눈길을 받고 싶지 않았다.

차 시트는 미끄럽고 깨끗했다.

엄마가 운전석에 앉더니 편지 몇 통을 내 무릎에 던져주고 시동을 걸었다.

차가 덜덜 떨기 시작했다.

"당장 말해줘야 될 것 같구나."

엄마가 말했다. 나쁜 소식이 있음을 알 수 있었다. 엄마가 덧붙였다.

"그 글쓰기 강좌에 못 들어가겠더라."

몸속에서 공기가 빠져나갔다.

6월 내내 글쓰기 강좌는 여름이라는 지루한 해협 위에 놓인 밝고 안전한 다리처럼 내 앞에 뻗어 있었다. 이제 다리가 흔들리다가 해체되어 흰 블라우스와 초록 스커트 차림의 여자를 해협에 빠뜨린 꼴이었다.

내 입매가 시큰둥한 모양이 되었다.

그럴 줄 알았어.

나는 등을 잔뜩 굽혀 코를 창틀에 대고 보스턴 외곽의 주택들을 바라보았다. 집 모양이 익숙해질수록 몸은 점점 낮아졌다.

표정을 들키지 않는 게 아주 중요할 것 같았다.

회색 차 지붕이 교도소 승합차의 지붕처럼 답답했다. 잘 가꾼 나무들 사이에 있는, 하얀 미늘판을 댄 똑같은 모양의 집들은 넓지만 탈출할 수 없는 우리 같았다.

난 교외에서 여름을 보내본 적이 한 번도 없었다.

끽끽대는 유모차 바퀴 소리가 시끄러웠다. 블라인드 사이로 햇살이 들어와 침실이 환했다. 얼마나 잤는지 몰라도 기운이 없었다.

옆에 놓인 침대는 헝클어진 채 비어 있었다.

일곱 시에 엄마가 일어나서 옷을 입고 조용조용 침실에서 나가는 소리를 들었다. 아래층에서 오렌지 주스 기계 소리가 나더니 커피와 베이컨 냄새가 풍겼다. 얼마 후 개수대에 수돗물 흐르는 소리가 났고, 그릇 부딪치는 소리가 났다. 엄마가 그릇을 마른행주로 닦아서 찬장에 넣는 모양이었다.

그러더니 현관문이 열렸다 닫혔다. 자동차 문이 열렸다 닫히고 부릉부릉 차 소리가 나더니, 차가 자갈 깔린 차도를 지나 멀어졌다.

엄마는 시립 대학 여대생들에게 속기와 타자를 가르쳤고, 오후 나절이 되어야 돌아올 터였다.

유모차가 다시 끽 소리를 내며 지나갔다. 누군가 내 방 창문 아래서 유모차를 밀며 왔다 갔다 하는 모양이었다.

침대에서 내려와 카펫 위를 무릎으로 조용히 기어서 누군지 보러 갔다.

우리 집은 작은 잔디밭 가운데 있는 작고 흰 미늘판 주택이었다. 평화로운 길이 만나는 곳에 있었다. 집 주변 군데군데 단풍나무를 심어놓았지만, 길을 지나다 고개를 들면 위층 창문과 그 안에서 무슨 일이 벌어지는지 보였다.

옆집에 사는 못된 오켄든 부인 때문에 남의 시선을 더욱 의식하게 되었다.

오켄든 부인은 은퇴한 간호사로 막 세 번째 결혼을 했고—앞의 두 남편은 이상한 상황에서 죽었다— 풀 먹인 흰 커튼 사이로 오랫동안 밖을 내다보았다.

이 여자는 두 번이나 엄마에게 전화해서 내 이야기를 했다. 한번은 내가 집 앞 가로등 밑에 주차된 파란 차에서 누군가와 한 시간째 키스 중이라고 고자질했고, 또 한번은 내 방의 가리개를 내리는 게 좋겠다고 말했다. 어느 날 밤 강아지를 산책시키러 나가는데 내가 반쯤 벗고서 잠잘 준비를 하는 걸 봤다나.

벨 자

조심조심 창틀 높이로 눈을 들었다.

키가 150센티미터도 안 되는, 배가 남산만 한 여자가 낡은 유모차를 밀고 지나갔다. 아이 두엇이 여자의 치맛자락을 붙들고 걸어갔다. 아이들은 키가 제각각이었고, 얼굴과 무릎에는 때가 꼬질꼬질했다.

숭고한, 종교적이라고 할 만한 미소를 띤 얼굴이 환했다. 오리 알 위에 올린 참새 알처럼 고개를 갸우뚱한 채, 여자는 햇살 속으로 미소를 날렸다.

내가 잘 아는 여자였다.

도도 콘웨이.

도도 콘웨이는 가톨릭 신자로 바너드대학에 다녔고, 컬럼비아대학 출신의 건축가와 결혼했다. 남편 역시 가톨릭 신자였다. 그들은 우리 집 위쪽에 있는 나무가 우거진 큰 집에 살았다. 집 앞에 뻗은 음울한 소나무로 가려진 집 주위에는 스쿠터, 세발자전거, 인형 유모차, 장난감 불자동차, 야구 방망이, 배드민턴용 네트, 크로케 도구, 햄스터 우리, 코커스패니얼 강아지 할 것 없이 교외에 사는 어린이용 물건이 널려 있었다.

나는 왠지 도도에게 관심이 생겼다.

그녀의 집은 크기(다른 집보다 훨씬 컸다)와 색깔(2층은 밤색 미늘판, 1층은 회색 회벽에 골프공만 한 회색과 보라색 돌이 박혀 있었다) 면에서 다른 집들과 달랐다. 집과 집 사이에 잔디밭과 허리 높이의 산울타리만 있는 터놓고 사는 동네에서, 소나무에 가려 보이지 않는 도도네 집은 비사교적으로 보였다.

도도는 여섯 아이를—물을 것도 없이 일곱 번째 아이가 배 속에 있을 터였다— 시리얼과 땅콩버터와 마시멜로를 바른 샌드위치, 바닐라 아이스크림, 엄청난 양의 우유로 키웠다. 동네 우유 배달부는 특별히 우윳값을 깎아주었다.

동네 사람들은 계속 느는 그 집 식구에 대해 쑥덕댔지만 다들 도도를 좋아했다. 우리 엄마 또래의 나이 든 축은 보통 둘, 그보다 젊고 부유한 이들은 네 자녀를 두었지만, 일곱을 낳은 사람은 도도뿐이었다. 이미 태어난 여섯 아이도 지나치게 많았지만, 모두들 "도도는 가톨릭 신자니까"라고 말했다.

막내가 탄 유모차를 밀며 길을 오르내리는 도도를 지켜보았다. 그녀는 나를 위해 그러고 있는 것 같았다.

난 아이들을 보면 멀미가 났다.

마룻바닥이 삐걱거렸고, 도도가 본능에서인지 초능력적 청각 때문인지 목을 빼고 올려다보았다. 그 순간 난 몸을 숙였다.

그녀의 시선이 흰 미늘판과 장미 문양의 분홍 벽지를 뚫고 날 응시하는 기분이었다. 나는 은색 난방기 뒤에 쭈그리고 앉아 있었다.

살그머니 침대로 들어가서 머리까지 이불을 뒤집어썼다. 그래도 빛이 들자 머리를 베개 밑에 파묻고 밤인 척했다. 일어날 이유가 없었다.

기대할 게 없었다.

벨 자

한참 후 아래층 복도에서 전화벨이 울렸다. 베개로 귀를 막고 오 분 동안 있었다. 그러다 머리를 들었다. 전화는 끊긴 상태였다.

그 순간 전화벨이 다시 울리기 시작했다.

친구인지, 친척인지, 모르는 사람인지 몰라도 내가 집에 돌아온 걸 아나 보다고 투덜대면서 맨발로 아래층에 내려갔다. 현관 테이블에 놓인 검은 전화기는 신경이 날카로운 새처럼 연신 빽빽 울어댔다.

수화기를 들었다.

"여보세요."

나는 못마땅해서 낮은 소리로 말했다.

"여보세요, 에스더. 무슨 일이야? 후두염에 걸렸어?"

케임브리지에 있는 친구 조디였다.

그 여름 조디는 학교 매점에서 일하면서 점심시간에 사회학 강의를 들었다. 조디 그리고 나와 같은 대학에 다니는 여학생 둘은 하버드 법대생 네 명에게 큰 아파트를 임대해서 지냈다. 글쓰기 강좌가 시작되면 나도 합류할 계획이었다.

조디는 내가 언제 도착할지 알고 싶어 했다.

"난 안 갈 거야. 그 강좌를 못 듣게 됐어."

잠시 침묵이 흘렀다.

조디가 말했다.

"그 사람, 멍청이네. 좋은 걸 봐도 좋은지 모르는 사람이야."

"나도 그렇게 생각해."

내 목소리가 낯설고 공허하게 들렸다.

"아무튼 이리 와. 다른 강좌를 수강해."

독일어나 이상심리학을 공부할까 싶은 생각이 머리를 스쳤다. 뉴욕에서 받은 봉급을 고스란히 저축했으니 학비는 낼 수 있었다.

하지만 공허한 목소리가 말했다.

"나는 빼는 게 좋겠어."

그러자 조디가 말했다.

"있지, 만일 한 사람이 빠지면 같이 살고 싶다는 여자애가 있어서……"

"잘됐네. 그 사람한테 물어봐."

전화를 끊은 순간 가겠다고 말할 걸 그랬다 싶었다. 도도 콘웨이가 유모차를 끌고 지나가는 소리를 하루만 더 들으면 미칠 것 같았다. 또 엄마랑 일주일 넘게 한집에서 지내지 않는 게 방침이었고.

전화기에 손을 뻗었다.

전화기 바로 앞까지 손을 뻗었다가 내렸다. 수화기를 들려 했지만 유리에 부딪치기라도 한 듯 다시 손을 빼냈다.

느릿느릿 주방으로 갔다.

식탁에 여름 학기 강좌에서 온 사무적인 장문의 편지와 예일대의 하늘색 편지가 있었다. 겉봉에 버디 윌러드의 단정한 필체로 내 이름이 적혀 있었다.

칼로 여름 학기 강좌에서 온 편지를 뜯었다.

내가 글쓰기 강좌에 받아들여지지 않았고, 대신 다른 강좌를 선택할 수 있지만 그날 아침에 입학처에 전화를 걸어야 한다는 내용이었다. 수강 인원이 거의 찬 상태라서 너무 늦으면 등록이 안 될 수도 있다고 했다.

입학처에 전화를 걸어 좀비 같은 목소리로 "에스더 그린우드는 여름 학기와 관련된 모든 것을 취소한다"라고 말했다.

그런 다음 버디 윌러드의 편지를 펼쳤다.

결핵에 걸린 간호사를 사랑하게 된 것 같은데, 어머니가 독립기념일에 애디론댁에 별장을 빌렸다면서, 내가 어머니와 와 준다면 간호사에 대한 감정이 잠깐 반한 것뿐임을 알게 될 거라는 내용이었다.

난 연필을 집어 들고, 버디의 편지에 X자를 그었다. 그리고 편지 뒷면에 동시통역사와 약혼했고, 내 아이들에게 위선자를 아버지로 삼게 하기 싫어서 버디와는 다시 만나고 싶지 않다고 썼다.

편지를 그 봉투에 다시 넣고 스카치테이프로 봉해 새 우표도 붙이지 않고 돌려보냈다. 우편 요금이 족히 3센트는 될 터였다.

소설을 쓰면서 여름을 보내기로 결심했다.

여러 사람에게 잘된 일이겠다 싶었다.

부엌으로 가서 햄버거 재료가 든 컵에 달걀을 풀어서 휘휘 저어 마셨다. 그런 다음 집과 차고 사이에 있는 지붕 없는 통로에 카드 테이블을 내놓았다.

고광나무가 울창해서, 길에서는 안이 보이지 않았다. 통로 양쪽에는 집 벽과 차고 벽이 있고, 자작나무와 산울타리 덕분에 뒤에서 오켄든 부인이 보는 것도 막을 수 있었다.

현관 붙박이장에 엄마가 낡은 모자, 옷솔, 목도리 밑에 넣어둔 종이 뭉치 중에서 350장을 헤아렸다.

카드 테이블로 가서 먼저 낡은 타자기에 흰 종이를 끼우고 감아올렸다.

마음속 먼 곳에서 집과 차고 사이 통로에 앉은 내가 보였다. 주변에 흰 미늘판 벽과 고광나무 수풀과 자작나무와 산울타리가 있었다. 나는 인형의 집에 든 인형처럼 작았다.

마음이 누그러졌다. 내가 여주인공이 되어야지. 변장을 해서. 일레인이라는 이름으로 부르고 싶었다. 손가락으로 일레인Elaine의 알파벳 숫자를 꼽아보았다. 내 이름 에스더Esther의 알파벳도 여섯 자였다. 행운이 따르는 것 같았다.

일레인은 어머니의 낡은 노란 잠옷을 걸치고 집과 차고 사이의 통로에 앉아서 뭔가 일어나기를 기다렸다. 7월의 무더운 아침이라 땀방울이 목덜미를 타고 한 방울씩 기어 내려갔다. 느려 터진 벌레처럼.

등을 뒤로 기대고, 쓴 부분을 읽었다.

충분히 생생한 것 같았고, 벌레 같은 땀방울 부분이 자랑스러웠다. 다만 오래전 다른 데서 그런 묘사를 본 것 같은 인

벨 자

상이 어렴풋이 들었다.

한 시간쯤 그렇게 앉아서 이제 어찌할지 고민했다. 머릿속에서는 맨발의 인형도 엄마의 낡은 노란 잠옷을 입고 앉아 허공을 응시했다.

"얘, 옷을 갈아입고 싶지 않은 거니?"

엄마는 내게 뭘 하라고 말하지 않으려고 조심했다. 지성적으로 성숙한 사람이 타인을 대하듯 상냥하게 합리적으로 말하려 했다.

"오후 세 시가 다 됐는데."

"소설을 쓰는 중이에요. 이 옷을 벗고 다른 옷으로 갈아입을 짬이 없었어요."

내가 대답했다.

나는 통로에 놓인 소파에 누워서 눈을 감았다. 엄마가 타자기와 종이 더미를 치우고 상을 차리는 소리가 들렸지만 난 꼼짝하지 않았다.

무기력증이 엿가락처럼 일레인의 팔다리에 퍼졌다. 말라리아에 걸리면 이럴 것 같다는 생각이 들었다.

이런 속도라면 하루에 한 페이지를 쓰면 다행이다 싶었다.

그제야 문제가 뭔지 알았다.

난 경험이 필요했다.

남자랑 자본 적도 없고, 아기를 낳아본 적도 없고, 다른 사람이 죽는 걸 본 적도 없이 어떻게 인생에 대해 글을 쓸 수 있을까? 내가 아는 여자애는 아프리카의 피그미들 틈에서 겪은 모험을 단편으로 써서 상을 받았다. 그런 경우와 감히 어떻게 경쟁한단 말인가?

저녁 식사가 끝날 즈음, 엄마는 저녁마다 속기를 배워야 한다고 날 설득했다. 소설을 쓰고 현실적인 기술도 익히니 일석이조겠지. 돈도 많이 절약될 테고.

그날 저녁 엄마는 지하실에서 낡은 칠판을 찾아서 집과 차고 사이의 통로에 세워두었다. 엄마는 칠판 앞에 서서 흰 분필로 소용돌이를 그렸고 나는 의자에 앉아서 지켜보았다.

처음에는 도움이 되는 느낌이었다.

순식간에 속기를 배울 것 같았다. 또 장학금 사무실의 주근깨투성이 여직원이 왜 7, 8월에 다른 장학생들처럼 아르바이트를 안 했느냐고 물으면, 대학을 졸업하자마자 자립할 수 있도록 무료로 속기를 배웠노라고 대답할 수 있을 터였다.

그런데 내가 직장에서 속기로 글을 받아 적는 장면을 그려 보려고 하면 머리가 텅 비는 게 문제였다. 속기가 쓰이는 일 중에는 하고 싶은 일이 없었다. 거기 앉아서 칠판을 쳐다보니 흰 소용돌이무늬가 뿌옇게 변하면서 멍해졌다.

엄마에게 두통이 심하다고 말하고 잠자리에 들었다.

한 시간 후, 문이 조금 열리고 엄마가 살그머니 들어왔다. 엄마가 옷 벗는 소리가 들렸다. 엄마는 침대로 올라갔다. 이내 숨소리가 느려지고 규칙적으로 변했다.

벨 자

블라인드를 내렸지만 가로등 불빛이 희미하게 새어 들어왔다. 엄마가 머리를 말아서 꽂은 핀들이 작은 단검들처럼 보였다.

유럽에 가서 연인을 만날 때까지 소설 쓰는 일은 미루기로 마음먹었다. 또 속기는 한 단어도 배우지 않기로 했다. 속기를 배우지 않으면 속기를 쓰는 일은 하지 않을 테니까.

여름 동안 『피네건의 경야』를 읽고 논문을 써야겠다는 생각을 했다.

미리 준비하면 9월 말에 새 학기가 시작됐을 때 화장기 없는 얼굴에 머리를 질끈 묶고 커피와 벤제드린을 밥 먹듯 하며 쩔쩔매지 않아도 되리라. 우등 코스를 택한 졸업반은 졸업 논문을 마칠 때까지 정신없이 보내기 마련이지만, 난 마지막 해를 느긋하게 즐길 수 있을 터였다.

문득 공부를 일 년 미루고 도자기를 배워볼까 하는 생각이 났다.

아니면 독일에 가서 웨이트리스를 하면서 독일어를 완벽하게 익힐까.

이런저런 계획이 산토끼 가족처럼 머릿속을 휘젓고 다녔다.

내가 살아온 해들이 전봇대처럼 길에 늘어선 광경이 떠올랐다. 전봇대 사이에 전선이 이어져 있었다. 전봇대가 하나, 둘, 셋,…… 열아홉. 한데 전선이 거기서 땅으로 축 처졌다. 아무리 찾아봐도 열아홉 번째 전봇대 너머에는 아무것도 보이지 않았다.

　방이 파르스름해지자 밤이 어디로 갔는지 궁금해졌다. 엄마는 업어 가도 모를 만큼 깊이 잠들었다. 입을 살짝 벌리고 목구멍으로 코 고는 소리를 뱉어내는 중년의 여자. 돼지 소리 같은 소음이 짜증스러웠다. 코 고는 소리를 멈추게 할 방법은 소리를 내는 살과 그 안의 움푹한 부분을 양손으로 잡고 비트는 길밖에 없을 것 같았다.

　엄마가 출근할 때까지 자는 척했지만 눈을 감아도 빛이 느껴졌다. 빛줄기의 붉은 기운이 상흔처럼 내 앞에 걸렸다. 매트리스와 침대 틀 사이로 들어가 매트리스를 관 뚜껑처럼 내 몸에 덮었다. 어둡고 안전한 기분이었지만 매트리스가 충분히 무겁지 않았다.

　잠들려면 1톤쯤 더 무거워야 될 것 같았다.

　　　강은달리나니, '이브와 아담'을 지나 해안의 변방으로부터 만灣의 굴곡까지, 회환回環의 광순환촌도廣循環村道 곁으로 하여, 호우드(H) 성城(C)과 주원周園(E)까지 우리를 되돌리도다 (…)
　　　　　　　　　　　『피네건의 경야』, 김종건 옮김, 범우사

　이 두툼한 책은 배 속에 불쾌한 느낌을 안겨주었다.

　　　강은달리나니, '이브와 아담'을 지나 (…)

　　　　　　　　　　　벨 자

첫 부분이 소문자로 시작하는 것원문이 "riverrun"으로 시작된다은 어떤 것도 대문자로 새로 시작하지 않고, 전에 있던 것에서 흘러나온다는 뜻일 거라고 짐작했다. '이브와 아담'은 물론 성서 속의 아담과 이브일 테지만 다른 것도 의미하는 것 같고.

어쩌면 더블린의 선술집이리라.

페이지 중간에 알파벳이 길게 늘어진 대목에 눈이 쏠렸다.

bababadalgharaghtakamminarronnkonnbronntonnerronnru onnthunntrovarrhounawnskawntoohoohoordenenthurnuk!

글자를 헤아려보았다. 정확히 백 개였다. 중요한 뭔가가 있을 것 같았다.

왜 백 개의 글자가 있어야 할까?

머뭇머뭇 단어를 소리 내서 읽어보았다.

무거운 나무가 계단 밑으로 떨어지는 소리와 비슷했다. 한 계단 한 계단 우당탕탕 우당탕탕. 책을 들어 눈 위로 부채처럼 퍼지게 했다. 익숙한 듯이 보이면서도 엉터리로 뒤틀린 단어들이 유령의 집 거울에 비친 얼굴들처럼 내 머릿속에 인상을 남기지 않고 획 지나갔다.

눈을 가늘게 뜨고 책을 쳐다봤다.

글자들이 철조망 가시와 숫양의 뿔로 변했다. 그것들이 하나씩 갈라져 우스꽝스럽게 아래위로 흔들리는 것을 지켜보았다. 그러다가 아랍 글자나 한자처럼 환상적이고 해석할 수 없는 모양을 이루었다.

논문은 접기로 마음먹었다.

우등 프로그램 전체를 접고 평범한 영어 전공자가 되기로 결정했다. 평범한 영어 전공자의 필수 수강 과목이 뭔지 찾아보았다.

필수과목이 무척 많았고, 내가 이수한 과목은 절반도 안 됐다. 필수과목 중 하나가 18세기 문학이었다. 나는 잘난 체하는 사람들이 빡빡하고 짧은 2행 시구를 쓰고 논리에만 매달리는 18세기가 싫었다. 우등 프로그램은 필수과목을 이수하지 않아도 되기 때문에 훨씬 자유로웠다. 내게도 선택의 자유가 있어서 대부분의 시간을 딜런 토머스1950년대에 요절한 영국 시인이며 극작가로도 유명하다를 공부하며 보냈었다.

우등 프로그램을 이수한 한 친구는 셰익스피어의 작품은 한 글자도 안 읽고 버텼지만, 엘리엇의 시 「네 개의 사중주」에 대해서는 전문가였다.

자유로운 프로그램을 따르다가 꽉 짜인 프로그램으로 바꾸는 것은 불가능하고 당황스러운 일이었다. 그래서 엄마가 속기를 가르치는 시립 대학의 영어 전공자들은 어떤 필수과목을 수강하는지 찾아보았다.

그쪽이 훨씬 안 좋았다.

고대 영어와 영어사, 베어울프에서 현재까지의 작품선을 공부해야 했다.

벨 자

깜짝 놀랐다. 시립 대학은 남녀공학이고, 큰 동부 대학에서 장학금을 못 받은 애들이나 가는 곳이라고 늘 무시했는데.

이제 그 학교에서 가장 멍청한 학생도 나보다는 아는 게 많다는 걸 알게 됐다. 시립 대학은 내가 학교에서 받는 많은 장학금은 고사하고 내가 교문에 들어서는 것도 허용하지 않을 것 같았다.

일 년 동안 일을 하면서 상황을 고려하는 게 낫겠다 싶었다. 18세기 문학을 독학할 수도 있겠지.

하지만 속기를 못 하니 어쩐다?

웨이트리스나 타이피스트는 될 수 있었다.

하지만 웨이트리스나 타이피스트가 된다는 것은 생각만으로도 참을 수가 없었다.

"수면제가 더 필요하다고?"

"네."

"하지만 지난주에 준 것도 아주 강한 약인데."

"잘 안 들어서요."

테레사는 커다랗고 검은 눈으로 날 가만히 쳐다봤다. 진료실 창문 아래 정원에서 그녀의 세 아이가 노는 소리가 났다. 리비 이모는 이탈리아 남자랑 결혼했고, 테레사는 이모의 시누이이자 우리 가족의 주치의였다.

난 테레사가 좋았다. 온화하고 직관력이 있는 사람이었다.

그녀가 이탈리아인이기 때문에 그런 것 같았다.

잠시 대화가 멎었다. 그러다가 테레사가 말문을 열었다.

"문제가 뭐 같아?"

"잠을 잘 수가 없어요. 책도 못 읽겠고요."

차분한 태도로 말하려 했지만 좀비가 목구멍을 타고 올라와 목이 막혔다. 나는 두 손바닥을 위로 향하게 해서 쫙 폈다.

테레사는 처방전을 한 장 뜯어서 이름과 주소를 쓰며 말했다.

"내가 아는 다른 의사를 만나보는 게 좋겠어. 그분이 더 도움이 될 거야."

처방전에 적힌 글자를 노려봤지만 읽을 수가 없었다.

테레사가 말했다.

"닥터 고든이야. 정신과 의사."

11

닥터 고든의 병원 대기실은 조용했고 베이지색 일색이었다. 벽도 베이지색, 카펫도 베이지색, 의자와 소파도 베이지색이었다. 거울이나 그림은 없고, 닥터 고든의 이름이 라틴어로 적힌 여러 의과대에서 받은 증서들만 걸려 있었다. 옅은 초록색 양치식물과 짙은 초록색 뾰족한 잎사귀들이 담긴 화분이 커피 테이블, 잡지 테이블 등에 놓여 있었다.

처음에는 왜 이 방이 안전하게 느껴지는지 궁금했다. 그러다 창이 없기 때문임을 알아차렸다.

냉방장치가 가동되어 몸이 떨렸다.

나는 아직도 베시의 흰 블라우스와 펑퍼짐한 스커트를 입고 있었다. 삼 주 동안 세탁을 안 해서 옷이 추레했다. 면은 땀에 절어 시큼하면서도 친근한 냄새를 풍겼다.

머리도 삼 주나 감지 않았다.

잠을 못 잔 지 칠 일이나 됐다.

엄마는 내가 분명히 잤을 거라고, 칠 일이나 안 잘 수는 없다고 말했다. 그렇지만 잤다고 해도 눈을 크게 뜨고 잤을 것이다. 반짝이는 초록색 초침과 분침, 시침이 원을 그리며 도는 시계를 빤히 보면서. 침대 옆에 놓인 그 시계를 일곱 밤 동안 단 한 시간도, 일 분도, 일 초도 놓치지 않았다.

옷을 세탁하지 않고 머리를 감지 않은 이유는, 그러는 게 멍청해 보이기 때문이었다.

일 년의 하루하루가 흰 상자들처럼 줄줄이 늘어서 있고, 상자와 상자 사이에 검은 그림자 같은 잠이 있었다. 유독 내게는 상자와 상자 사이에 놓인 긴 그림자가 갑자기 쑥 빠져서, 하루하루가 끝없이 쓸쓸한 흰 대로처럼 내 앞에서 이글거리는 것 같았다.

다음 날 또 옷을 빨고 머리를 감아야 하는데 오늘 그러는 게 멍청한 짓 같았다.

그 생각만 해도 지겨웠다.

모든 걸 딱 한 번만 하고 끝까지 그대로 버티고 싶었다.

닥터 고든은 은색 연필을 만지작거렸다.

"어머님께서는 따님이 혼란에 빠져 있다고 하시더군요."

나는 번들거리는 큰 책상의 맞은편에 놓인 동굴 같은 가죽 의자에 웅크리고 앉았다.

닥터 고든은 연필로 책상 상판의 초록색 가죽을 톡톡 치며 기다렸다.

벨 자

속눈썹이 어찌나 길고 숱이 많은지 인조 속눈썹 같았다. 초록빛 연못 주변에 검은 플라스틱 갈대가 자란 것 같았다.

닥터 고든의 외모는 완벽하다 못해 예쁘장했다.

진찰실에 발을 들여놓는 순간 그가 싫었다.

못생기고 친절하고 직관이 있는 남자가 올려다보면서 내가 모르는 것을 안다는 듯 격려하는 말투로 "아!" 하고 말하는 것을 상상했다. 그러면 나는 빠져나갈 길 없는 숨 막히는 검은 주머니 속에 점점 처박히는 것같이 겁난다고 말할 것 같았다.

그 얘기를 들으면 의사가 등을 기대고 앉아 손끝을 삼각형으로 모으고서 내가 왜 잠을 못 자고, 왜 책을 못 읽고, 왜 식사를 못하는지 말해주리라. 결국 누구나 죽기 때문에 사람들을 바보같이 여긴다는 것도 가르쳐줄 것 같았는데.

또 내가 차츰 본모습을 찾도록 도와주리라 생각했다.

그런데 닥터 고든은 그러지 않았다. 젊고 미남이었다. 나는 보자마자 그가 우쭐댄다는 것을 알 수 있었다.

책상에는 은색 액자가 있었다. 액자는 반은 그를 향하고 반은 내 의자를 향해 놓여 있었다. 가족사진이었고, 검은 머리의 미인이 금발의 아이 둘 뒤에서 웃고 있었다. 닥터 고든의 누이일 수도 있을 듯했다.

하나는 남자아이이고 하나는 여자아이였던 것 같지만, 둘 다 남자아이거나 여자아이였을지도 모른다. 아이들이 너무 작아 가늠이 어려웠다. 사진 아래쪽에 에어데일테리어나 골든레트리버 종인 개도 있었던 것 같은데, 여자가 걸친 스커트의 문양일지도 모른다.

무슨 이유 때문인지 그 사진을 보자 벌컥 화가 났다.

매력적인 여자와 결혼했으니 엉뚱한 생각 말라는 뜻이 아니라면 왜 사진이 내 쪽으로 돌려져 있었을까.

그때 이런 생각이 났다. 크리스마스카드에 나오는 천사처럼 아름다운 아내와 예쁜 아이들, 귀여운 개에게 둘러싸인 닥터 고든이 날 어떻게 돕는단 말인가?

"뭐가 잘못됐다고 생각되는지 말해보도록 해요."

나는 그 말을 미심쩍게 뒤집어보았다. 매끈한 조약돌이 갑자기 발톱이 돋으면서 다른 것으로 변한다는 말인가.

뭐가 잘못됐다고 생각되느냐니?

진짜 잘못된 게 없는데 내가 잘못됐다고 생각하는 것뿐이란 말로 들렸다.

그의 외모나 가족사진에 관심 없다는 것을 보여주기 위해 무덤덤한 목소리로, 잠을 못 자고, 못 먹고, 책도 못 읽는 것에 대해 말했다. 가장 신경 쓰이는 게 필체란 말은 하지 않았다.

그날 아침, 웨스트버지니아에 있는 도린에게 편지를 쓰려고 했다. 그리로 가서 함께 지낼 수 있는지, 학교에서 일자리를 얻을 수 있는지 묻기 위해서였다. 아이가 쓴 것처럼 크고 삐뚤삐뚤한 글씨가 왼쪽에서 오른쪽으로 거의 대각선으로 내려갔다. 누가 글씨에 대고 비스듬히 입김이라도 분 것 같았다.

그런 편지를 부칠 수 없어서 짝짝 찢어 핸드백에 넣었다.

벨 자

의사가 보여달라고 할까 싶어 콤팩트 옆에 쑤셔 넣어두었다.

물론 내가 그 이야기를 안 했으므로 닥터 고든은 편지를 보여달라고 하지 않았다. 내 영리함이 흐뭇해지기 시작했다. 말해주고 싶은 것만 말해야지. 이 부분은 숨기고 저 부분은 드러내면 내 마음대로 그가 나를 파악하게 만들 수 있었다. 그는 자기가 무척 똑똑한 사람인 줄 알겠지만 천만의 말씀.

내가 말하는 내내 닥터 고든은 기도하는 듯이 고개를 숙이고 있었고, 연필로 초록색 가죽을 두드리는 소리만 들렸다. 진흙탕에 지팡이가 빠지는 소리랑 비슷했다.

내가 말을 마치자 닥터 고든이 고개를 들었다.

"어느 대학에 다녔다고 했지요?"

나는 왜 대학 이야기를 하는지 어리둥절했다.

"아!"

닥터 고든은 등을 기대더니 희미한 웃음을 띠고 내 어깨 너머 허공을 응시했다.

그가 병명을 말해주겠지. 내가 너무 성급히, 너무 야박하게 사람을 평가했다는 생각이 들었다. 하지만 그는 이런 말만 했다.

"그 대학 기억해요. 전쟁 때 거기 있었어요. 여군 부대가 있지 않았나요? 아니, 여군 예비부대였던가?"

나는 모른다고 대꾸했다.

"맞아, 여군 부대였어요. 이제야 기억나네. 해외에 파병되기 전에 거기서 군의관으로 일했거든요. 예쁜 여학생이 많았는데."

닥터 고든이 웃음을 터뜨렸다.

그는 부드러운 동작으로 일어나서 책상을 빙 돌아 내게 다가왔다. 그가 뭘 하려는지 몰라서 나도 일어섰다.

닥터 고든은 오른쪽 옆으로 늘어뜨린 내 손을 잡더니 흔들었다.

"그럼, 다음 주에 봅시다."

커먼웰스 거리에 있는 노랗고 빨간 벽돌 주택들 위로 울창한 느릅나무 그늘이 터널처럼 드리워졌다. 전차가 보스턴 쪽으로 난 얇은 은색 철로 위를 아슬아슬하게 달렸다. 전차가 지나가기를 기다렸다가 맞은편 인도에 주차된 회색 쉐보레로 갔다.

긴장해서 레몬 조각처럼 누르께해진 엄마의 얼굴이 보였다. 엄마는 앞창으로 나를 쳐다보고 있었다.

"그래, 의사가 뭐라고 하던?"

나는 차 문을 닫았다. 제대로 닫히지 않았다. 다시 문을 밀었다가 당겼다. 둔탁한 소리가 났다.

"다음 주에 보자고 했어요."

엄마가 한숨을 내쉬었다.

닥터 고든의 진료비는 시간당 25달러였다.

"안녕하세요, 이름이 뭐예요?"

"엘리 히긴바텀인데요."

해병이 내 옆으로 바싹 다가들자 나는 생긋 웃었다.

광장을 돌아다니는 해병이 비둘기 떼만큼 많다는 생각이 들었다. 그들은 저쪽에 있는 누런 색깔의 모병소에서 쏟아져 나온 듯했다. 그 주변의 게시판과 안쪽 벽에는 온통 하얗고 파란 '해군에 입대하세요' 포스터가 붙어 있었다.

"어디 출신이에요, 엘리?"

"시카고요."

난 시카고에 가본 적도 없지만 아는 남학생 한둘이 시카고 대학에 다녔다. 그곳은 관습에 얽매이지 않고 다양한 사람들이 사는 곳 같았다.

"집에서 아주 멀리 왔네요."

해군은 내 허리를 안았고, 우린 오랫동안 그런 자세로 광장을 걸었다. 해군은 헐렁한 초록색 스커트를 걸친 내 엉덩이를 쓰다듬었고, 나는 묘한 웃음을 흘렸다. 내가 보스턴 출신이며, 비콘힐에서 차를 마시거나 파일린 베이스먼트 잡화점 쇼핑을 마친 윌러드 부인이나 어머니 친구들이 언제 튀어나올지 모른다는 말은 하지 않으려 했다.

시카고에 간다면 이름을 아주 '엘리 히긴바텀'으로 바꾸리라. 그러면 내가 동부의 여자대학에서 장학금을 받았고, 뉴욕에서 한 달간 빈둥댔고, 언젠가 미국 의학 협회 회원이 되어 돈을 많이 벌 전도유망한 의대생을 차버렸다는 것을 아무도 모르겠지.

시카고 사람들은 내 모습 그대로를 받아들여줄 거야.

소박한 고아 엘리 히긴바텀이 될 거야. 사람들은 상냥하고 조용한 성격의 날 사랑하겠지. 책을 읽고 제임스 조이스의 작품에 나오는 쌍둥이에 관한 긴 논문을 썼기 때문에 날 좋아하는 것은 아니겠지. 어느 날, 건장하면서도 점잖은 정비공과 결혼해서 도도 콘웨이처럼 자식을 많이 낳을 거야.

만일 내가 그러고 싶다면.

불쑥 해병에게 물었다.

"해군에서 제대하면 무슨 일을 하고 싶어요?"

지금껏 내가 말한 가장 긴 문장이었고, 그는 놀란 눈치였다. 그는 흰 모자를 기우뚱하게 밀더니 머리통을 긁었다.

해병이 말했다.

"글쎄요, 모르겠어요. 제대군인 지원금을 받아 대학에 갈지도 모르죠."

난 가만히 있었다. 그러다가 제안하듯 물었다.

"정비소를 열 생각이 있나요?"

"아뇨, 생각해본 적 없어요."

해병이 말했다.

그의 얼굴을 곁눈질했다. 열여섯 살도 안 되어 보였다.

"내가 몇 살인지 알아요?"

윽박지르듯 물었다.

해병은 빙그레 웃었다.

"아뇨, 나이는 상관없어요."

이 해병이 굉장히 잘생겼다는 생각이 스쳤다. 북구인의 외모였고, 숫총각으로 보였다. 난 깨끗하고 잘생긴 사람들의 마음을 사로잡겠다고 작정한 것 같았다.

"난 서른 살이에요."

그렇게 말하고 기다렸다.

"세상에. 엘리, 그렇게 안 보여요."

해병은 내 엉덩이를 꽉 쥐었다.

그는 왼쪽에서 오른쪽으로 흘끗 살펴보더니 다시 말했다.

"있잖아요, 엘리. 저쪽 계단으로 가면 기념비 아래에서 키스할 수 있어요."

그때 갈색 옷에 납작한 갈색 구두를 신은 부인이 내 쪽으로 다가왔다. 거리가 멀어서 작은 얼굴을 알아보기 힘들었지만 윌러드 부인이 분명했다.

내가 큰 소리로 해병에게 물었다.

"어디로 가야 전철역이 나오는지 말해주겠어요?"

"네?"

"디어 섬 교도소로 가는 전철역 말이에요."

윌러드 부인이 다가왔다. 나는 해병에게 길을 묻는 것일 뿐 모르는 사이인 체해야 했다.

"내 몸에서 손을 떼요."

내가 이를 악물고 말했다.

"엘리, 무슨 일인데 그래요?"

부인은 다가오더니 쳐다보거나 고개를 까딱하지도 않고 지나갔다. 당연히 윌러드 부인이 아니었다. 지금 그녀는 애디론댁에 빌린 별장에 있었다.

나는 부인의 구부정한 등을 원한 어린 눈길로 쏘아보았다.

"말해봐요, 엘리……."

"아는 사람인 줄 알았어요. 시카고의 고아원에 사는 고약한 여자 같아서요."

해병은 다시 내 허리에 팔을 둘렀다.

"엄마랑 아빠가 안 계시다는 뜻이에요?"

"네."

준비하고 있었던 것처럼 눈물이 나왔다. 뜨거운 눈물이 뺨을 타고 흘러내렸다.

"엘리, 울지 말아요. 그 여자가 못되게 굴었나요?"

"그 여자는…… 정말 끔찍했어요!"

눈물이 마구 흘렀다. 느릅나무 밑에서 해병이 날 안고 깨끗한 흰색 손수건으로 눈물을 닦아주는 동안 나는 갈색 옷을 입은 부인이 얼마나 못되게 굴었는지 생각했다. 내가 여기서 잘못 돌고 저기서 엉뚱한 길을 택한 것은 다 그녀의 책임이었다. 그 후에 일어난 나쁜 일은 모두 그 여자 때문이었다.

"에스더, 이번 주에는 기분이 어때요?"

닥터 고든은 날씬한 은빛 총알 같은 연필을 만졌다.

"똑같아요."

"똑같아요?"

그는 못 믿겠다는 듯 한쪽 눈썹을 치떴다.

그래서 지난번과 똑같이 덤덤한 어조로 십사 일째 잠을 못

잤으며, 독서를 할 수도, 글을 쓰거나 뭘 삼킬 수도 없다고 말했다. 그가 잘 이해 못하는 것 같아서 이번에는 좀 화난 어조로 말했다는 것만 달랐다.

닥터 고든은 별다른 느낌이 없는 것 같았다.

나는 핸드백을 뒤져서 도린에게 썼다가 찢은 편지 조각을 꺼내 닥터 고든의 말끔한 책상에 뿌렸다. 종잇조각이 여름 풀밭의 데이지 꽃잎처럼 펼쳐졌다.

"이게 뭐라고 생각하나요?"

나는 닥터 고든이 내 필체가 얼마나 이상한지 알아차릴 거라고 예상했지만 그는 이렇게 말할 뿐이었다.

"어머니랑 얘기를 하고 싶은데요. 괜찮겠어요?"

"네."

하지만 닥터 고든이 그 일에 대해 엄마랑 대화하는 게 내키지 않았다. 나를 병원에 가둬야 된다고 말할 것 같았다. 편지 조각을 모았다. 그가 편지를 이어 붙여 내가 도망칠 계획을 세웠다는 사실을 알면 곤란했다. 난 다른 말은 하지 않고 진료실을 빠져나왔다.

엄마는 점점 작아지더니 닥터 고든의 병원 건물 안으로 사라졌다. 한참 후 엄마가 점점 커지더니 차로 돌아왔다.

"뭐래요?"

엄마가 울었다는 걸 알 수 있었다.

엄마는 날 쳐다보지 않았다. 그냥 차를 출발시켰다.

차가 서늘한 느릅나무 숲 그늘에 접어들자 엄마가 입을 열었다.

"닥터 고든은 네가 나아진 것 같지 않다더구나. 월턴에 그의 개인 병원이 있는데, 거기서 충격요법을 받아야겠다더라."

다른 사람에 대한 오싹한 신문 머리기사를 읽은 것처럼 호기심이 동했다.

"그러니까 거기서 '살라'는 건가요?"

"아니."

엄마는 간단히 대꾸하더니 턱을 떨었다.

엄마가 거짓말을 하고 있다는 생각이 들었다.

"사실대로 말해요. 안 그러면 다시는 엄마랑 말 안 할 거예요."

"내가 언제는 너한테 진실을 말하지 않던?"

엄마는 그렇게 말하고 왈칵 눈물을 쏟았다.

7층 난간에서 자살 미수!
조지 폴루치는 인파가 모인 콘크리트 주차장 위 7층의 좁은 난간에서 두 시간을 버틴 후, 인근 창문을 통해 찰스 가 경찰서 소속 윌 킬마틴 경사의 구조를 받았다.

비둘기 먹이로 산 10센트짜리 땅콩을 봉투에서 꺼내 까먹었다. 오래된 나무껍질같이 텁텁한 맛이 났다.

조지 폴루치의 얼굴을 자세히 보려고 신문을 바싹 당겼다.

벨 자

벽돌과 검은 하늘을 배경으로 그의 얼굴은 달빛 같은 스포트라이트를 받았다. 그가 나한테 중요한 말을 할 것 같았고, 그것이 무슨 얘기든 표정에 씌어 있을 듯했다.

하지만 찬찬히 보는 사이, 울룩불룩한 폴루치의 몸이 흩어져 검고 하얀 점의 패턴이 되었다.

신문의 검은 글자는 폴루치가 난간에 선 이유나 킬마틴 경사가 창으로 그를 끌어당긴 후 어떻게 했는지는 말해주지 않았다.

투신의 경우 층수를 제대로 가늠 못하면 떨어진 후에도 살아 있다는 게 문제였다. 7층 정도면 안전한 거리일 것 같았다.

신문을 접어서 공원 벤치의 벌어진 틈에 끼웠다. 엄마가 '스캔들 신문'이라고 부르는 신문이었다. 우리 지역에서 일어난 살인, 자살, 폭행, 강도 사건 기사가 넘쳐났고, 옷 밖으로 가슴이 튀어나오고 스타킹 밴드가 보이게 다리를 꼰 반라의 여자 사진이 페이지마다 실려 있었다.

왜 진작 이런 신문을 사지 않았을까. 눈에 들어오는 것은 그것들뿐이었다. 사진 사이의 간단한 기사들은 글자가 꼬불꼬불하게 엉키기 전에 끝났다. 집에서 내가 보는 것은 〈크리스천 사이언스 모니터〉지뿐이었다. 일요일을 제외한 매일 다섯 시에 배달되는 이 신문은, 자살과 성범죄와 비행기 사고 따위는 일어나지 않았다는 듯 다루지 않았다.

크고 흰 백조가 새끼들을 이끌고 내 벤치로 다가오다가, 숲이 우거지고 오리 떼가 노니는 작은 섬을 빙 돌아 어두운 다리의 아치 밑으로 갔다. 내게 보이는 것은 다 밝고 극도로 작았다.

열리지 않는 문의 열쇠 구멍을 들여다보는 것처럼 나와 남동생이 보였다. 토끼 귀 모양의 풍선을 쥔, 키가 내 무릎 높이인 동생과 나는 백조 보트에 올라타서 서로 가장자리 좌석을 차지하려고 싸웠다. 내 입에서는 깔끔한 박하 맛이 났다. 우리가 치과에서 얌전히 치료를 받으면 엄마는 늘 백조 보트를 태워주었다.

나는 공원을 빙 돌면서 나무 이름을 읽었다. 다리 위를 지나고 청록색 기념물 밑을 지나 성조기 모양의 꽃밭을 지났다. 25센트를 내면 사진을 찍을 수 있는 오렌지색과 흰색 줄무늬 캔버스 부스의 입구 앞을 지나갔다.

가장 마음에 드는 나무는 '흐느끼는 학자 나무'였다. 일본산 나무일 것 같았다. 일본인들은 정신에 대한 것들을 이해했다.

그들은 일이 어긋나면 스스로 할복했다.

일본인이 할복하는 장면을 상상해보았다. 날카로운 칼 한 자루를 준비하겠지. 아니, 극도로 뾰족한 칼 두 자루를 준비할 거야. 책상다리를 하고 앉아 양손에 각각 칼을 잡겠지. 그런 다음 양손을 엇갈려서 칼이 배 양쪽을 향하게 하겠지. 벌거벗어야 할 거야. 안 그러면 칼이 옷을 찌를 테니까.

두 번 생각할 시간이 없게 단번에 칼을 찔러서 돌릴 거야. 한 번은 위쪽으로 둥그렇게, 한 번은 아래쪽으로 둥그렇게 돌려 원을 만들겠지. 그러면 뱃가죽이 접시처럼 헐렁해질 거고, 내장이 쏟아지며 죽게 될 거야.

그렇게 죽으려면 대단한 용기가 필요하겠지.

내가 피를 보는 게 싫다는 게 문제였다.

밤새도록 공원에 있어야 될 것 같았다.

다음 날 아침, 도도 콘웨이가 엄마와 나를 월턴에 태워다 주기로 했다. 너무 늦기 전에 달아나려면 지금이 기회였다. 핸드백을 열어보니 1달러짜리 한 장과 동전으로 79센트가 있었다.

시카고까지 차비가 얼마나 될지 감이 안 잡혔다. 감히 은행에 가서 돈을 찾을 수는 없었다. 닥터 고든이 은행 직원에게 연락해서 내가 수상한 짓을 하면 막으라고 귀띔했을 것 같았으니까.

히치하이크를 할까 싶었지만, 보스턴에서 시카고로 가려면 어느 쪽 길로 가야 하는지 몰랐다. 지도에서는 방향을 찾기가 쉽지만, 길 한가운데 있으면 방향을 가늠하기가 힘들었다. 어디가 동쪽이고 어디가 서쪽인지 분간하고 싶을 때마다 정오거나 구름이 끼어서 도움이 안 됐다. 밤이라 해도 북두칠성과 카시오페이아의 의자 자리만 알 뿐 별자리는 도통 몰랐다. 그것 때문에 버디 윌러드는 늘 낙심했다.

버스 터미널에 가서 시카고행 버스비를 물어보기로 했다. 그런 다음 은행에 가서 버스비만큼만 찾으면 의심을 사지 않으리라.

터미널 유리문 안으로 들어가서 컬러 여행 책자와 시간표가 꽂힌 곳으로 걸어갔다. 늦은 오후여서 동네 은행이 문을 닫은 시간임을 그제야 알아차렸다. 내일까지는 예금을 찾을 수가 없었다.

월턴에 있는 정신병원은 열 시에 예약되어 있었다.

그 순간, 스피커가 삐걱대더니 출발하려는 버스의 정류장을 알리는 방송이 나오기 시작했다. 스피커에서 흘러나오는 목소리는 늘 그렇듯 웅얼웅얼, 한 마디도 알아들을 수가 없었다. 그러다가 한순간, 오케스트라가 음을 맞추느라 누른 피아노 A음처럼 귀에 쏙 들어오는 소리가 있었다.

우리 집에서 두 블록 떨어진 정류장 이름이었다.

무덥고 먼지투성이인 7월 말의 오후 속으로 서둘러 나갔다. 까다로운 인터뷰에 늦기라도 한 듯이 땀이 줄줄 흐르고 입이 깔깔했다. 빨간 버스에 올라탔다. 버스는 이미 시동이 걸려 있었다.

운전사에게 버스비를 내니 내 등 뒤로 버스 문이 조용히 닫혔다.

벨 자

12

 닥터 고든의 개인 병원은 풀이 우거진 오르막길에 있었다. 길고 한적한 차도에 박혀 있는 깨진 조개껍데기가 하얗게 보였다. 노란 미늘판 벽이 있고 베란다를 사방으로 두른 큰 집에 햇살이 쏟아졌지만, 푸른 잔디밭에서 산책하는 사람은 보이지 않았다.
 우리 모녀가 한여름의 더위 속으로 나갈 때 매미 한 마리가 울기 시작했다. 뒤쪽의 너도밤나무에서 나는 매미 소리는 기계로 잔디 깎는 소리 같았다. 그 소리에 무거운 정적이 더 도드라졌다.
 간호사가 문에서 우리를 맞이했다.
 "거실에서 기다리시지요. 닥터 고든이 금방 나오실 겁니다."
 미친 사람들로 붐빌 줄 알았는데 집 주변이 너무 정상적인 게 신경에 거슬렸다. 창문에 철창 같은 건 보이지 않았고 시끄러운 소리도 들리지 않았다. 낡았지만 푹신한 빨간 카펫 위에 타원형 햇살이 들었고, 막 깎은 잔디 냄새가 은근히 풍겼다.

나는 거실 문간에서 멈춰 섰다.

전에 가본 메인 주의 섬에 있는 게스트 하우스의 라운지와 비슷하다는 생각이 잠깐 들었다. 프렌치 도어로 흰빛이 들어왔고, 방의 저쪽 구석에는 그랜드피아노가 있었다. 여름옷을 입은 사람들이 카드 테이블 주변에 앉아 있었다. 그들은 초라한 해변 휴양지에서 볼 수 있는 비딱한 버드나무 의자에 앉아 있었다.

그제야 아무도 움직이지 않는다는 것을 알아차렸다.

사람들의 뻣뻣한 자세에서 실마리를 얻을까 해서 더 찬찬히 살폈다. 남자와 여자, 소년과 소녀를 구분할 수는 있었지만 그들의 얼굴은 비슷비슷해 보였다. 모두 오랫동안 해를 못 보고 먼지가 뽀얗게 앉은 채 선반에 놓여 있던 것 같은 얼굴이었다.

그때 몇 사람은 움직이지만 동작이 새처럼 작아서 안 움직이는 것으로 보였다는 걸 깨달았다.

잿빛 얼굴의 남자는 카드 한 벌을 세고 있었다. 한 장, 두 장, 석 장, 넉 장,……. 한 벌이 되는지 알아보려고 그러는가 싶었는데, 다 세자 처음부터 다시 헤아리기 시작했다. 그 옆에 있는 뚱뚱한 부인은 나무 구슬과 줄을 갖고 놀았다. 그녀는 구슬을 줄에 죄다 꿰었다. 그러더니 탁탁 소리를 내며 구슬을 다시 쏟았다.

피아노 앞에는 소녀가 앉아서 악보를 넘기고 있었지만 내

벨 자

가 쳐다보는 걸 알고는 시무룩하게 고개를 숙이더니 악보를 반으로 찢었다.

엄마가 팔을 건드려서, 뒤따라 방으로 들어갔다.

우리는 늘어진 소파에 말없이 앉아 있었다. 몸을 움직일 때마다 삐걱대는 소리가 났다.

그때 내 시선이 방에 있는 사람들을 지나 투명한 커튼 뒤편의 초록빛으로 쏠렸다. 큰 백화점의 창에 앉아 있는 기분이었다. 주위 사람들은 사람이 아니라 상점의 마네킹 같았다. 사람이랑 비슷하게 만들어서 산 사람 같은 자세를 취하게 한 마네킹.

짙은 색 재킷을 입은 닥터 고든의 등을 보며 위층으로 올라갔다.

아래층 홀에서 충격요법이 무엇인지 물어보려 했지만 입을 벌려도 소리가 나오지 않았다. 눈만 휘둥그렇게 뜨고, 앞에 있는 자신감 넘치는 낯익은 얼굴만 빤히 보았다.

계단 끝에서 붉은 카펫은 끝났다. 거기부터는 단순한 갈색 비닐 장판이 복도 끝까지 깔려 있었다. 복도의 양쪽에는 닫힌 하얀 문이 줄지어 있었다. 닥터 고든을 따라가는데 멀리서 문이 열렸고 여자의 비명이 들렸다.

갑자기 앞쪽 복도 모퉁이에서 간호사가 나타났다. 엉클어진 머리를 허리까지 드리운 파란 잠옷 차림의 여자가 간호사에게 끌려왔다. 닥터 고든이 뒤로 물러서서 나도 벽에 바싹 붙었다.

간호사가 팔을 꼭 잡자 여자는 버둥대며 끌려가면서 소리쳤다.

"창밖으로 뛰어내릴 거야. 창밖으로 뛰어내릴 거야. 창밖으로 뛰어내릴 거라고."

앞자락이 지저분한 유니폼을 걸친 덩치 좋은 간호사는 사팔눈이었다. 안경알이 워낙 두꺼워서 눈 네 개로 날 쳐다보는 것 같았다. 어느 눈이 진짜고 어느 눈이 가짜인지, 또 어느 눈이 사팔눈이고 어느 눈이 정상인지 맞혀보려 했다. 그때 간호사는 내게 고개를 돌리고 공범 같은 웃음을 짓더니 안심시키려는 듯 속사포처럼 말했다.

"환자분이 창밖으로 떨어지겠다지만, 쇠창살이 있어서 뛰어내릴 순 없답니다!"

닥터 고든이 안내한 건물 뒤쪽의 썰렁한 방 창에는 과연 쇠창살이 있었다. 또 문과 옷장 문, 서랍장의 서랍을 포함해 열고 닫는 것 모두 열쇠 구멍이 있어서 잠글 수 있었다.

나는 침대에 누웠다.

사팔눈의 간호사가 돌아왔다. 그녀는 내 손목시계를 끌러 자기 주머니에 넣었다. 간호사가 내 머리에 꽂힌 핀들을 빼기 시작했다.

닥터 고든은 열쇠로 옷장을 열고 바퀴 달린 테이블을 당겼다. 위에 기계가 달려 있었다. 그는 내 머리 뒤쪽으로 테이블을 끌고 왔다. 간호사가 냄새 나는 기름을 내 관자놀이에 바

벨 자

르기 시작했다.

그녀가 몸을 숙이고 벽 쪽의 관자놀이에 손을 뻗었을 때 풍만한 가슴이 구름이나 베개처럼 내 얼굴을 눌렀다. 간호사의 살에서 희미하게 병원 냄새가 풍겼다.

그녀는 싱긋 웃으며 말했다.

"걱정 말아요. 처음에는 누구나 겁나서 죽을 것처럼 구니까요."

나는 웃으려 했지만 살갗이 양피지처럼 뻣뻣하게 굳었다.

닥터 고든은 내 머리 양쪽에 쇠로 된 원반 두 개를 설치했다. 그가 이마 위에 있는 끈으로 원반들을 조이고, 철사를 주며 깨물라고 했다.

나는 눈을 감았다.

숨을 한 번 들이쉴 만큼의 짧은 침묵이 흘렀다.

그러더니 뭔가 굽히며 세상이 끝난 것처럼 나를 안고 흔들어댔다. 타다다다닥, 날카로운 소리가 났다. 공중에 파란빛이 번쩍거렸고, 그때마다 몸이 홱홱 젖혀져서 뼈가 으스러질 것 같았다. 잘린 식물처럼 몸에서 수액이 다 빠져나간 것 같았다.

내가 무슨 짓을 저질렀다고 이러나.

나는 토마토 주스가 담긴 작은 칵테일 잔을 들고 의자에 앉아 있었다. 시계를 다시 손목에 차고 있었지만 이상해 보였다. 그제야 시계가 거꾸로 채워졌음을 깨달았다. 머리핀 위치도 영 어색했다.

"기분이 어때요?"

길고 낡은 철제 스탠드가 머리에 떠올랐다. 아버지의 서재에 남아 있던 몇 안 되는 유품 중 하나였다. 윗부분의 종 모양 갓에 전구가 끼워져 있고, 붉은색 낡은 전선이 벽의 소켓까지 길게 늘어져 있었다.

엄마의 침대 옆에 놓인 이 스탠드를 구석에 있는 내 책상 옆으로 옮기려 한 적이 있었다. 전선이 길어서 플러그는 그대로 두었다. 스탠드와 보풀이 인 전선을 양손으로 단단히 쥐었다.

그때 램프에서 파란빛이 번쩍하더니 이가 딱딱 부딪칠 정도로 몸이 마구 떨렸다. 손을 떼려 했지만 떨어지지 않았다. 비명을 질렀다. 아니 목구멍에서 비명이 찢어졌다. 의식하지 못했지만 비명이 솟구치는 소리가 들렸다. 그 소리는 몸에서 갈라지는 영혼처럼 마구 떨렸다.

그제야 스탠드와 전선을 쥔 손이 풀렸고, 나는 엄마의 침대에 벌렁 누웠다. 오른쪽 손바닥에 연필심처럼 까맣고 작은 구멍이 뚫려 있었다.

"기분이 어때요?"

"괜찮아요."

아니, 그게 아니었다. 끔찍한 기분이었다.

"어느 대학에 다녔다고 했죠?"

어느 대학인지 말했다.

"아!"

벨 자

닥터 고든의 얼굴에 천천히 환한 미소가 떠올랐다. 그가 다시 말했다.

"거기 전쟁 중에 여군 부대가 있었지요?"

엄마는 기다리는 동안, 피부가 벗겨지기라도 한 듯 관절이 하얗게 질려 있었다. 엄마의 시선은 날 지나 닥터 고든을 향했다. 엄마의 얼굴에 긴장이 풀린 걸 보면 그가 고개를 끄덕이거나 미소를 지었음이 분명했다.

닥터 고든이 말했다.

"그린우드 부인, 몇 번 더 충격요법을 하면 놀랍게 좋아질 것 같습니다."

소녀는 여전히 피아노 의자에 앉아 있었고, 찢어진 악보는 죽은 새처럼 발치에 널브러져 있었다. 소녀가 날 물끄러미 보자 나도 쳐다보았다. 소녀가 눈을 가늘게 뜨고 혀를 쏙 내밀었다.

엄마는 닥터 고든을 따라 문으로 가고 있었다. 나는 뒤에서 미적대다가 그들이 등을 돌리자 소녀를 뒤돌아보며 엄지손가락으로 양쪽 귀를 밀었다. 소녀는 혀를 집어넣고 굳은 표정을 지었다.

햇살 속으로 걸어 나갔다.

나무 그늘 아래에서 기다리는 도도의 검은 차가 표범처럼 보였다.

부유한 사교계 부인이 크롬을 붙이지 않은 새까만 차체에

좌석까지 검은 가죽으로 주문했던 차였다. 하지만 차가 왔을 때 그 부인은 낙심했다. 그녀는 영구차 같다고 했고, 모두 그렇게 생각했다. 이 차를 사려는 사람이 나서지 않자 도도네 부부가 200달러쯤 싼 값에 집으로 끌고 갔다.

도도와 엄마 사이의 자동차 앞자리에 앉았다. 멍하고 가라앉은 기분이었다. 집중하려 할 때마다 스케이트를 타는 사람처럼 마음이 텅 빈 공간으로 미끄러져 무심히 빙그르 돌았다.

도도의 집 앞에서 내렸다. 엄마와 단둘이 되자 내가 말했다.

"닥터 고든은 이제 그만 만날 거예요. 엄마가 전화해서 다음 주에는 안 갈 거라고 전해줘요."

엄마는 빙그레 웃었다.

"내 새끼가 그렇지 않다는 걸 난 알고 있었지."

난 엄마를 바라보며 물었다.

"그렇다니요?"

"그 끔찍한 사람들 같지 않다는 걸 말이다. 그 병원에 있던 송장 같은 사람들."

엄마는 말을 멈추었다가 덧붙였다.

"네가 다시 괜찮아지기로 작정할 줄 알고 있었단다."

인기 여배우, 68시간 혼수상태 후 절명

핸드백을 뒤져 편지 조각과 콤팩트, 땅콩 껍질, 동전, 면도

벨 자

날 열아홉 개가 든 파란 통 사이에서 스냅사진을 꺼냈다. 그날 오후 오렌지색과 흰색 줄무늬 부스에서 찍은 사진이었다.

죽은 여배우의 꺼먼 사진 옆에 스냅사진을 댔다. 입이며 코며 똑같았다. 눈만 다를 뿐이었다. 스냅사진은 눈을 떴지만, 신문에 난 사진은 눈을 감고 있었다. 하지만 죽은 배우의 눈을 손가락으로 벌린다면 스냅사진 속의 휑한 눈과 똑같으리란 걸 난 알고 있었다.

스냅사진을 다시 백에 넣었다.

"저기 건물에 붙은 벽시계로 오 분만 여기 공원 벤치의 햇살 속에 앉아 있다가 딴 데로 가서 일을 해치워야지."

내 안의 여러 목소리를 불러냈다.

'하는 일이 흥미롭지 않아, 에스더?'

'에스더, 넌 진짜 정신병자의 요건을 완벽히 갖췄어.'

'그래서는 아무것도 안 돼. 그래서는 아무것도 안 돼. 그래서는 아무것도 안 돼.'

어느 더운 여름밤, 예일 법대생과 한 시간 동안 키스한 적이 있었다. 털이 많고 원숭이같이 생긴 남학생이었는데, 못생긴 게 불쌍해서 키스해주었다. 키스를 마치자 그가 말했다.

"난 너를 완전히 파악했어. 마흔 살에는 요조숙녀처럼 굴겠다."

글쓰기 담당 교수는 내가 쓴 「대단한 주말」이라는 소설에 "인위적!"이라고 휘갈겨 썼다.

'인위적'이 무슨 뜻인지 몰라서 사전에서 찾아봤다.

인위적, 겉으로 꾸민, 가짜의.

'그렇게 해서는 아무것도 되지 못해.'

스무하루째 잠을 못 잤다.

세상에서 가장 아름다운 것은 그늘일 거란 생각이 들었다. 움직이는 수백만 가지 형체와 그늘진 막다른 길들, 서랍장과 옷장, 옷가방 속에는 그늘이 있었다. 지구의 밤 쪽으로 끝없는 그늘이 뻗어 있었다.

오른쪽 정강이에 십자 모양으로 붙인 살색 반창고를 내려다봤다.

그날 아침 일에 착수했다.

욕실에 들어가서 문을 잠그고, 욕조에 온수를 채우고, 면도날을 꺼냈다.

사람들이 어느 늙은 로마 철학자에게 어떻게 죽고 싶은지 묻자 그는 따뜻한 물속에서 동맥을 끊을 거라고 말했다. 팔목에서 흘러 투명한 물속으로 퍼지는 붉은 피를 욕조에 누워 보는 것은 쉬울 것 같았다. 그러다가 양귀비꽃처럼 화려한 수면 밑, 잠 속으로 빠져들겠지.

하지만 시작하려는 순간, 팔목의 살갗이 너무 허옇고 무방비 상태여서 칼을 댈 수가 없었다. 죽이고 싶은 게 그 살갗이나 엄지 밑에서 뛰는 파란 핏줄이 아니라 다른 데 있는 것만 같았다. 더 깊고 은밀하고 다다르기가 훨씬 어려운 곳에.

두 가지 동작이 필요할 터였다. 한쪽 팔목을 긋고 다른 팔목을 긋고……. 중간에 면도날을 바꿔 쥔다면 세 가지 동작.

벨 자

그런 다음 욕조로 들어가서 눕게 되겠지.

욕실에 있는 약장 앞으로 갔다. 일을 치르는 동안 거울을 본다면 책이나 연극에 나오는 다른 사람을 지켜보는 기분이 들 거야.

하지만 거울 속의 사람은 파랗게 질려 있었고, 바보 같아서 아무 짓도 못 저질렀다.

연습 삼아 피를 조금 내봐야겠다는 생각이 들었다. 욕조에 걸터앉아서 오른쪽 발목을 왼쪽 무릎 위에 올렸다. 면도날을 든 오른손을 치켜들고, 면도날을 오른쪽 정강이에 단두대처럼 뚝 떨어뜨렸다.

아무 느낌이 없었다. 그러다 미세한 전율이 밀려오면서 베인 자리에 선홍색이 차올랐다. 거무스름한 피는 과일처럼 밀려오면서 발목 위로 흘러내려 검은 가죽 구두에 떨어졌다.

욕조에 들어갈까 하다가 우물쭈물 아침 시간을 허비한 바람에 곧 엄마가 집에 올 거라는 데 생각이 미쳤다. 그러면 성공하기 전에 엄마한테 들킬 테지.

베인 자리에 반창고를 붙이고, 면도날을 챙겨서 1130번 버스를 타고 보스턴으로 향했다.

"미안하지만 디어 섬 교도소까지 가는 지하철은 없는데요, 아가씨. 그 교도소는 섬에 있거든요."

"아니에요, 섬에 있지 않아요. 예전에는 섬이었지만, 바다를 흙으로 메워서 육지랑 연결됐다고요."

"지하철은 없어요."

"거기 가야 하는데요."

뚱뚱한 매표원은 쇠창살 사이로 날 흘끗 보더니 말했다.

"이봐요, 울지 말아요. 거기 친척이라도 있나 보죠?"

어두컴컴한 지하철역에서 사람들은 열차를 타러 가느라 날 밀치고 지나갔다. 스콜리 광장 밑의 창자 같은 터널로 열차들이 들어오고 나갔다. 눈에서 눈물이 줄줄 나왔다.

"아버지요."

뚱뚱한 매표원은 매표소 벽에 붙은 도표를 살피더니 말했다.

"이렇게 하면 되겠네요. 저기 1번 트랙의 열차를 타고 가다 오리엔트 하이츠에서 내려서 포인트행 버스를 갈아타요. 그 버스가 교도소 정문 앞까지 갈 거예요."

"이봐요!"

푸른 제복을 입은 청년이 초소에서 손을 흔들었다.

나도 손을 흔들어주고 계속 걸음을 옮겼다.

"이것 봐요!"

가던 길을 멈추고, 초소로 천천히 걸어갔다. 둥그런 거실 같은 초소가 모래 황무지 위에 서 있었다.

"이봐요, 더 들어가면 안 돼요. 거기 교도소 구역이어서, 출입이 통제되거든요."

"위험선 안으로만 안 들어가면 해변의 어디든 갈 수 있는

벨 자

걸로 알았는데요."

청년은 한참 생각에 잠겼다.

그가 말했다.

"이 해변에서는 아닙니다."

유쾌한 얼굴을 한 청년이었다.

내가 말했다.

"멋진 곳에 계시네요. 작은 집 같아요."

그는 초소를 흘끗 쳐다보았다. 방에는 깔개가 있고, 명주 커튼도 있었다. 청년이 빙그레 웃었다.

"커피포트까지 있지요."

"난 전에 이 부근에 살았어요."

"농담 마세요. 난 이 고장에서 태어나서 자랐으니까요."

모래밭 너머 주차장과 빗장이 걸린 정문을 바라보았다. 빗장이 걸린 정문 너머에 있는 좁은 길의 양쪽에서 바닷물이 찰싹거렸고, 그 뒤쪽은 한때 섬이었다.

붉은 벽돌로 지은 교도소 건물은 바닷가에 있는 대학교처럼 친근해 보였다. 왼쪽으로 난 잔디 깔린 둔덕에 흰 점과 약간 더 큰 분홍색 점이 보였다. 경비병에게 그게 뭔지 물었다.

"돼지랑 닭이에요."

내가 그 오래된 마을에서 살았더라면 학교에서 이 교도소 경비병과 만났을지도 모르는 일이었다. 지금쯤은 결혼해서 아이를 주렁주렁 낳았을 텐데. 바닷가에서 올망졸망한 아이들과 돼지와 닭을 치며 사는 것도 좋으리라. 할머니가 세탁복이라고 부르던 옷을 입고, 밝은 색 장판이 깔린 부엌에 앉아 커피를 마셔대겠지. 팔은 살이 붙어 통통할 테고.

"저 교도소에 들어가려면 어떻게 해야 하나요?"

"통행증이 있어야죠."

"그게 아니라, 어떻게 해야 갇히느냐고요."

"아."

경비병은 웃음을 터뜨리고는 대답했다.

"차를 훔치거나 가게에서 강도 짓을 해야죠."

"안에 살인범이 있나요?"

"아뇨. 살인범들은 큰 주립 교도소에 가죠."

"그 외에 어떤 사람이 있는데요?"

"겨울이 시작되면 우린 보스턴에서 온 부랑자들을 잡죠. 창문에 벽돌을 던지다가 잡히는 거예요. 그들은 교도소에서 TV를 보고, 잘 먹고, 주말에는 농구도 하면서 추위를 피하는 거예요."

"괜찮네요."

"그런 게 좋다면 괜찮겠죠."

경비병이 말했다.

나는 작별 인사를 하고 걸음을 옮기기 시작했다. 딱 한 번 어깨 너머로 힐끔 돌아봤다. 경비병은 여전히 초소 입구에 서 있었고, 내가 돌아보자 경례를 했다.

걸터앉은 나무는 납덩이처럼 무거웠고 타르 냄새가 났다.

벨 자

언덕에 회색 원통 모양의 급수탑이 있고, 그 밑에 모래톱이 바다까지 휘어져 있었다. 밀물 때면 모래톱은 완전히 잠겼다.

그 모래톱을 훤히 기억했다. 안으로 굽은 곳에 해변의 다른 곳에는 없는 특별한 조가비가 있었다.

손가락 마디 하나만 한 조가비는 두껍고 맨질맨질했다. 가끔 분홍색이나 복숭아색이 있었지만 보통은 흰색이었고, 소라랑 모양이 비슷했다.

"엄마, 저 누나가 아직도 여기 있어요."

고개를 들어보니 모래투성이인 아이가 마른 여자에게 물가에서 끌려 나오고 있었다. 눈이 큰 여자는 빨간 반바지에 빨간색과 하얀색의 물방울무늬 끈 셔츠 차림이었다.

여름이라 해변에 사람이 많으리란 점은 미리 계산하지 못했다. 십 년 만에 다시 와보니 평평한 모래밭에 울긋불긋한 오두막들이 맛이 안 나는 버섯처럼 퍼져 있었다. 전에는 은빛 비행기와 시가 모양의 소형 비행선이 날아다녔지만, 이제는 만 건너편의 공항에서 제트기가 요란스럽게 날아올랐다.

해변에서 스커트와 하이힐 차림은 나 혼자여서 눈에 띌 거라는 생각이 났다. 구두 굽이 모래에 푹푹 박혀 구두를 벗었다. 내가 죽은 후, 영혼의 나침반처럼 바다를 향해 나무 위에 있을 구두를 생각하니 기분이 좋았다.

핸드백에 든 면도날 상자를 만져보았다.

그 순간 내가 진짜 멍청하다는 생각이 났다. 면도날은 있지만 따뜻한 목욕물이 없잖아.

방을 빌릴까 궁리했다. 여름에 민박을 하는 집들이 있을 터였다. 하지만 난 짐도 없었다. 사람들이 의심할 텐데. 게다가 민박 집에는 사람들이 늘 욕실에 들락날락하지 않는가. 팔목을 베고 욕조에 들어가기 무섭게 누군가 화장실을 쓰려고 문을 두드려댈 텐데.

모래톱 꼭대기에 있는 나무에서 갈매기 떼가 고양이처럼 울었다. 그러더니 한 마리씩 잿빛 날개를 펴고 날아올라 울음소리를 내면서 내 머리 위를 맴돌았다.

"저기요, 아줌마. 여기 앉아 있지 마세요. 곧 물이 들어와요."

소년은 몇 발자국 떨어진 곳에 쭈그리고 앉아 있었다. 아이는 둥근 보라색 돌을 집어 바다에 던졌다. 퐁 하는 울림과 함께 바다가 돌멩이를 삼켰다. 소년은 돌아다니며 돌을 주웠고, 마른 돌멩이가 동전처럼 부딪치는 소리가 들렸다.

아이가 평평한 돌을 초록색 바다에 비스듬히 던지자 돌은 몇 차례 튀다가 자취를 감추었다.

"왜 집에 안 가니?"

내가 물었다.

아이는 더 무거운 돌로 물수제비를 떴다. 돌은 두 번 튀고 가라앉았다.

"가기 싫어서요."

"엄마가 널 찾으시는데."

"아니에요."

벨 자

아이는 걱정스럽게 대꾸했다.

"집에 간다면 내가 사탕을 줄게."

아이는 가까이 다가왔다.

"어떤 사탕인데요?"

하지만 핸드백을 들여다보지 않아도 안에 땅콩 껍질밖에 없다는 걸 알고 있었다.

"사탕을 살 돈을 줄게."

"아서!"

여자가 모래톱 위로 나오다가 미끄러졌다. 아이를 거칠게 부르는 사이에 입 모양이 실룩거리는 걸 보면 욕설을 중얼거리는 게 분명했다.

"아서!"

여자는 한 손을 이마 위에 댔다. 그렇다고 짙어지는 바다의 석양 속에서 우리가 더 잘 분간되는 것도 아닐 텐데.

엄마가 목청을 높이자 아이의 관심이 줄어드는 게 느껴졌다. 소년은 날 모르는 사람처럼 대하기 시작했다. 뭔가 찾는 것처럼 돌 몇 개를 걷어차더니 저만치 가버렸다.

몸이 덜덜 떨렸다.

맨발 밑에 크고 찬 돌들이 놓여 있었다. 해변에 두고 온 검은 구두 생각이 간절했다. 손 같은 파도가 밀려갔다가 밀려와서 내 발에 닿았다.

바다 밑바닥에서 물살이 솟아오르는 것 같았다. 흰 물고기 떼가 제 몸의 빛을 보며 엄청난 추위 속을 헤집고 다니겠지.

상어 이빨과 고래의 귀 뼈가 묘비처럼 버려진 광경이 보이는 듯했다.

바다가 대신 결정을 내려줄 수 있기라도 한 듯 나는 기다렸다.

두 번째 파도가 발목에 부딪쳐 흰 거품을 만들었다. 발목이 시려서 몹시 아렸다.

그런 죽음을 맞이할 생각을 하니 겁이 나서 살이 움츠러들었다.

핸드백을 집어 들고 찬 돌들을 지나 구두가 놓인 곳으로 갔다. 구두는 보랏빛 석양 속에서 보초를 서고 있었다.

벨 자

13

"물론 어머니가 아들을 죽인 거죠."

나는 조디가 소개한 남자의 입을 빤히 쳐다봤다. 두꺼운 핑크빛 입술에 아기 같은 얼굴, 비단결 같은 옅은 색 금발. 이름이 칼이라니, 긴 이름의 약자일 텐데 '칼'이 캘리포니아의 줄임말이라는 것밖에 떠오르지 않았다.

내가 말했다.

"엄마를 죽였다고 어떻게 확신할 수 있죠?"

칼은 대단히 머리가 좋은 남자라고 했다. 조디는 전화로, 귀여운 남자니까 내 마음에 들 거라고 했었다. 예전의 나였다면 그가 마음에 들었을까? 궁금했다.

뭐라 말할 수가 없었다.

"처음에 그녀는 '아니에요, 아니라고요'라고 했다가 '맞아요'라고 말을 바꾸니까."

"하지만 그 다음에는 다시 '아니에요'라고 말하죠."

칼과 나는 주황색과 초록색 줄무늬가 있는 수건 위에 나란히 누워 있었다. 린매사추세츠 주 동부에 있는 도시에서 늪지를 지나 있는 지저분한 해변이었다. 조디는 애인 마크와 수영 중이었다. 칼이 수영을 하기 싫으니 대화나 하자고 해서 우린 어떤 연극에 대해 토론했다. 더러운 여자와 관계한 아버지 때문에 청년이 뇌 질환을 앓게 되고, 뇌가 점점 물러져 완전히 덜렁덜렁해지자 어머니가 아들을 죽여야 할지 고민하는 내용이었다.

종일 블라인드를 내리고 방에 처박혀 있으려니 엄마가 조디한테 전화해서 날 불러내라고 부탁했을지 의심스러웠다. 처음에는 조디가 내 변화를 눈치챌 것 같아 오고 싶지 않았다. 눈치가 조금이라도 있는 사람이라면 내 머릿속에 뇌가 없다는 걸 알아차릴 테니까.

하지만 북쪽으로 올라가다 동쪽으로 방향을 틀어 운전하는 내내 조디는 농담을 하고 웃고 수다를 떨었다. 내가 "세상에" "어머" "설마"라는 말만 해도 개의치 않는 것 같았다.

우리는 해변에 비치된 그릴에 핫도그를 구웠다. 나는 조디와 마크, 칼을 지켜보면서도 걱정과 달리 내 핫도그를 태우거나 불에 떨어뜨리지 않고 적당히 구웠다. 그러다 아무도 안 볼 때 핫도그를 모래에 묻어버렸다.

식사를 한 후 조디와 마크는 손을 잡고 물가로 뛰어갔고, 나는 누워서 하늘을 올려다봤다. 칼은 계속 연극 얘기를 했다.

내가 그 연극을 기억하는 것은 미치광이가 나온다는 한 가지 이유 때문이었다. 다른 건 모두 흩어져버렸지만 미친 사람이 나오는 대목은 모두 머리에 남았다.

칼이 말했다.

"하지만 중요한 건 '그렇다'라고요. 결국 그 어머니는 '그래요'란 대답을 할 거예요."

나는 고개를 들어 눈을 가늘게 뜨고 파란 접시 같은 바다를 보았다. 테두리가 지저분한 파란 접시 같았다. 돌투성이인 갑岬에서 1.6킬로미터쯤 떨어진 곳에 커다랗고 둥근 바위가 솟아 있었다. 계란의 위쪽 절반 같은 형태였다.

"어머니는 뭘 가지고 아들을 죽이지요? 잊어버렸어요."

잊은 게 아니었다. 너무나 분명히 기억했지만 칼이 무슨 말을 하는지 듣고 싶었다.

"모르핀 가루였죠."

"미국에 모르핀 가루가 있을까요?"

칼은 한참 궁리했다. 그가 입을 열었다.

"없을 것 같은데요. 아주 오래전에나 있었을 것 같네요."

몸을 뒤척여 엎드려서 린 쪽을 바라보았다. 그릴의 불과 도로에 쏟아진 열기 때문에 연기가 피어올랐다. 연기 사이로, 맑은 물로 커튼을 치기라도 한 듯 가스탱크와 공장 굴뚝, 유정 탑과 다리가 이룬 스카이라인이 뿌옇게 보였다.

그것들은 한 덩어리 같았다.

다시 반듯이 누워 자연스러운 목소리로 말했다.

"자살할 작정이라면 어떻게 죽고 싶어요?"

칼은 즐거운 듯했다.

"자주 그런 생각을 해요. 총으로 머리통을 날려버리죠, 뭐."

실망스러웠다. 남자 아니랄까 봐 총으로 자살하다니. 내게는 총을 손에 넣을 기회가 희박했다. 또 총이 있다고 해도 몸의 어디를 쏴야 할지 알 수도 없었고.

총으로 자살을 시도했다가 미수에 그친 사람들의 이야기를 신문에서 읽었다. 결국 중요한 신경을 건드려 마비가 되거나 얼굴을 날렸지만 수술이나 기적 덕분에 즉사하지 않고 목숨을 건졌다는 내용이었다.

총은 위험 부담이 너무 컸다.

"어떤 총으로?"

"아버지의 권총으로. 아버지는 늘 장전해두시거든요. 서재에 들어가서……."

칼은 자기 관자놀이에 손가락을 대고 우스꽝스럽게 뒤틀린 표정을 지으며 말을 이었다.

"딸깍!"

그가 잿빛 눈을 휘둥그렇게 뜨면서 날 쳐다봤다.

"아버지가 보스턴 근처에 사세요?"

내가 느릿느릿 물었다.

"아뇨. 클랙턴영국 에식스 주에 있는 도시에 사세요. 아버진 영국인이에요."

조디와 마크가 손을 잡고 뛰어다니며 사랑스러운 강아지들처럼 물을 마구 뿌렸다. 사람이 너무 많은 것 같아서 일어나 하품을 하는 체했다.

벨 자

"수영하러 가야겠어요."

조디, 마크, 칼과 있으니 신경이 짓눌리기 시작했다. 피아노 현에 나무 블록을 매달아놓은 것 같았다. 한순간 자제심이 사라져서, 글을 읽을 수도 쓸 수도 없다고 재잘재잘 떠들어댈까 봐 두려웠다. 꼬박 한 달을 깨어 있느라 피곤하다고 나불댈까 봐 걱정스러웠다.

그릴과 뙤약볕이 쏟아지는 도로에서 연기가 피어오르는 것처럼 내 신경에서 연기가 모락모락 나는 것 같았다. 해변, 갑, 바다, 바위, 풍경 전체가 무대의 배경 막처럼 내 앞에서 흔들렸다.

가짜 파란 하늘이 공중 어디쯤에서 검은색으로 변할지 궁금했다.

"너도 수영해, 칼."

조디가 장난스럽게 칼을 밀었다.

"으으으윽, 너무 추워."

칼은 수건에 얼굴을 묻었다.

나는 물가로 걸어가기 시작했다.

그림자 없는 한낮의 햇빛 속에서 물이 상냥하게 맞아주는 것 같았다.

익사가 가장 친절하게 죽는 방법이라면 최악의 방법은 불에 타 죽는 거라는 생각이 들었다. 버디 윌러드는 그때 본 병속에 든 태아 중에는 아가미가 있는 아이도 있다고 말했다. 물고기랑 똑같은 단계를 거친 아이들이라고.

사탕 종이와 오렌지 껍질, 해초가 섞인 지저분한 잔물결이 발을 감쌌다.

뒤에서 모래 밟는 소리가 나더니 칼이 다가왔다.

"우리 저기 바위까지 헤엄쳐요."

내가 바위를 손짓하며 말했다.

"미쳤어요? 1.5킬로미터도 넘는 거리인데."

"뭐예요? 겁쟁이예요?"

내가 대꾸했다.

칼은 내 팔꿈치를 잡아 물속으로 밀었다. 물이 허리께에 차자 그는 나를 밑으로 밀었다. 버둥대면서 수면으로 올라오자 소금기 때문에 눈이 쑤셨다. 물속은 석영처럼 뿌연 초록색이었다.

나는 헤엄치기 시작했다. 계속 바위 쪽을 보면서 개헤엄 비슷하게 수영했다. 칼은 느릿느릿 자유형을 했다. 한참 후 그는 고개를 들고 물을 헤쳤다.

"못 가겠어요."

그가 숨을 몰아쉬며 말했다.

"알았어요. 당신은 돌아가요."

나는 헤엄쳐서 돌아가지 못할 만큼 녹초가 될 때까지 수영할 작정이었다. 앞으로 나갈 때 내 심장박동 소리가 답답한 모터 소리처럼 들렸다.

나는 살아 있다 나는 살아 있다 나는 살아 있다.

벨 자

그날 아침, 나는 목을 매려고 시도했다.

엄마가 출근하자마자 엄마의 노란 가운에서 실크 끈을 뺐다. 노란빛이 감도는 침실에서 끈으로 매듭을 지었지만 꽉 매이지 않았다. 매듭을 짓는 솜씨가 없고, 어떻게 해야 하는지 몰라서 시간이 오래 걸렸다.

그 다음에는 끈을 매달 곳을 찾아다녔다.

천장이 끈을 매달기 적당치 않은 모양이라는 게 문제였다. 천장은 낮았고 흰 회반죽이 매끈하게 발라져 있는 데다 전등을 다는 곳이나 나무 기둥도 없었다. 할머니가 팔아버린 집 생각이 간절했다. 할머니는 우리와 살다가 나중에 리비 이모랑 살았다.

할머니의 집은 멋진 19세기 양식으로 방마다 천장이 높았고, 샹들리에를 매다는 단단한 장치가 있었다. 높은 옷장에는 단단한 가로대가 있었고, 아무도 들어가지 않는 다락방에는 트렁크와 앵무새장, 마네킹이 뒤섞여 있었으며, 머리 위의 서까래는 배의 기둥만큼 튼튼했다.

하지만 워낙 낡은 집이라 할머니는 팔아버렸다. 또 누가 그런 집을 갖고 있는지 알 수 없었다.

노란 실크 끈을 고양이 꼬리처럼 목에 매달고 이리저리 다니면서 목을 맬 곳을 찾다가, 엄마의 침대에 앉아서 끈을 꽉 당겼다.

하지만 끈을 바싹 당겨서 귀가 벌게지고 얼굴에 피가 솟구치는 기분이 들 때마다 끈을 풀었고, 그러면 다시 괜찮아지곤 했다.

 그때 내 몸이 온갖 종류의 속임수를 쓴다는 걸 알았다. 중요한 순간에 양손이 늘어졌고, 그러면 목숨을 구할 수 있었다. 내 의도대로라면 순식간에 죽는 거였는데.

 남은 감각을 지닌 채 기다리기만 하면 될 터였다. 혹은 함정에 빠져 무감각하게 오십 년 동안 우리에 갇혀 있게 되겠지. 사람들은 내가 정신이 나간 걸 알면 엄마가 반대해도 날 요양원에 넣어 치료받게 하라고 엄마를 설득하리라.

 내 경우는 치료가 불가능하다는 게 문제였다.

 잡화점에서 비정상적인 심리에 관한 문고판 책 몇 권을 사서 책에 나온 내용과 내 증상을 비교해보니, 나는 가장 가망 없는 경우와 맞아떨어졌다.

 스캔들을 다루는 신문 외에 읽을 수 있는 것은 이런 심리학 서적뿐이었다. 작은 출구가 남아 있어서, 인생을 적절하게 끝내기 위해 알아야 할 것들을 배울 수 있을 것 같았다.

 목을 매는 소동을 떨다 포기하고, 의료진에게 맡겨야 하는 건 아닌지 고민했다. 하지만 닥터 고든과 충격요법 장비가 떠올랐다. 일단 갇히면 병원에서는 계속 그 기계를 사용하겠지.

 매일 엄마와 남동생, 친구들이 내 회복을 기원하며 문병을 오겠지. 그러다가 오는 횟수가 뜸해질 테고 다들 희망을 접을 거야. 그들도 점점 나이 들겠지. 나를 잊을 거야.

 그들도 가난해질 테고.

 처음에는 최상급 치료를 받게 하고 싶어서 닥터 고든의 병원 같은 개인 병원에 돈을 쏟으리라. 결국 돈이 떨어지면 나는 주립 병원으로 옮겨질 터였다. 그곳 지하실에 있는 우리에는 나 같은 사람 몇백 명이 우글댈 거야.

희망이 없어질수록 나를 멀리하고 감추겠지.

칼이 방향을 돌려 헤엄쳐 갔다.

그는 목까지 차는 바다에서 천천히 몸을 끌어당겼다. 한순간 카키색 모래와 초록색 잔물결 사이로 그의 몸통이 절반만 보였다. 흰 벌레 같았다. 그는 초록색 물에서 빠져나와 모래밭으로 올라섰고, 몇십 마리의 벌레 틈에 섞였다. 바다와 하늘 사이에서 벌레들이 꿈틀대거나 기어서 돌아다녔다.

나는 물속에서 손을 젓고 발을 찼다. 달걀 모양의 바위는 해변에서 봤을 때보다 가까워지지 않은 것 같았다.

그때, 바위까지 헤엄치는 것이 소용없는 짓임을 깨달았다. 바위로 올라가서 햇살을 받으며 누워 있으면 돌아갈 힘이 다시 생길 테니까.

내가 할 일은 바로 그 순간 거기서 익사하는 것뿐이었다.

그래서 헤엄을 멈추었다.

양손을 가슴에 대고 머리를 숙여 다이빙해서, 양손으로 물을 옆으로 밀어냈다. 물이 고막과 가슴을 밀어댔다. 몸을 밑으로 끌어내렸지만, 어디쯤에 있는지 파악하기도 전에 물이 나를 햇살 속으로 밀어냈다. 파란색, 초록색, 노란색 준보석 같은 물보라가 내 주변에 일어났다.

얼른 눈에서 물기를 닦았다.

힘을 다 써서 숨이 찼지만, 노력하지 않아도 몸이 둥둥 떴다.

몇 번이고 다이빙을 했지만, 매번 코르크 마개처럼 수면으로 떠올랐다.

잿빛 바위는 부표처럼 느긋하게 수면에서 오르내리며 나를 조롱했다.

실패했음을 알았다.

몸을 돌렸다.

수레를 밀고 복도를 지날 때 똑똑한 아이들처럼 꽃이 고개를 끄덕였다.

초록색 자원봉사자 제복을 입으니 바보가 된 기분이었다. 또 흰 제복을 입은 의료진과는 달리 쓸모없는 사람이란 기분이 들었다. 갈색 제복을 걸치고 걸레와 시꺼먼 물이 담긴 양동이를 들고 말없이 내 앞을 지나는 청소부들보다도 못한 기분이었다.

몇 푼이라도 수고비를 받는다면 직업으로 치부할 수도 있으련만, 아침 내내 잡지와 사탕과 꽃을 밀고 다닌 대가는 고작 무료 점심뿐이었다.

엄마는 말했다. 자기에 대해 생각을 너무 많이 해서 생긴 병은 자기보다 못한 사람을 돕는 게 치료법이라고. 그래서 테레사는 나를 동네 병원의 자원봉사자로 등록해주었다. 여자

벨 자

청년 연맹상류 여성들로 조직된 사회봉사 단체 단원들이 여기서 봉사를 하고 싶어 해서 평소에는 자리가 안 났지만, 다행히 다들 휴가를 떠나고 없었다.

진짜 우울한 환자들이 있는 병동에 보내졌으면 싶었다. 내 멍한 얼굴에서도 선의를 읽고 고마워할 사람들이 있는 곳에 가고 싶었다. 하지만 우리 교회의 친교 담당이기도 한 자원봉사 팀장은 날 훑어보더니 말했다.

"산부인과 병동으로 가요."

산부인과 병동이 있는 3층 엘리베이터를 타고 가서 수간호사에게 보고했다. 수간호사는 내게 꽃이 담긴 수레를 주었다. 정해진 병실의 정해진 병상에 놓인, 정해진 화병에 꽂아야 했다.

하지만 첫 병실을 방문하기 전, 시들고 잎끝이 누렇게 변한 꽃이 많다는 걸 알아차렸다. 방금 출산한 여인이 시든 꽃다발을 받으면 실망할 것 같아서 수레를 밀고 복도에 있는 세면대로 갔다. 거기서 시든 꽃을 빼내기 시작했다.

시들어가는 꽃도 골라냈다.

쓰레기통이 눈에 띄지 않아서 꽃을 뭉쳐 흰 세면대 속에 밀어 넣었다. 세면대는 무덤처럼 차게 느껴졌다. 난 빙그레 웃었다. 병원 검시실에서 시신을 이렇게 처치하는구나. 이런 사소한 행동이 의료진의 행동을 모방하고 있었다.

첫 방의 문을 활짝 열고, 수레를 밀고 안으로 들어갔다. 간호사 두엇이 벌떡 일어났고, 선반과 약장이 혼란스럽게 눈에 들어왔다.

"무슨 일이에요?"

간호사 한 명이 뻣뻣하게 물었다. 다 똑같이 생겨서 누가 누군지 구분할 수가 없었다.

"꽃을 돌리고 있는데요."

먼저 말한 간호사는 한 손으로 내 어깨를 잡아 밖으로 데려갔다. 그녀는 다른 손으로 수레를 밀었다. 그녀가 옆방 문을 홱 열더니 나를 안으로 밀었다. 간호사는 사라졌다.

멀리서 키득대는 웃음소리가 나다가 문이 닫히면서 사라졌다.

병실에는 침상이 여섯 개 놓여 있고 침상마다 여자가 있었다. 다들 일어나 앉아서 뜨개질을 하거나 잡지를 뒤적이거나 머리를 돌돌 말면서 앵무새처럼 수다를 떨었다.

다들 잠들었거나 창백한 얼굴로 조용히 누워 있을 줄 알았는데. 소란을 피우지 않으려면 발끝으로 다니며 침대 번호와 화병의 번호를 맞춰야 될 것 같았다. 그런데 분위기에 적응하기도 전에 날카로운 삼각형 얼굴의 활달한 금발 산모가 내게 손짓했다.

병실 가운데에 수레를 두고 다가가니 그녀가 답답하다는 표정을 지었다. 내가 수레도 끌고 가기를 원하는 눈치였다.

나는 도와주겠다는 미소를 지으며 수레를 끌고 그녀의 침대로 갔다.

"이봐요, 내 참제비고깔은 어디 있죠?"

벨 자

맞은편에서 체격이 큰 여자가 날카로운 눈길로 날 훑어보며 물었다.

뾰족한 얼굴로 금발 산모가 수레 위로 몸을 굽히고 말했다.

"내 노란 장미가 여기 있긴 한데, 흉한 아이리스랑 뒤섞여 있네."

다른 사람들도 두 여자처럼 목청을 높였다. 모두 화나서 불평을 터뜨렸다.

내가 시든 참제비고깔 다발을 세면대에 버렸고, 화병 몇 개에 남은 꽃이 몇 송이 안 되기에 다른 꽃다발에서 뽑은 꽃을 거기 꽂았다고 말하려는 순간 문이 열렸다. 무슨 소동인지 알아보려고 간호사가 들어왔다.

"들어봐요, 간호사. 어젯밤 래리가 내게 참제비고깔을 한 다발 갖다줬다고요."

"이 아가씨가 내 노란 장미를 엉망으로 만들었어요."

나는 초록색 제복의 단추를 풀면서 달리다가, 시든 꽃을 버린 세면대 앞을 지날 때 옷을 그리로 쑤셔 넣었다. 거리로 이어지는 계단을 한 번에 두 개씩 뛰어 내려갔다. 도중에 아무도 만나지 않았다.

"묘지는 어느 쪽이죠?"

검은 가죽 재킷을 입은 이탈리아인이 걸음을 멈추고 하얀 감리교회 뒤편의 골목을 손으로 가리켰다. 나는 이 감리교회를 기억하고 있었다. 태어나서 아홉 살까지는 나도 감리교도였다. 그 무렵 아버지가 세상을 떠나자 우리는 유일신교로 개종했다.

엄마는 감리교도가 되기 전에 가톨릭 신자였다. 외할아버지, 외할머니와 리비 이모는 모두 가톨릭 신자였다. 엄마가 개종할 때 이모도 같이 가톨릭교회를 떠났지만, 가톨릭 신자인 이탈리아 남자와 사랑에 빠지자 되돌아갔다.

최근 나는 가톨릭 신자가 될까 고민했다. 가톨릭에서는 자살을 엄청난 죄로 본다는 걸 알았다. 정말 그렇다면 자살을 만류할 방법을 알고 있을 터였다.

물론 나는 사후 세계나 동정녀 잉태, 종교재판 따위는 믿지 않았다. 또 원숭이같이 생긴 교황이 오류가 없다는 교황 무오설도 안 믿었지만, 그런 이야기까지 사제에게 할 필요 없이 내 죄만 고해할 수 있겠지. 그러면 신부는 회개하도록 도와줄 테고.

다만 교회가, 가톨릭교회까지도 생활 전체를 장악하지 않는다는 게 문제였다. 무릎을 꿇고 기도한다 해도 여전히 세 끼 식사를 하고 일을 하며 세상에서 살아가야 했다.

얼마나 오래 가톨릭을 믿어야 수녀가 될 수 있는지 알아봐야 되겠기에 엄마에게 물어보았다. 엄마라면 수녀가 되는 가장 좋은 방법을 알 것 같았다.

엄마는 날 비웃었다.

"너 같은 사람을 당장 받아줄 거라고 생각하니? 교리문답이며 사도신경을 알고 믿어야지. 너 같은 여자애를!"

벨 자

나는 보스턴의 신부에게 가는 상상을 했다. 우리 동네의 신부에게 자살할 생각을 털어놓기 싫으니 보스턴에 가야 했다. 신부들은 입이 싸니까.

검은 옷을 입고, 시체처럼 흰 얼굴로 신부의 발치에 몸을 던지고 "신부님, 도와주소서"라고 말해야지.

하지만 그것도 병원의 간호사들 같은 사람들이 날 이상하게 쳐다보기 전 얘기였다.

가톨릭교회에서 미친 수녀를 받아들일 리가 없었다. 한번은 수녀원에서 테레사에게 정신감정을 의뢰한 수녀에 대해 이모부가 농담을 했다. 이 수녀는 귀에서 하프 곡조와 "알렐루야!"라는 말소리가 계속 들린다고 했다. 상세한 질문을 던지자, 수녀는 다만 그 소리가 "알렐루야"인지 "애리조나"인지 모르겠다고 대답했다. 수녀는 애리조나 출신이었다. 어느 정신 요양원에서 생을 마감했겠지.

검은 베일을 턱 밑까지 내리고 철책이 둘러진 문으로 성큼성큼 들어갔다. 아버지가 이 묘지에 묻힌 후 아무도 무덤에 오지 않은 게 이상했다. 엄마는 우리 남매가 어렸기에 장례식에 참석하지 못하게 했다. 아버지가 병원에서 눈을 감았기에 내게는 묘지나 아버지의 죽음까지도 비현실적으로 느껴졌다.

최근 들어 오랜 세월 아버지를 모른 체한 것을 보상하려는 갈망이 진했다. 무덤을 보살피고 싶었다. 아버지가 가장 사랑하는 자식이 나였으니 엄마가 애도하지 않아도 나는 애도하는 게 당연한 것 같았다.

아버지가 세상을 떠나지 않았으면 곤충에 대해 가르쳐주었을 텐데. 아버지는 대학 시절 곤충학을 전공했다. 또 독일어와 그리스어, 라틴어를 알았으니 가르쳐주었겠지. 난 루터교도가 됐을 거고. 아버지는 위스콘신에서 루터교도였지만 뉴잉글랜드의 스타일에는 맞지 않았다. 그래서 아버지는 타락한 루터교도가 되었다가, 엄마 말로는 냉소적인 무신론자가 되었다고 했다.

묘지는 실망스러웠다. 시내 외곽의 저지대에 있었는데, 쓰레기 처리장과 비슷했다. 묘지의 오솔길을 걸어가자니 멀리서 시큼한 소금 냄새가 풍겼다.

묘지에서 오래된 무덤들이 있는 쪽은 닳아빠진 돌과 이끼 낀 기념비 들이 있어 봐줄 만했다. 하지만 아버지는 1940년대에 세상을 떠났으니 요즘 무덤들 사이에 묻힌 게 분명했다.

오래되지 않은 무덤들이 있는 지역에는 조잡한 싸구려 묘석들이 있었다. 대리석으로 테를 두른, 먼지 낀 네모난 욕조 같은 무덤도 여기저기 있었다. 누운 이의 배꼽쯤 되는 자리에 녹슨 철제 통을 두어 조화를 꽂아놓기도 했다.

잿빛 하늘에서 가랑비가 내리자 마음이 몹시 무거워지기 시작했다.

아버지 무덤을 찾을 수가 없었다.

수평선과 늪지, 해변의 오두막집 뒤로 구름이 낮게 흘러갔다. 그날 아침에 사 입은 검은 우비에 빗방울이 흘러내렸다. 찐득한 습기가 살에 스며들었다.

벨 자

나는 판매원에게 물어봤다.

"완전 방수인가요?"

"완전 방수인 우비는 없습니다. 생활 방수는 됩니다."

생활 방수가 뭐냐고 물으니, 그녀는 우산을 구입하는 편이 더 나을 거라고 대답했다.

하지만 우산을 살 돈이 없었다. 보스턴에 드나드는 버스비와 땅콩과 신문, 심리학책 구입비, 옛날 집이 있는 바닷가에 다녀온 비용 때문에 뉴욕에서 모은 돈이 거의 바닥났다.

은행 계좌에 잔고가 없어지면 일을 감행하겠다고 마음먹었다. 그러던 차에 그날 아침 마지막 남은 돈으로 검은 우비를 샀다.

그때 아버지의 묘비가 눈에 들어왔다.

빈 병상이 없는 무료 병동에 사람들이 우글대는 것처럼 묘비들이 다닥다닥 붙어 있었다. 대리석 묘비는 통조림 연어 같은 얼룩덜룩한 분홍색이었다. 묘비에는 아버지 이름이 있고, 그 아래 날짜 두 개가 '―'를 사이에 두고 새겨져 있었다.

묘지 입구 숲에서 딴, 비에 젖은 진달래를 묘비 끝에 놓았다. 젖은 풀 위에 주저앉았다. 왜 그렇게 울음이 터지는지 알 수 없었다.

아버지가 세상을 떠났다고 운 적이 없다는 데에 생각이 미쳤다.

엄마도 울지 않았다. 엄마는 빙그레 웃으면서, 아버지가 죽은 게 본인에게는 잘된 일이라고 말했다. 살았다면 장애인이 되어 평생 불편하게 살았을 테고 아버지는 그걸 견디지 못했을 거라고 했다. 그런 꼴을 당하느니 차라리 죽고 싶어 했을 거라고.

매끄러운 대리석에 얼굴을 대고 짭짤한 찬비 속에서 상실감에 울부짖었다.

어떻게 하면 될지 알아차렸다.

자동차 타이어가 차도 위를 지나고 엔진 소리가 사라지자마자 침대에서 뛰어내려 얼른 흰 블라우스와 무늬가 있는 초록색 스커트를 입고 검은 우비를 걸쳤다. 전날 젖었던 우비는 아직 축축했지만 곧 익숙해졌다.

아래층으로 내려가서 식탁에 있는 하늘색 봉투 뒷면에 어렵사리 큼직하게 적었다.

'오랫동안 산책할 거예요.'

엄마가 집에 들어오면서 볼 만한 자리에 봉투를 놓았다.

그러자 웃음이 나왔다.

가장 중요한 일을 깜빡하다니.

위층으로 뛰어 올라가서 의자를 끌어다 엄마 옷장에 밀어넣었다. 의자에 올라가서 맨 위 선반에 있는 초록색 소형 금고에 손을 뻗었다. 자물쇠가 약해서 맨손으로도 부술 수 있었지만 깔끔하게 일을 처리하고 싶었다.

서랍장의 오른쪽 위 칸을 열어 파란 보석함을 꺼냈다. 보석함은 향내 나는 아일랜드산 리넨 손수건 밑에 있었다. 검은 벨벳에 꽂힌 열쇠를 꺼냈다. 금고를 열어 수면제 병을 꺼냈다. 수면제가 기대보다 많이 있었다.

적어도 쉰 알은 될 것 같았다.

엄마가 밤마다 조금씩 주는 약을 모으며 기다렸다면 오십 일은 걸렸을 터였다. 오십 일 후면 대학이 개강을 하고 동생이 독일에서 돌아올 터였다. 그러면 기회를 놓치게 되겠지.

싸구려 목걸이와 반지 들 틈에 열쇠를 넣고 보석함을 원래 자리에 놓았다. 금고를 옷장 선반에 올려놓고 나서 의자를 원래 있던 자리에 돌려두었다.

아래층으로 내려가 부엌에 들어갔다. 길쭉한 잔에 수돗물을 가득 받았다. 물컵과 약병을 들고 지하실로 내려갔다.

지하실 창문 틈으로 어두운 바닷속 같은 빛이 들어왔다. 기름 버너 뒤, 벽의 어깨 높이쯤 되는 부분에 어두운 틈새가 있었다. 그 틈은 집과 차고 건물 사이의 통로로 이어졌다. 지하실을 판 후 나중에 그 통로를 만들었다. 눈에 띄지 않는 이 공간 위로 통로가 지어진 셈이었다.

틈새는 썩은 통나무 몇 개로 막아놓은 상태였다. 나는 통나무를 하나씩 빼냈다. 물컵과 약병을 평평한 통나무 면에 나란히 놓고 내 몸을 틈새로 밀어 넣기 시작했다.

빈틈에 몸을 넣는 데 시간이 한참 걸렸지만, 몇 번 시도한 끝에 안으로 들어가 어둠 속에 사는 괴물처럼 쭈그리고 앉았다.

맨발에 닿는 흙의 감촉이 친근했지만 차가웠다. 이 바닥의 흙은 햇빛을 못 본 지 얼마나 됐을까.

구멍의 입구를 막고 있는 통나무들을 힘껏 당겨 빼냈다. 먼지투성이인 나무는 무거웠다. 어둠이 벨벳처럼 두껍게 느껴졌다. 물컵과 약병을 집어서 조심스럽게 무릎 위에 올려놓았다. 고개를 숙이고 구멍의 맨 안쪽까지 기어갔다.

부드러운 나방 같은 거미줄이 얼굴에 닿았다. 검은 우비로 그림자처럼 몸을 감싼 채 약병을 열었다. 재빨리 수면제를 한 알씩 입에 넣었고 중간중간 물을 삼켰다.

처음에는 아무 일도 일어나지 않았지만, 약을 다 먹었을 즈음에는 눈앞에 울긋불긋한 빛이 번쩍이기 시작했다. 약병이 손에서 미끄러졌고, 난 누웠다.

정적이 꼬리를 늘이니 조약돌과 조가비가 드러났다. 초라하게 부서진 내 삶 전부도. 그 순간 그것이 하나가 되더니, 밀려드는 파도 속에서 날 잠으로 밀어 넣었다.

벨 자

14

칠흑같이 어두웠다.

어둠만 느껴질 뿐이었다. 벌레의 머리처럼 내 머리가 위로 올라가면서 어둠을 느꼈다. 누군가 신음하고 있었다. 돌담처럼 묵직한 무게감이 내 뺨을 짓눌렀고, 신음은 멎었다.

돌멩이가 떨어진 후에 검은 물의 수면이 다시 잔잔해지는 것처럼 고요가 다시 밀려왔다.

찬 바람이 불었다. 나는 어마어마한 속도로 터널을 지나 땅속으로 내려갔다. 그때 바람이 멈추었다. 멀리서 여러 사람이 거부하고 불평하느라 소란이 일었다. 그러더니 목소리들이 잦아들었다.

끌이 내 눈을 쪼개자 입이나 상처처럼 빛줄기가 벌어졌다. 그러다가 어둠이 밀려와 다시 눈을 덮었다. 빛이 있는 쪽에서 빠져나오려고 버둥댔지만, 주검을 싼 천처럼 사람들 손이 내 팔다리를 감싸서 꼼짝할 수가 없었다.

내가 있는 곳이 지하의 방일 거라는 생각이 들기 시작했다. 빛이 차단된 방에는 무슨 이유에선지 내 몸을 짓누르는 사람들이 득실댔다.

그때 다시 끌이 내리쳤고, 빛이 머릿속으로 새어 들어왔다. 두껍고 따스하고 부드러운 털 같은 어둠 속에서 비명이 들렸다.

"엄마!"

얼굴 위로 바람이 지나갔다.

방의 모습을 느껴보았다. 창문이 열린 방은 컸다. 머리 밑에 베개가 있었고, 내 몸은 얇은 시트 사이에 둥둥 떠 있었다. 압박 같은 건 없었다.

그때 따뜻한 손길 같은 것이 얼굴을 만지는 느낌이 들었다. 햇살 속에 누워 있음이 분명했다. 눈을 뜨면 색깔과 형체 들이 간호사처럼 내게 몸을 굽히고 있을 것 같았다.

눈을 떴다.

완전히 깜깜했다.

옆에서 누군가의 숨결이 느껴졌다.

"앞이 안 보여요."

내가 말했다.

어둠 속에서 쾌활한 말소리가 났다.

"세상에는 맹인이 많아요. 언젠가 당신은 멋진 맹인 남자랑 결혼하겠죠."

끌을 든 남자가 다시 와 있었다.

벨 자

내가 말했다.

"뭐하러 그러죠? 소용없는데."

"그렇게 말하면 안 됩니다."

그는 내 왼쪽 눈 위의 튀어나온 부분을 아프게 찔러댔다. 그가 뭔가 느슨하게 하자 벽에 난 구멍에서 빛이 들어오는 것 같았다. 그 가장자리에 남자가 머리를 들이밀었다.

"내가 보이나요?"

"네."

"다른 것도 볼 수 있습니까?"

그제야 기억이 났다.

"아무것도 안 보여요. 난 맹인이에요."

틈새가 좁아지면서 다시 어두워졌다.

"말도 안 돼요! 누가 그런 말을 했어요?"

"간호사요."

남자는 조소했다. 그가 내 눈 위에 반창고를 붙였다.

"아가씨는 운이 아주 좋아요. 시력을 온전히 건졌으니."

"면회 오셨어요."

간호사는 환한 표정으로 말하고는 사라졌다.

엄마가 웃으면서 들어와 침대 발치에 섰다. 보라색 수레바퀴가 그려진 원피스 차림이었는데, 흥해 보였다.

키가 큰 청년이 뒤따라 들어왔다. 바로 앞만 보였기에 처음에는 알아보지 못했지만, 곧 남동생임을 알았다.

"네가 엄마를 보고 싶어 했다면서."

엄마는 침대 끝에 걸터앉아 내 다리에 손을 올렸다. 사랑스러워하면서도 나무라는 표정이었고, 난 엄마가 가기를 바랐다.

"그런 말은 하지 않은 것 같은데요."

"네가 날 불렀다고 하던데."

엄마는 울 것 같은 기세였다. 얼굴이 일그러지고 창백해졌으며, 젤리처럼 흐물거렸다.

동생이 물었다.

"기분은 어때?"

나는 엄마의 눈을 똑바로 응시했다.

"똑같지, 뭐."

내가 말했다.

"면회 오셨어요."

"아무도 안 만나고 싶어요."

간호사가 얼른 밖으로 나가 복도에 있는 사람에게 속삭였다. 그러더니 다시 병실로 들어왔다.

"어느 남자분이 간절히 만나고 싶다는데요."

병원에서 입힌 낯선 흰 실크 파자마를 내려다봤다. 누런 다리가 삐죽이 나와 있었다. 근육이 하나도 없는 것처럼 움직일 때마다 살이 출렁댔고, 짧고 굵은 털이 시커멓게 나 있었다.

"누군데요?"

"아는 분이래요."

"이름이 뭔데요?"

"조지 베이크웰."

"조지 베이크웰이란 사람은 몰라요."

"그분은 환자분을 안다던데."

간호사가 나갔고, 눈에 익은 청년이 들어와서 말했다.

"침대 끝에 걸터앉아도 괜찮겠어요?"

그는 흰 가운을 입었고, 나는 주머니 밖으로 나온 청진기를 보았다. 내가 아는 사람이 의사 차림을 했구나 싶었다.

누가 들어오면 다리를 가리려고 했는데 이제 그러기엔 늦어서 그냥 있었다. 흉하기 짝이 없는 다리를 쭉 뻗었다.

속으로 중얼댔다.

'그게 나야. 내 모습 그대로야.'

"날 기억하겠죠, 에스더?"

아프지 않은 쪽 눈을 가늘게 뜨고 청년의 얼굴을 보았다. 한쪽 눈은 아직 못 떴지만 안과의는 며칠 후면 뜰 수 있다고 했다.

청년은 동물원에 새로 들어온 흥미로운 동물을 보듯 날 바라봤다. 웃음을 터뜨릴 기세였다.

"날 기억하겠죠, 에스더? 조지 베이크웰이에요. 같은 교회에 다니는데. 당신은 애머스트에서 내 룸메이트랑 데이트를 했고요."

그가 멍청한 아이에게 말하듯 느릿느릿 말했다.

그제야 그의 얼굴을 알아볼 것 같았다. 기억의 언저리에서 희미하게 얼굴이 떠올랐다. 이름을 외울 마음이 들지 않는 그런 얼굴이었다.

"여긴 웬일이에요?"

"이 병원의 인턴이에요."

조지 베이크웰이란 사람이 어떻게 갑자기 의사가 됐을까? 의아했다. 그도 날 잘 아는 건 아니었다. 그저 자살 기도를 할 정도로 미친 여자가 어떻게 생겼는지 보고 싶었겠지.

나는 벽 쪽으로 고개를 돌렸다.

"당장 나가요. 다시는 찾아오지 말아요."

내가 말했다.

"거울을 보고 싶어요."

간호사는 분주하게 콧노래를 흥얼대며 서랍장의 서랍을 하나하나 열어 옷을 꺼냈다. 엄마가 사 보냈던 속옷, 블라우스, 스커트, 파자마를 검은 가죽 가방에 넣었다.

"왜 거울을 보면 안 되는 거죠?"

나는 매트리스 같은 회색과 흰색 줄무늬 원피스에 반짝이는 빨간 벨트를 매고 있었다. 의료진은 나를 안락의자에 똑바로 앉혀놓았다.

"왜 안 되는데요?"

"안 보는 게 좋으니까요."

간호사는 여행 가방을 닫았다.

"어째서요?"

벨 자

"별로 예쁘지 않거든요."

"그럼 그냥 보게 해줘요."

간호사는 한숨을 쉬더니 서랍장의 맨 위 칸을 열었다. 그녀는 서랍장과 같은 재질의 나무틀에 끼운 거울을 꺼내 내게 내밀었다.

처음에는 뭐가 문제인지 가늠이 안 됐다. 그것은 거울이 아니라 사진이었다.

사진 속의 사람이 남자인지 여자인지 구분할 수가 없었다. 빡빡 민 머리통에 솜털 같은 머리털이 나 있었다. 한쪽 얼굴은 보라색이고, 형태가 없이 튀어나와 있었다. 가장자리는 초록색이 번지다가 누렇게 변했고, 입은 옅은 갈색이었고 입가는 장미색이었다.

그 얼굴의 가장 놀라운 점은, 원색이 초자연적으로 한 덩어리로 있다는 사실이었다.

난 빙그레 웃었다.

거울 속의 입이 깨지며 웃음기를 띠었다.

거울이 박살 나고 얼마 후 다른 간호사가 달려왔다. 그녀는 거울 조각 앞에 버티고 서서 박살 난 거울과 나를 번갈아 보더니 어린 간호사를 병실 밖으로 밀어냈다.

"내가 말했잖아."

나이 든 간호사의 목소리가 들렸다.

"저는 그냥……"

"내가 말하지 않았냐고!"

나는 가벼운 흥미를 느끼며 그들의 말소리에 귀 기울였다. 누구라도 거울을 떨어뜨릴 수 있건만 왜 저렇게 야단법석인지 알 수가 없었다.

나이 든 간호사가 다시 병실로 들어왔다. 그녀는 팔짱을 끼고 서서 날 노려보았다.

"칠 년이나 재수가 없다고요."

"뭐라고요?"

"칠 년이나 재수가 없다고 했어요."

그녀는 귀머거리한테 말하듯 목청을 높였다.

어린 간호사는 쓰레받기와 빗자루를 들고 돌아와서 유리 조각을 치우기 시작했다.

"그건 미신에 불과해요."

내가 말했다.

"흥! 이 환자를 어디로 보낼지 알겠지?"

나이 든 간호사는 무릎을 꿇고 치우는 간호사에게 내뱉었다. 그녀는 나를 거기 없는 사람 취급했다.

구급차의 뒤쪽 창으로, 낯익은 거리들이 한여름의 초록 속으로 멀어졌다. 내 양쪽에 엄마와 남동생이 앉았다.

나는 우리 동네에 있는 병원에서 시립 병원으로 옮겨 가는 이유를 모르는 체했다. 그들이 뭐라고 말할지 뻔했으니까.

엄마가 말했다.

"병원에서는 너를 특별 병동에 입원시키고 싶어 해. 한데 우리 동네 병원에는 그런 병동이 없어서 옮기는 거야."

"전에 있던 곳이 마음에 들었는데."

엄마는 입을 꾹 다물었다가 말했다.

"그럼 행동을 잘했어야지."

"네?"

"거울을 깨지 말았어야지. 그럼 병원에서 널 그냥 두었을 텐데."

하지만 거울이랑은 아무 관계 없다는 걸 난 알고 있었다.

나는 이불을 목까지 끌어 올린 채 침대 위에 앉아 있었다.

"왜 일어나면 안 되는데요? 난 아프지 않아요."

간호사가 말했다.

"병동 회진이에요. 회진 후에는 일어나도 괜찮아요."

간호사가 침대 옆의 커튼을 젖히자 옆 침대의 뚱뚱한 이탈리아 여자가 보였다.

젊은 이탈리아 여자는 곱슬곱슬한 검은 머리가 이마에서 위로 솟구쳤다가 등 뒤로 폭포처럼 떨어졌다. 움직일 때마다 커다란 머리카락 덩어리가 같이 움직였다. 꼭 빳빳한 검은 종이로 만든 머리 같았다.

여자는 날 보더니 키득댔다.

"왜 여기 있어요?"

그녀는 대답을 기다리지 않고 말을 이었다.

"난 프랑스계 캐나다인인 시어머니 때문에 여기 있어요."

이탈리아 여자는 또 키득댔다. 그녀가 다시 말했다.

"남편은 내가 시어머니를 못 참아 하는 걸 알면서도 자기 어머니한테 우리 집에 와도 된다고 했어요. 시어머니가 오자 난 혀를 깨물었죠. 도저히 못 참겠더라고요. 식구들이 날 응급실로 데려갔고, 그 후에 여기 갇히게 됐죠."

그녀는 목소리를 낮추더니 덧붙였다.

"정신병자들이랑 같이. 아가씨는 무슨 문제가 있죠?"

나는 눈덩이가 울긋불긋한 얼굴을 돌렸다.

"자살하려고 했어요."

여자가 날 빤히 쳐다봤다. 그러더니 얼른 침대 옆 테이블에 놓인 영화 잡지를 들어서 읽는 척했다.

내 침대 맞은편의 문이 열리고 흰 가운을 입은 젊은 남녀 한 무리가 들어왔다. 잿빛 머리의 나이 든 남자도 같이 들어왔다. 모두 환한 억지웃음을 짓고 있었다. 그들이 내 침대 발치에 모여 섰다.

"오늘 아침에는 기분이 어떠세요, 미스 그린우드?"

나는 말을 하는 사람이 누군지 알아내려 애썼다. 한 무리의 사람들이랑 대화하는 건 질색이다. 한 무리의 사람들을 상대할 때마다 한 사람을 골라 그에게 말한다. 내가 말을 할 때 나머지 사람들은 날 쳐다보며, 유리한 입장을 차지하는 것 같다. 또 기분이 뭣 같다는 걸 뻔히 알면서도 쾌활한 목소리로 "기분이 어떠냐?"라고 묻고 "좋아요"란 답을 기대하는 사람들도 싫다.

벨 자

"거지 같아요."

"거지 같아, 흠."

누군가 중얼거렸고, 한 청년은 슬그머니 웃으며 고개를 숙였다. 다른 사람이 클립보드에 뭐라고 휘갈겼다. 그러자 진지한 표정을 한 사람이 말했다.

"왜 기분이 거지 같지요?"

환한 표정의 남녀 학생 중 몇몇은 버디 윌러드의 친구일 거라는 생각이 들었다. 그들은 내가 그와 아는 사이임을 알 테고 내가 궁금하겠지. 나중에 나에 대해 쑥덕댈 거고. 아는 사람이 없는 곳에 있고 싶었다.

"잠을 잘 수가 없어서……"

그들이 내 말을 막았다.

"하지만 간호사 말로는 어젯밤에 환자분이 잤다던데요."

나는 낯설고 묘한 얼굴들을 둘러보았다.

그리고 언성을 높였다.

"글을 못 읽겠어요. 먹을 수도 없어요."

여기 온 후 아귀처럼 먹고 있다는 생각이 스쳤다.

그들은 내게서 눈을 돌리고 낮은 목소리로 중얼댔다. 마침내 머리가 허연 남자가 앞으로 나섰다.

"고마워요, 미스 그린우드. 곧 담당 의사의 검진을 받게 될 겁니다."

그들은 이탈리아 여자의 침상으로 옮겨 갔다.

"그래, 오늘은 기분이 어떠세요?"

누군가 인사를 건네며 이름을 불렀다. '토몰릴로 부인' 비슷하게 'L' 음이 많은 이름이었다.

토몰릴로 부인은 키득댔다.

"네, 좋아요, 선생님. 아주 좋아요."

그러더니 그녀는 소리를 낮춰 내가 못 알아들을 말을 했다. 회진 그룹의 한두 명이 내 쪽을 흘끔댔다. 그때 누군가 말했다.

"알겠습니다, 토몰릴로 부인."

그러더니 누군가 앞으로 나와 침대 사이의 커튼을 쳤다. 흰 벽이 생긴 것 같았다.

사방이 벽돌담으로 둘러싸인 병원 잔디 광장의 나무 벤치 끝에 앉았다. 벤치의 다른 쪽 끝에는 엄마가 앉았다. 보라색 수레바퀴가 그려진 원피스를 입은 엄마는 손으로 고개를 받쳤다. 검지는 뺨에, 엄지는 턱 밑에 닿았다.

옆 벤치에는 토몰릴로 부인이 검은 머리의 이탈리아인들과 앉아 웃고 있었다. 엄마가 움직일 때마다 토몰릴로 부인은 흉내 냈다. 이제 그녀는 검지를 뺨에, 엄지를 턱 밑에 대고 바라는 게 있는 사람처럼 고개를 외로 꼬고 앉아 있었다.

내가 낮은 목소리로 엄마에게 말했다.

"움직이지 마요. 저 여자가 엄마 흉내를 내고 있어요."

엄마가 몸을 돌려 뒤를 보자 토몰릴로 부인은 통통한 흰 손을 번개처럼 무릎에 내리고 친구들에게 떠들어대기 시작했다.

"안 그런데. 우리한테 관심조차 없잖니."

벨 자

엄마가 말했다.

하지만 엄마가 고개를 돌린 순간, 토몰릴로 부인은 다시 방금 엄마가 한 것처럼 손끝을 가지런히 모으며 조롱하듯 날 쳐다봤다.

잔디밭에는 흰 가운을 입은 의사들이 넘쳐났다.

엄마와 내가 높은 벽돌 담장 사이로 내리비치는 햇살 속에 앉아 있는 내내 의사들은 내게 와서 자기소개를 했다.

"닥터 소앤소so-and-so, 아무개입니다. 닥터 소앤소라고 합니다."

몇 명은 워낙 젊어서 정식 의사일 리가 없었고, '닥터 시필리스syphillis, 매독'라는 이상한 이름의 소유자도 있었다. 그래서 나는 가명일 것 같은 의심이 드는 사람을 찾기 시작했다. 닥터 고든과 굉장히 닮았지만 피부가 흰 그와는 달리 피부와 머리가 검은 남자가 다가왔다.

"닥터 팬크리어스pancreas, 췌장입니다."

그가 자기 이름을 말하며 악수를 했다.

의사들은 인사를 한 후 모두 우리 말소리가 들릴 거리에서 있었다. 그래서 그들이 우리의 말을 받아 적는다는 것을 엄마에게 알려줄 수가 없어서 몸을 숙이고 속삭였다.

엄마는 홱 몸을 젖혔다.

"에스더, 네가 협조를 하면 좋겠구나. 의료진은 네가 협조하지 않는다더구나. 의사들이랑 말도 안 하고, 작업 치료건강 회복에 도움이 되는 가벼운 일을 시키는 치료법에서도 아무 일도 안 하려

들고…….”

"여기서 나가야겠어요. 그러면 괜찮아질 거예요. 엄마가 날 여기 데려왔으니까, 엄마가 여기서 빼줘요."

나는 힘주어 말했다.

엄마를 설득해서 병원에서 나갈 수만 있다면 엄마가 날 동정하게 만들 수 있을 것 같았다. 연극에 나오는 뇌 손상을 입은 남자애처럼 엄마가 최선을 다하도록 설득할 수 있겠지.

놀랍게도 엄마는 이렇게 말했다.

"좋아, 네가 나갈 수 있도록 노력할게. 더 나은 곳으로 옮기라도 할게. 내가 널 나가게 하려고 애쓰면, 좋아질 거라고 약속할래?"

엄마는 내 무릎을 손에 놓으며 물었다.

나는 몸을 휙 돌려 닥터 시필리스를 똑바로 응시했다. 그는 내 바로 옆에서 잘 보이지 않는 작은 공책에 글을 쓰고 있었다.

"약속해요."

나는 큰 소리로 또렷하게 대답했다.

흑인이 음식 수레를 밀고 환자 식당으로 들어왔다. 병원에서 정신과 병동은 아주 작았다. L자형 복도 두 개에 병실이 나란히 있었고, 내가 있는 작업 치료실 뒤쪽의 움푹 들어간 곳에 침상들이 있었다. 그리고 L자의 코너에 있는 창가에 식탁 하나와 의자 몇 개를 놓은 공간이 휴게실 겸 식당이었다.

벨 자

보통은 왜소한 백인 노인이 우리 식사를 가져왔지만 오늘은 흑인이 왔다. 흑인 옆에 있는 파란 하이힐을 신은 여자가 그에게 어떻게 하라는 지시를 내렸다. 흑인은 바보같이 계속 히죽대고 킥킥 웃었다.

그는 뚜껑 덮인 그릇 세 개가 담긴 쟁반을 식탁으로 가져와서 소리를 내며 그릇을 내려놓았다. 여자가 방에서 나가 문을 잠갔다. 흑인은 계속해서 요란하게 음식 그릇을 내려놓았다. 움푹 들어간 은 식기와 두꺼운 하얀 접시를 놓으면서 큰 눈을 굴리며 우리를 빤히 쳐다봤다.

정신병자를 처음으로 본다는 걸 알 수 있었다.

식탁에 앉은 사람 모두 음식 그릇의 뚜껑을 열 기미가 없었다. 간호사는 물러서서 누가 뚜껑을 여는지 지켜보다가 뚜껑을 열어주러 왔다. 보통은 토몰릴로 부인이 어린 엄마처럼 뚜껑을 열고 개인 접시에 음식을 덜어주었지만, 병원에서 그녀를 퇴원시켜서 아무도 나서는 사람이 없었다.

나는 너무 배가 고파서 첫 번째 그릇의 뚜껑을 열었다.

"정말 친절하네요, 에스더. 강낭콩을 덜고 다른 분들에게 건네줄래요?"

간호사가 쾌활하게 말했다.

나는 초록색 콩꼬투리를 덜고 그릇을 오른쪽에 앉은 사람에게 넘겼다. 빨간 머리의 여자는 덩치가 컸다. 그녀가 식탁에 앉도록 허락받은 것은 오늘이 처음이었다. L자형 복도 끝에서 한 번 본 적이 있었다. 그녀는 창살이 있는 창이 난 병실

문을 열고 서 있었다.

그녀가 못되게 소리치고 웃으면서, 지나가는 의사들에게 허벅지를 내밀었다. 그쪽 병실의 환자들을 보살피는 남자 직원이 복도의 난방기에 기대서서 웃어댔다.

빨간 머리 여자는 내 손에서 음식 그릇을 빼앗더니 자기 접시에 엎었다. 콩꼬투리가 수북이 쌓여 그녀의 무릎과 바닥에 초록색 지푸라기처럼 흘러내렸다.

간호사가 슬픈 목소리로 말했다.

"어머나, 몰 부인! 오늘은 병실에서 드시는 게 낫겠어요."

간호사는 콩 요리를 그릇에 다시 담아 몰 부인의 옆 사람에게 주고 그녀를 데리고 나갔다. 병실까지 가는 내내 몰 부인은 계속 돌아보며 우리를 심술궂게 처다보고 흉한 소리를 냈다.

흑인이 다시 와서 아직 콩을 덜지도 않은 사람들의 빈 접시를 모으기 시작했다.

내가 말했다.

"아직 다 안 먹었어요. 그냥 기다리세요."

"저런, 저런!"

흑인은 눈을 크게 뜨고 짐짓 놀란 표정을 지었다. 그가 주위를 흘끗 둘러봤다. 몰 부인을 데리고 나간 간호사가 아직 안 돌아왔다. 흑인은 내게 건방진 태도로 절을 했다.

"미스 거물이시구먼."

그가 소리 나지 않게 읊조렸다.

벨 자

두 번째 음식 그릇의 뚜껑을 여니 마카로니 덩어리가 있었다. 식어 빠져서 풀죽처럼 서로 엉긴 상태였다. 마지막 세 번째 그릇에는 구운 강낭콩이 가득 담겨 있었다.

보통 한 끼 식사에 같은 종류의 콩이 나오지 않는다는 걸 난 잘 알고 있었다. 강낭콩과 당근, 강낭콩과 완두콩은 몰라도 강낭콩과 강낭콩이라니. 흑인은 우리가 얼마만큼 먹는지 살피려 했다.

간호사가 돌아오자 흑인은 멀찌감치 비켜났다. 나는 구운 콩을 양껏 먹었다. 그런 다음 자리에서 일어나 간호사가 내 허리 아래를 볼 수 없는 식탁 옆쪽으로 갔다. 그릇을 치우는 흑인 뒤쪽이었다. 발을 뒤로 뺀 다음 그의 정강이를 힘껏 걷어찼다.

흑인은 비명을 지르며 펄쩍 뛰더니 내게 눈을 굴렸다.
"아, 아가씨, 아가씨. 그러시면 안 되지요. 그러시면 안 되는 겁니다. 안 돼요."

그는 신음을 내며 다리를 문질렀다.
"당신이 자초한 일이에요."
나는 그를 노려보며 말했다.

"오늘은 일어나고 싶지 않나 봐요?"
"그래요."
나는 침대 속으로 더 들어가서 시트를 머리끝까지 당겼다. 그러다가 시트 모서리를 들추고 밖을 내다봤다. 간호사는 방금 내 입에서 뺀 체온계를 흔들고 있었다.

"봐요, 정상이잖아요."

늘 하던 대로 간호사가 체온계를 꺼내기 전에 미리 봤다. 내가 다시 말했다.

"거 봐요, 정상인데 뭐하자고 계속 재는 거죠?"

몸에 문제가 있다면 괜찮겠다고, 차라리 머리가 잘못된 게 아니라 몸이 잘못된 거면 좋겠다고 말하고 싶었다. 하지만 복잡하고 따분한 말이어서 입을 다물었다. 침대 속으로 더 파고들었다.

시트 위로 짜증나게 다리를 누르는 느낌이 있었다. 밖을 내다봤다. 간호사가 체온계 접시를 내 침대 위에 올려둔 채 몸을 돌려 토몰릴로 부인이 쓰던 침대에 누운 사람의 맥박을 재고 있었다.

묵직한 장난기가 혈관을 타고 올라왔다. 이가 흔들리며 아픈 것처럼 성가시면서도 매력적인 기분이었다. 난 하품을 하며, 몸을 돌릴 것처럼 뒤척이며 발을 접시 밑으로 뻗었다.

"어머!"

간호사가 도움을 청하는 것처럼 비명을 지르자 다른 간호사가 달려왔다.

"무슨 짓을 한 거예요!"

나는 시트 위로 머리를 내밀고 침대 가장자리를 쳐다봤다. 뒤집어진 법랑 접시 주변에서 별 모양의 체온계 파편이 반짝였다. 수은 덩어리가 천상의 이슬처럼 파르르 떨렸다.

벨 자

"미안해요. 모르고 그랬어요."

내가 말했다.

다른 간호사가 악의에 찬 눈길로 날 쨰려봤다.

"일부러 그런 거예요. 내가 봤어요."

그녀는 서둘러 병실에서 나갔고, 곧 직원 두 명이 와서 내 침대를 밀고 몰 부인이 전에 쓰던 병실로 갔다. 하지만 내가 이미 수은 덩어리를 챙긴 뒤였다.

그들이 문을 잠그자마자 흑인의 얼굴이 보였다. 창살 위로 떠오른 누런색 달도 보였다. 하지만 나는 못 본 체했다.

비밀을 쥔 아이처럼 손가락을 살그머니 폈다. 손바닥에 놓인 은색 덩어리를 보자 웃음이 나왔다. 그걸 떨어뜨리면 똑같은 것 백만 개가 생기겠지. 그것들을 서로 밀면 갈라지지 않고 융합해서 하나의 덩어리가 될 테고.

은색 덩어리를 보며 생긋 웃고 또 웃었다.

그들이 몰 부인에게 어떤 짓을 했는지 나로서는 상상도 못 했다.

15

필로메나 기니의 검은 캐딜락은 퇴근 차량 속을 행진하듯 수월하게 빠져나갔다. 곧 찰스 강에 놓인 짧은 다리를 건널 터였고, 나는 주저 없이 문을 열고 차량의 홍수 속을 지나 다리 난간으로 향할 작정이었다. 뛰어내리면 강물 속으로 들어가겠지.

느릿느릿 티슈를 꼬아서 알약만 한 작은 알맹이를 만들며 기회를 엿봤다. 나는 캐딜락 승용차의 뒷자리에 앉아 있었다. 내 양쪽에 앉은 엄마와 동생은 문 쪽으로 비스듬히 몸을 기대고 있었다.

햄 색깔이 나는 운전사의 목덜미가 보였다. 파란 모자와 파란 재킷을 걸친 어깨 사이로 목이 드러났다. 그 옆에는 은발에 에메랄드빛 깃털이 달린 모자를 쓴 필로메나 기니가 앉아 있었다. 이국적인 연약한 새처럼 앉아 있는 그녀는 유명한 소설가였다.

왜 기니 여사가 나타났는지는 확실치 않았다. 다만 그녀가 내 상황에 관심이 있다는 것만 알았다. 그녀도 가장 잘나가던 시기에 정신병원에 있었다고 했다.

엄마는 기니 여사가 바하마에서 보스턴 신문에 난 내 기사를 읽고 전보를 쳤다고 했다. 기니 여사는 "남자 문제인가요?"라는 내용의 전보를 보냈다.

남자 문제였다면 물론 그녀는 상관하지 않았을 것이다.

하지만 엄마는 답장으로 "아니요, 글 때문입니다. 에스더는 다시는 글을 못 쓸 거라고 생각합니다"라는 전보를 보냈다.

기니 여사는 보스턴으로 날아와서 나를 북적대는 시립 병원에서 데리고 나왔다. 지금 그녀는 날 컨트리클럽처럼 너른 단지에 골프 코스와 정원이 있는 개인 병원으로 데려가고 있었다. 그녀가 아는 그곳 의사들이 날 회복시킬 때까지 장학금처럼 치료비를 대주기로 했다.

엄마는 고마운 줄 알아야 한다고 했다. 나 때문에 가진 돈을 다 썼으니, 기니 여사가 아니었으면 내가 어디 있을지 모른다고 했다. 하지만 난 내가 어디 있을지 알고 있었다. 시골에 있는 대형 주립 병원에 있겠지. 이 개인 병원 바로 옆에 있는 병원에.

기니 여사에게 감사해야 한다는 것은 알았지만 그런 감정이 생기지 않았다. 그녀가 유럽행 티켓이나 크루즈 왕복표를 줬다 해도 다르지 않았으리라. 내가 어디 있든—배의 갑판이든 파리나 방콕의 거리 카페든— 나 자신의 시큼한 공기 속에서 속을 태우며 벨 자 종 모양의 유리관 밑에 앉아 있을 테니까.

강 위로 둥글고 푸른 하늘이 열렸고, 강에는 배가 많이 떠다녔다. 마음의 준비를 했지만, 곧 엄마와 동생이 손으로 양쪽 문을 잡았다. 뜨겁게 달궈진 다리 위를 지날 때 타이어에서 윙 소리가 났다. 물, 배, 푸른 하늘, 갈매기 떼는 비현실적인 엽서를 떠오르게 했고, 우리는 강을 건넜다.

나는 회색의 호사스러운 좌석에 몸을 기대고 눈을 감았다. 벨 자의 공기가 내 주변을 메워서 옴짝달싹할 수가 없었다.

다시 독방을 차지하게 됐다.

그 방을 보자 닥터 고든의 병원 병실이 생각났다. 침대, 서랍장, 옷장, 테이블, 의자, 창에는 가리개가 있었지만 쇠창살은 없었다. 내 방은 1층이었고 창문 아래에는 소나무가 있었다. 붉은 벽돌담으로 둘러싸인 울창한 마당도 내려다보였다. 뛰어내려도 무릎조차 까지 않을 듯했다. 높은 담 안쪽 면은 유리처럼 매끄러워 보였다.

차를 타고 다리를 건너면서 맥이 풀렸다.

바랄 데 없이 좋은 기회를 놓친 셈이었다. 손대지 않은 술처럼 강이 내 옆으로 흘러갔다. 엄마랑 동생이 옆에 없었어도 뛰어내리지 않았을 거라는 의심이 들었다.

병원 본관에서 수속을 밟을 때 젊고 날씬한 여자가 다가와서 인사를 했다.

"닥터 놀런입니다. 에스더를 담당할 겁니다."

주치의가 여자라니 놀라웠다. 이 병원에 여자 정신과 의사가 있을 줄은 몰랐는데, 마이어나 로이미국 여배우와 우리 엄마를 섞어놓은 것 같은 여자였다. 흰 블라우스와 허리에서 주름이 모이는 풍성한 스커트, 폭이 넓은 가죽 벨트 차림으로 초승달 모양의 세련된 안경을 쓰고 있었다.

하지만 간호사의 안내로 잔디밭을 지나 카플란이라는 이름의 음울한 벽돌 건물에 있는 내 방으로 갔는데도 닥터 놀런은 보러 오지 않았다. 대신 이상한 남자들만 찾아왔다.

나는 두꺼운 하얀 담요를 덮고 누웠고, 그들은 하나씩 들어와서 자기소개를 했다. 왜 그렇게 여럿이 드나들어야 하는지, 왜 그들이 자기소개를 하고 싶어 안달인지 이해가 안 됐다. 날 시험하고 있다고, 의료진이 너무 많다는 걸 내가 알아차리는 테스트를 하는 거라는 생각이 들기 시작했다. 그러자 조심스러워졌다.

마지막으로 머리가 하얗고 잘생긴 의사가 와서 병원장이라고 소개했다. 그는 청교도들과 인디언들에 대해 얘기하기 시작했다. 그 후 누가 이 땅을 소유했는지, 근처에 어떤 강이 흐르는지, 첫 병원 건물을 누가 지었는지, 그 건물이 화재에 타서 누가 다음 병원을 지었는지 줄줄이 설명했다. 그는 내가 끼어들어 강과 청교도 얘기는 헛소리라고 대꾸하기를 기다리는 건 아닐까.

하지만 이야기의 일부는 사실 같아서, 사실과 사실이 아닌 대목을 분간해보려 했다. 그런데 그러기도 전에 병원장은 인사를 하고 나갔다.

의사들의 말소리가 멀어질 때까지 기다렸다. 담요에서 나와 신발을 신고 복도로 나갔다. 말리는 사람이 없어서 복도의 모퉁이를 돌아 더 긴 복도로 접어들었다. 가다 보니 식당 문이 열려 있었다.

초록색 유니폼 차림의 여직원이 저녁상을 차리고 있었다. 흰 리넨 식탁보와 유리컵, 종이 냅킨이 있었다. 진짜 유리컵이 있다는 사실을 다람쥐가 알밤을 모으듯 마음 한구석에 잘 기억해두었다. 시립 병원에서는 종이컵으로 물을 마셨고, 고기를 자를 때 나이프를 쓰지 않았다. 늘 고기를 너무 익혀서 포크로도 자를 수 있었다.

마침내 초라한 가구와 낡은 러그가 깔린 넓은 휴게실에 도착했다. 달덩이 같은 얼굴에 검은 머리를 짧게 자른 아가씨가 안락의자에 앉아 잡지를 보고 있었다. 그녀를 보자 우리 걸스카우트 대장이 떠올랐다. 발을 흘끗 봤더니 과연 갈색 가죽 단화를 신고 있었다. 활동적이라 보이도록 앞부분에 가두리 장식이 내려와 있고, 구두끈 끝에는 도토리 비슷한 장식이 달려 있었다.

그녀가 고개를 들고 생긋 웃었다.

"난 발레리예요. 이름이 뭐예요?"

못 들은 척하고 휴게실에서 나와 옆 동으로 갔다. 가는 길에 허리 높이의 문을 지나쳤는데, 그 안에 간호사 몇 명이 있었다.

"다들 어디 있어요?"

"바깥에요."

간호사는 반창고 조각에 계속 뭔가 적었다. 문 위로 몸을 숙이고 뭘 적나 봤다. E. 그린우드, E. 그린우드, E. 그린우드, E. 그린우드.

"바깥 어디요?"

"아, 작업 치료를 하고 골프를 치고 배드민턴을 해요."

간호사의 옆에 있는 의자에 옷 더미가 쌓여 있었다. 먼저 병원에서 내가 거울을 깼을 때 간호사가 가죽 가방에 챙기던 옷가지였다.

다시 휴게실로 돌아갔다. 배드민턴이랑 골프를 치다니 사람들이 어떻게 된 걸까. 그런 걸 하다니 진짜 아픈 게 아닌 것 같았다.

발레리 옆에 앉아서 찬찬히 살폈다. 그녀가 걸스카우트였을 거란 생각이 들었다. 발레리는 너덜너덜한 〈보그〉지를 유심히 보고 있었다.

나는 속으로 중얼거렸다.

'이 사람은 여기 웬일일까? 문제가 없는 것 같은데.'

"담배를 피워도 괜찮겠어요?"

닥터 놀런은 내 침대 옆에 놓인 안락의자에 등을 기댔다.

나는 연기 냄새를 좋아하는 터라 그러라고 했다. 닥터 놀런이 담배를 피우면 더 오래 머물다 가겠지. 그녀가 이야기를 하러 온 것은 이때가 처음이었다. 닥터 놀런이 나가면 나는 예의 공허 속에 빠져들 터였다.

그녀가 불쑥 말했다.

"닥터 고든에 대해 이야기해봐요. 그를 좋아했나요?"

나는 닥터 놀런을 조심스럽게 응시했다. 의사들은 다 같은 줄 알았다. 이 병원 구석 어딘가에도 닥터 고든의 병원에 있던 그 기계가 있으리라. 내 살을 벗겨낼 준비를 하고 있겠지.

"아뇨, 전혀 안 좋아했어요."

내가 대답했다.

"흥미롭네요. 왜요?"

"그가 내게 한 짓이 싫었으니까요."

"'짓'이라뇨?"

닥터 놀런에게 그 기계 이야기를 했다. 파란 불빛과 심한 흔들림과 그 소리. 내가 말하는 동안 그녀는 꼼짝하지 않았다.

닥터 놀런이 말했다.

"그건 잘못된 거예요. 그렇게 되면 안 되는 거예요."

나는 그녀를 빤히 보았다.

"제대로 작동하면 잠에 빠지는 기분이 드는데."

닥터 놀런이 말했다.

"누군가 내게 다시 그러면 죽어버릴 거예요."

닥터 놀런은 단호하게 말했다.

"여기서는 충격요법은 받지 않을 거예요. 또 혹시 받는다

해도……."
 그녀가 말을 고쳐서 다시 했다.
 "미리 말해줄게요. 전에 받았던 것과는 아주 다를 거라고 장담할 수 있어요. 그 치료를 좋아하는 사람들도 있어요."
 닥터 놀런이 병실에서 나간 후, 창틀에 놓인 성냥갑이 눈에 들어왔다. 보통 크기가 아니라 초소형 성냥갑이었다. 열어보니 끝이 분홍색인 흰 성냥이 조르르 있었다. 성냥을 그어보려 했지만 손안에서 구겨져버렸다.
 닥터 놀런이 왜 그런 물건을 두고 갔는지 감이 잡히지 않았다. 내가 돌려주기를 기대하고 그랬을지도 모르겠다. 성냥갑을 새 모직 가운의 소매 단에 조심스럽게 숨겼다. 그녀가 성냥에 대해 물으면 사탕인 줄 알고 먹어버렸다고 둘러대야지.

 새 여자 환자가 옆방에 들어왔다.
 이 건물에서 유일하게 나보다 늦게 입원했으니 다른 이들과 달리 내 상태가 얼마나 심한지 모를 터였다. 옆방에 가서 사귀어야겠다 싶었다.
 여자는 무릎과 신발의 중간까지 오는 보라색 원피스를 입고, 목에 카메오 브로치를 달고 침대에 누워 있었다. 색 바랜 머리를 단정히 틀어 올리고, 가는 은테 안경을 검은 고무줄로 가슴팍의 주머니에 매달고 있었다.
 "안녕하세요. 내 이름은 에스더예요. 이름이 뭐예요?"
 나는 침대에 걸터앉으며 자연스럽게 말했다.

여자는 꼼짝 않고 천장만 올려다보았다. 난 상처를 받았다. 입원하자마자 발레리나 누구에게 내가 바보라고 들은 모양이었다.

간호사가 문틈으로 고개를 내밀었다.

"아, 여기 있군요. 미스 노리스에게 놀러 왔네요. 잘했어요!"

간호사가 다시 사라졌다.

얼마나 오랫동안 그렇게 앉아 보라색 옷을 입은 여자가 분홍색 입술을 달싹이기를 기다렸는지 모르겠다. 그녀가 입을 열면 무슨 말을 할지 궁금했다.

미스 노리스는 말도 없고 내게 눈길도 주지 않다가, 결국 검은 부츠를 신은 발을 침대의 저쪽으로 휙 돌려 내리고는 밖으로 걸어 나갔다. 날 떨쳐내려는 심산인 듯했다. 나는 거리를 두고 조용히 그녀를 따라 복도로 나갔다.

미스 노리스는 식당 문에 다다르자 멈춰 섰다. 식당까지 가는 길 내내 그녀는 카펫에 있는 장미 문양의 한가운데만 밟았다. 그녀는 잠시 기다렸다가 정강이 높이의 투명 발 받침대라도 있는 듯 발을 높이 들었다. 그러고는 한 발씩 차례로 들어 문지방을 넘어 식당으로 들어갔다. 미스 노리스는 리넨 식탁보를 씌운 원탁에 앉아서 냅킨을 펴 무릎에 놓았다.

"저녁 식사 시간까지 아직 한 시간이나 남았는데요."

요리사가 주방에서 소리쳤다.

하지만 미스 노리스는 대꾸하지 않았다. 예의 바르게 앞만 응시할 뿐이었다.

벨 자

나는 맞은편 의자를 꺼내고 냅킨을 폈다. 우리는 말없이 그렇게 앉아 있었다. 자매같이 친밀한 침묵을 지켰다. 마침내 식사 시간을 알리는 소리가 복도에 울려 퍼졌다.

간호사가 말했다.
"누워요. 주사 한 대를 더 놓을 거예요."
나는 침대에 엎드려 스커트 자락을 걷었다. 그런 다음 실크 파자마 바지를 내렸다.
"세상에, 그 아래 입은 것들은 다 뭐예요?"
"파자마요. 입고 있으면 만날 입고 벗지 않아도 되거든요."
간호사는 가볍게 혀를 찼다. 그녀가 말했다.
"어느 쪽요?"
그것은 오래된 농담이었다.
나는 고개를 들고 슬쩍 맨 엉덩이를 보았다. 주사를 많이 맞아서 보라색, 초록색, 파란색 멍 천지였다. 오른쪽보다 왼쪽이 까맸다.
"오른쪽요."
"네, 분부대로 하겠습니다!"
간호사가 바늘을 찌르자 나는 움찔하면서도 따끔한 아픔을 음미했다. 하루에 세 번씩 주사를 맞았다. 주사를 맞고 한 시간 후에는 간호사가 달콤한 과일 주스를 내밀고, 내가 다 마시는지 지켜보았다.
"운이 좋네요. 인슐린을 맞다니."

발레리가 말했다.

"아무 효과도 없는걸요."

"아뇨, 달라질 거예요. 나도 맞아봤어요. 반응이 생기면 말해줘요."

하지만 아무 반응도 없는 듯했다. 점점 뚱뚱해질 뿐이었다. 엄마가 사준 헐렁했던 옷이 벌써 꼭 끼었다. 불룩한 배와 펑퍼짐한 엉덩이를 내려다보면 기니 여사가 이런 꼴을 보지 않아 다행이다 싶었다. 임신부 같은 몸매였으니.

"내 흉터를 본 적 있던가요?"

발레리가 검은 앞머리를 옆으로 미니 이마 양쪽에 흉터 두 개가 드러났다. 뿔이 돋기 시작해서 잘라버린 것 같은 모양이었다.

우리 둘은 운동 치료사를 대동하고 정원을 거닐었다. 이즈음 나는 산책 허락을 자주 얻었다. 병원 측은 미스 노리스에게는 바깥 출입을 허락하지 않았다.

발레리는 미스 노리스가 카플란이 아닌, 상태가 더 나쁜 환자들이 있는 와이마크에서 지내야 한다고 했다.

"이 흉터가 뭔지 알아요?"

발레리가 물었다.

"아뇨, 뭔데요?"

"대뇌의 백질 제거 수술을 받았어요."

나는 감탄하며 그녀를 바라보았다. 처음으로 발레리의 차

벨 자

분한 태도를 높이 평가했다.

"기분이 어떤데요?"

"좋아요. 이제는 화가 나지 않아요. 전에는 만날 성질을 부렸죠. 예전에는 와이마크에 있었는데, 지금은 카플란에 있잖아요. 이제 시내에 나갈 수도 있어요. 간호사랑 같이 쇼핑을 하거나 극장도 갈 수 있죠."

"퇴원하면 뭘 할 건가요?"

"아, 난 안 나갈 거예요. 여기가 좋거든요."

발레리가 웃음을 터뜨렸다.

"이사하는 날이에요!"

"왜 옮겨야 되는데요?"

간호사는 명랑하게 서랍들을 여닫고, 옷장을 비우고, 내 소지품을 검은 가방에 챙겼다.

드디어 나를 와이마크에 집어넣는구나 하는 생각이 들었다.

"아, 건물의 앞쪽 방으로 옮기는 것뿐이에요. 방이 마음에 들 거예요. 해가 훨씬 잘 들거든요."

간호사가 유쾌하게 말했다.

우리가 복도로 나갔을 때, 미스 노리스도 방을 옮기고 있었다. 나를 돕는 간호사처럼 젊고 쾌활한 간호사가 미스 노리스의 병실 문간에 서 있었다. 간호사는 다람쥐 털 칼라가 달린 보라색 코트를 입는 그녀를 거들었다.

그동안 나는 미스 노리스의 침대 옆에서 그녀를 지켜보느라 작업 치료와 산책, 배드민턴 경기를 빼먹었다. 매주 보는 영화까지 걸렀다. 나는 영화를 좋아했지만 미스 노리스는 한 번도 보러 가지 않았다. 그렇게 지켜봤건만 그녀의 창백하고 꽉 다문 입만 볼 수 있었다.

그녀가 입을 열어 말을 해서, 복도로 달려 나가 이 일을 간호사들에게 알린다면 얼마나 흥미진진할까. 다들 미스 노리스를 격려한 나를 칭찬할 거고, 난 시내에 가서 쇼핑하고 영화를 보는 특권을 얻겠지. 그러면 탈출 기회가 생기고!

하지만 만날 지켜봐도 미스 노리스는 한 마디도 하지 않았다.

"어디로 옮기는 거예요?"

내가 그녀에게 물었다.

간호사가 팔꿈치를 건드리자 미스 노리스는 바퀴 달린 인형처럼 홱 움직였다.

간호사가 내게 낮은 목소리로 말했다.

"와이마크로 가는 거예요. 미스 노리스는 미스 그린우드처럼 나은 곳으로 가는 게 아니에요."

미스 노리스는 문지방에 투명 받침대가 있기라도 한 듯 발을 높이 들었다.

간호사가 건물 앞쪽의 햇볕 잘 드는 방에 나를 데려갔다. 방에서 골프 코스가 내려다보였다. 그녀가 말했다.

"놀라운 소식이 있어요. 오늘 아는 분이 들어왔어요."

벨 자

"내가 아는 사람요?"

간호사는 웃음을 터뜨렸다.

"그렇게 쳐다보지 마세요. 경찰은 아니니까요."

내가 아무 대꾸를 하지 않자 그녀가 덧붙였다.

"예전 친구라고 하더군요. 옆방에 들어왔어요. 가서 만나보지 그래요?"

간호사가 농담을 하는 거라고 생각했다. 옆방 문을 노크하면 아무 대답도 없고 들어가면 미스 노리스가 있겠지. 다람쥐털 칼라가 달린 보라색 코트를 입은 채 침대에 누워 있을 거야. 몸이라는 조용한 꽃병에서 장미 봉오리 같은 입이 피어날 거고.

그래도 복도로 나가 옆방 문을 노크했다.

"들어오세요!"

활기찬 목소리가 대답했다.

문을 조금 열고 고개를 들이밀었다. 승마 바지를 입은 덩치가 큰 아가씨가 창가에 앉아 있다가 고개를 들고 활짝 웃었다.

"에스더! 만나게 돼서 반가워. 네가 여기 있다는 얘길 들었어."

그녀는 장거리를 달리다 우뚝 멈춘 사람처럼 숨을 몰아쉬었다.

"조앤?"

나는 조심스럽게 말하고 나서, 믿을 수가 없어서 "조앤!"이라고 외쳤다.

조앤은 큰 이를 드러내며 활짝 웃었다. 틀림없는 그녀였다.
"정말 나라니까. 네가 놀랄 줄 알았지."

벨 자

16

옷장과 서랍장, 테이블, 의자, 파란 C자가 박힌 흰 담요가 있는 조앤의 방은 나의 방과 똑같았다. 조앤이 내가 여기에 있다는 사실을 알고 장난삼아 핑계를 대서 정신병원에 입원했다는 생각이 퍼뜩 들었다. 그래야 간호사에게 내 친구라고 말했던 게 맞아떨어질 수 있었다. 사실상 안면만 있는 사이일 뿐 그리 잘 아는 사이는 아니었다.

"어떻게 여기 들어왔어?"

나는 그녀의 침대에서 몸을 웅크렸다.

"네 이야기를 읽었어."

조앤이 대답했다.

"뭐야?"

"네 이야기를 읽고 달아났어."

"무슨 뜻이야?"

나는 담담하게 물었다.

조앤은 꽃무늬 안락의자에 등을 기댔다.

"여름에 어느 친목 단체의 지부장 밑에서 아르바이트를 했어. 프리메이슨은 아니지만 비슷한 단체였어. 그런데 끔찍했어. 건막류엄지발가락 안쪽에 생기는 염증가 생겨서 걸을 수가 없었지. 마지막에는 구두 대신 장화를 신고 출근했다니까. 그런 일을 겪자 내 정신이 어떻게 됐는지 상상이 되겠지……."

조앤이 미쳤거나―장화를 신고 출근했다니― 내가 얼마나 미쳤는지 알아볼 심산이거나 둘 중 하나겠지. 그 말을 죄다 믿는다면 내가 미친 거니까. 게다가 건막류는 노인이나 앓는 병이다. 난 그녀가 미쳤다고 믿는 체하면서 맞장구를 쳤다.

"난 구두를 신지 않으면 기분이 안 좋던데. 발이 많이 아팠어?"

나는 석연찮게 웃으며 물었다.

"엄청. 게다가 상사는―부인이랑 별거를 했는데, 단체의 규정 때문에 당장 이혼을 할 수 없는 사람이었지― 이 분에 한 번씩 버저를 눌러대는 거야. 움직일 때마다 끔찍하게 발이 아팠는데, 상사는 걱정을 덜려고 일에 매달려야 하는 사람이었고……."

"왜 그만두지 않았어?"

"아니, 그만뒀어. 병가를 내고 출근하지 않았지. 난 외출하지 않았어. 아무도 안 만났고. 전화기를 서랍에 넣고 벨이 울려도 안 받았어……. 주치의가 큰 병원 정신과에 보내더라고. 진료 예약이 열두 시였는데 난 상태가 안 좋았어. 결국 열두

시 반에 도착하니 안내원이 의사가 점심을 먹으러 나갔다고 했지. 그녀가 기다리겠느냐고 묻기에 그러겠다고 했지."

"의사가 돌아왔어?"

조앤이 만들어낸 이야기치고는 너무 복잡했지만, 무슨 말이 나오나 보려고 계속 말하게 내버려두었다.

"아, 그럼. 난 목숨을 끊으려고 했어. 이 의사가 손을 쓰지 않으면 이게 마지막이라고 생각했어. 안내원이 날 긴 복도로 데려갔어. 우리가 어떤 문을 지나는데 그녀가 날 돌아보면서 '담당 선생님이랑 실습생 몇 명이 같이 있어도 괜찮겠지요?'라고 물었어. 내가 뭐랄 수 있겠어. '네, 그럼요'라고 대답할밖에. 진료실에 들어가니 아홉 명의 시선이 내게 쏠린 거야. 아홉 명! 눈동자 열여덟 개가 내게 쏠리는 거야! 안내원이 그 방에 아홉 명이 있다고 말했다면 난 그대로 돌아섰을 거야. 하지만 이미 진료실에 들어섰고, 손을 쓰기엔 늦어버렸지. 그날따라 모피 코트를 입었는데⋯⋯."

"8월에?"

"쌀쌀하고 습한 날이었어. 게다가 생전 처음으로 정신과 의사를 만난다는 생각을 하니⋯⋯. 아무튼 의사는 내가 말을 하는 내내 모피 코트를 쳐다보더군. 학생이니 진찰료를 할인해달라는 내 요구를 그가 어떻게 생각할지 뻔했어. 그의 눈에서 돈이 어른거리는 걸 볼 수 있었지. 의사에게 이게 다 뭔지 모르겠다고 말했지. 건막류와 서랍 속의 전화기, 자살하고 싶은 마음에 대해 말했어. 의사는 다른 사람들과 상의하는 동안 밖에서 기다리라고 하더군. 그가 다시 불러서 들어갔더니 뭐랬는지 알아?"

"뭐랬어?"

"양손을 포개고 날 보더니 말하더군. '미스 길링, 집단치료를 받으면 좋겠다는 결론을 내렸습니다.'"

"집단치료?"

되묻는 내 목소리가 잔향실메아리를 만들어내는 방의 메아리처럼 공허하게 들릴 것 같았지만 조앤은 신경 쓰지 않았다.

"의사는 그렇게 말했어. 자살하고 싶은데, 모르는 사람들이랑 그 일에 대해 수다를 떠는 게 상상이나 돼? 그들은 다 나보다 나은 상태일 텐데……."

"그건 미친 짓이지. 비인간적인 처사야."

나도 모르게 점점 마음이 끌렸다.

"내 말이 바로 그 말이야. 곧장 집에 가서 의사에게 편지를 썼어. 그런 사람은 환자를 돕는 일을 하면 안 된다는 내용의 훌륭한 편지를 썼지……."

"답장을 받았어?"

"몰라. 바로 그날 너에 대한 기사를 읽었으니까."

"무슨 말이야?"

"경찰은 네가 죽은 걸로 생각했지. 기사 스크랩 뭉치가 어디 있는데."

조앤이 몸을 일으키자 말 냄새가 풍겨서 콧구멍이 간질거렸다. 조앤은 대학 연례 대회의 승마 점프 부문 우승자였다.

벨 자

그녀가 마구간에서 잠을 잤는지 의심스러웠다.

조앤은 옷 가방을 뒤지더니 오려낸 신문 기사 한 뭉치를 꺼냈다.

"자, 보라고."

처음 기사에는 눈가와 입술이 꺼먼 여자가 웃는 모습을 확대한 사진이 나와 있었다. 어디서 이런 사진을 찍었는지 짐작도 못하다가, 블루밍데일 백화점에서 산 귀고리와 목걸이가 가짜 별처럼 번쩍이는 것을 알아챘다.

장학생 여대생 실종, 모친 걱정하다

사진 밑에 나온 기사에는 여학생이 8월 17일 초록색 스커트와 흰 블라우스 차림으로 집에서 실종됐으며 오랫동안 산책한다는 메모를 남겼다고 나와 있었다. 기사에는 "그린우드 양이 자정까지 귀가하지 않아 어머니가 경찰에 신고했다"라는 구절도 있었다.

다음 기사에는 내가 엄마, 남동생과 뒷마당에서 웃는 사진이 있었다. 그 사진도 누가 찍었는지 기억이 안 났지만, 작업복 바지와 흰 운동화를 신은 모습을 보자 어느 여름날 시금치를 따던 차림새라는 게 생각났다. 무더운 어느 오후, 도도 콘웨이가 집에 들렀다가 가족사진을 찍어주었다.

"그린우드 부인은 딸이 이 사진을 보고 귀가하기를 바란다며 이 사진을 실어줄 것을 당부했다."

실종 여대생, 수면제가 원인

한밤중에 숲에서 열두어 명을 찍은 사진. 줄 끄트머리에 있는 몇 명은 이상하고 너무 작다 싶었는데, 사람이 아니라 개였다. "실종 여대생 수색에 사냥개가 동원됐다. 빌 힌들리 경사는 '상황이 좋지 않아 보인다'라고 말했다."

여대생, 살아서 발견!

마지막 사진은 경찰관들이 담요에 둘둘 말린 평범한 얼굴의 여자를 구급차에 태우는 장면이었다. 엄마가 세탁을 하려고 지하실에 내려갔다가, 사용하지 않는 구멍에서 희미한 신음을 들었다는 기사였다.

나는 신문 뭉치를 흰 침대보 위에 놓았다.

조앤이 말했다.

"네가 가져. 스크랩북에 붙여야 될 거야."

나는 신문을 접어서 주머니에 밀어 넣었다.

조앤이 다시 말했다.

"너에 대해 읽어봤어. 네가 발견된 경위에 대한 기사 말고, 그러기까지 있었던 일을 몽땅 읽었지. 그래서 돈을 긁어모아 뉴욕행 첫 비행기를 탔어."

"뉴욕은 왜?"

"뉴욕에서 자살하기가 더 수월할 것 같았거든."

"왜 그런 생각을 했지?"

조앤은 어색하게 웃더니 손바닥을 위로 가게 해서 양손을 뻗었다. 산맥 모형 같은 크고 붉은 상처가 흰 팔목에 올라앉아 있었다.

"어쩌다가 그랬는데?"

조앤과 내가 공통점이 있을 것 같다는 생각이 처음 들었다.

"룸메이트의 방 창문을 주먹으로 때렸지."

"어떤 룸메이트?"

"대학에 다닐 때 룸메이트였던 친구. 뉴욕에서 일했거든. 달리 생각나는 곳도 없고 수중에 돈도 없고 해서 그 친구한테 가서 지냈지. 부모님은 내가 거기 있는 걸 알았고— 친구가 내가 수상한 짓을 한다는 편지를 보냈거든— 아버지가 당장 비행기를 타고 와서 날 데려갔어."

"하지만 지금은 괜찮잖아."

내가 분명하게 말했다.

조앤은 반짝이는 회색 눈으로 날 쳐다보며 대꾸했다.

"그럴 거야. 너도 그렇지 않아?"

저녁 식사 후 깜빡 잠들었다.

소란한 소리에 깼다. 배니스터 간호사, 배니스터 간호사, 배니스터 간호사, 배니스터 간호사. 잠에서 깨어나다가 내가 침대 기둥을 치면서 소리를 지르고 있다는 것을 알았다. 야간 당직인 배니스터 간호사의 찡그린 얼굴이 보였다.

"이걸 부수면 안 되죠."

그녀는 내 손목시계를 풀었다.

"왜 그래요? 무슨 일이죠?"

배니스터 간호사의 얼굴에 미소가 떠올랐다.

"반응을 보였나 보네."

"반응요?"

"그래요. 기분이 어때요?"

"이상해요. 가뿐하고 둥둥 뜬 것 같고."

간호사는 내가 일어나 앉도록 도왔다.

"이제 한결 나을 거예요. 당장 더 좋아질 거예요. 따뜻한 우유를 마실래요?"

"네."

배니스터 간호사가 컵을 입에 대주었고, 나는 뜨거운 우유를 후 불었다. 아기가 엄마 젖을 먹는 것처럼 황홀한 맛이 퍼졌다.

"배니스터 간호사 말로는 에스더가 반응을 보였다면서요."

닥터 놀런은 창가 의자에 앉아서 성냥갑을 꺼냈다. 내가 가운 소매 단에 감춘 것과 똑같은 성냥이었다. 순간 간호사가 그걸 발견해서 조용히 닥터 놀런에게 돌려주었는지 의심스러웠다.

닥터 놀런은 성냥갑의 옆면에 성냥을 그었다. 뜨겁고 노란

벨 자

불꽃이 생겼고, 나는 담배에 불을 당기는 그녀를 지켜보았다.

"배니스터는 에스더가 기분이 나아졌다고 하더군요."

"한동안 그랬어요. 지금은 다시 똑같아졌고요."

"알려줄 게 있어요."

난 기다렸다. 며칠이 지났는지 몰라도 매일 아침, 점심, 저녁에 흰 담요를 두르고 외진 곳에 앉아 독서하는 체했다. 닥터 놀런이 한동안 내버려두다 결국 닥터 고든과 똑같은 말을 할 것 같았다. "유감스럽지만 좋아지지 않은 것 같네요. 충격 요법을 받는 게 좋겠어요……"라고.

"무슨 내용인지 듣고 싶지 않아요?"

"뭔데요?"

나는 시큰둥하게 대꾸하고 마음의 준비를 했다.

"에스더는 면회하러 오는 사람들을 한동안 만나지 않을 거예요."

나는 놀라서 그녀를 응시했다.

"정말 잘됐네요."

"좋아할 줄 알았어요."

닥터 놀런이 미소를 지었다.

그 순간 나와 닥터 놀런은 서랍장 옆에 놓인 쓰레기통을 보았다. 줄기가 긴 붉은 장미 열두 송이가 쓰레기통 밖에 삐죽 나와 있었다.

그날 오후 엄마가 면회를 왔었다.

방문객은 엄마만이 아니었다. 내가 전에 일한 〈크리스천 사이언티스트)지의 여자 상사는 같이 잔디밭을 걸으며 성경에 나오는 땅에서 안개가 걷히는 대목에 대해 말했다. 안개는 착각이며 내 문제는 안개가 끼었다고 믿는 거라나. 내가 그런 믿음을 멈추는 순간 안개는 사라지고 나는 늘 건강했다는 것을 알게 될 거라나. 또 고교 시절 영어 선생님도 찾아와서 전처럼 단어에 관심을 갖게 하려고 단어 맞히기 게임을 가르치려 했다. 필로메나 기니도 면회를 왔다. 그녀는 의사들의 치료를 불만스러워하면서 의사들에게 대놓고 불평했다.

이런 방문객들이 못마땅했다.

구석진 자리나 내 병실에 앉아 있노라면 환한 표정의 간호사가 들어와서 이런저런 방문객이 왔다고 알리곤 했다. 한번은 유일신교 교회의 목사까지 왔다. 내가 싫어하는 사람이었는데, 목사는 안절부절못했고 나를 정신병자로 여기는 눈치였다. 하긴 내가 지옥이 있다고 믿으며 나 같은 사람들은 죽기 전에 지옥에 살아야 한다고 말했으니 그럴밖에. 나는 그런 사람들은 사후 세계를 믿지 않으니 살아서 그런 경험을 해봐야 된다고, 죽으면 각자 믿었던 대로 당하게 된다고 말했다.

이런 방문을 받는 게 싫었다. 방문객들은 예전의 내 모습이나 그들이 원하는 모습과, 지금의 내 살진 몸매와 뻗친 머리를 비교하는 듯했다. 그들이 어쩔 줄 몰라 하며 돌아간다는 것도 난 알았다.

가만 내버려두면 나는 평온할 것 같았다.

단연 최악의 방문객은 엄마였다. 나를 나무라지 않았고,

슬픈 얼굴로 엄마가 뭘 잘못했는지 말해달라고 간청했다. 엄마는 의사들이 모든 원인은 엄마에게 있다고 생각한다고 했다. 의사들이 내 배변 훈련에 대해 엄청 많이 물었다고 했다. 내가 아주 어린 나이에 완벽하게 훈련을 받았고, 엄마를 전혀 어렵게 하지 않은 게 문제라나.

그날 오후 엄마는 장미꽃을 가져왔다.

"아껴뒀다가 내 장례식에 쓰지 그래요."

내가 쏘아붙였다.

엄마의 표정이 일그러졌고, 울음을 터뜨릴 기세였다.

"에스더, 오늘이 무슨 날인지 기억 못하겠니?"

"네."

밸런타인데이였던가?

"네 생일이야."

장미꽃을 쓰레기통에 버린 건 바로 그때였다.

나중에 나는 닥터 놀런에게 말했다.

"엄마가 바보짓을 했어요."

여의사는 고개를 끄덕였다. 내 의중을 아는 눈치였다.

"엄마가 미워요."

나는 그렇게 내뱉고 불호령이 떨어지기를 기다렸다.

하지만 닥터 놀런은 무척 즐거운 듯 빙그레 웃을 뿐이었다. 그녀가 말했다.

"그럴 거예요."

17

"오늘, 에스더는 행운아예요."

젊은 간호사가 아침 식사 쟁반을 치우더니 내가 배 갑판에서 바람을 쐬는 승객이라도 되는 듯 흰 담요를 둘러주었다.

"내가 왜 행운아인데요?"

"미리 알려줘도 되는지 모르겠지만, 오늘 벨사이즈로 옮길 거거든요."

간호사는 기대에 찬 눈빛으로 날 보았다.

"벨사이즈요? 난 거기 못 가요."

"어째서요?"

"준비가 안 됐어요. 그 정도로 상태가 좋지도 않고요."

"당연히 에스더는 몸이 아주 좋아요. 걱정 마세요. 그 정도 상태가 아니라면 병원 쪽에서 그쪽으로 옮기게 하지 않을 테니까요."

간호사가 방에서 나가자 나는 병동을 옮기는 일이 닥터 놀런의 입장에 어떤 영향을 미치는지 따져보았다. 그녀는 무엇을 증명하려는 걸까? 난 변한 게 없는데. 아무 변화도 없었다. 벨사이즈는 가장 나은 사람들이 가는 곳이었다. 벨사이즈에 머물던 이들은 직장과 학교, 가정으로 돌아갔다.

조앤이 벨사이즈에 있을 터였다. 물리학 책과 골프채, 배드민턴 라켓을 갖고 숨 가쁜 소리로 말을 하며 지내리라. 나와 건강한 이들 사이에 조앤이 있었다. 그녀가 카플란을 떠난 후 나는 요양원에 나도는 소문을 통해 그녀의 상태를 파악했다.

조앤은 산보 특권을 누렸고 쇼핑과 시내 외출 특권도 얻었다. 그녀의 소식을 씁쓸한 심정으로 마음속에 쌓아놓았다. 물론 반가운 체하며 들었지만. 조앤은 예전의 나보다 두 배는 환하게 빛났고 그것은 날 쫓아다니며 괴롭혔다.

내가 벨사이즈에 갈 즈음 조앤은 퇴원하고 없을 터였다.

적어도 벨사이즈에서는 충격요법 걱정은 안 해도 되겠지. 카플란에서는 충격요법을 받는 환자가 많았다. 누가 그 치료를 받는지 알 수 있었다. 그들은 아침상을 받지 않았다. 다른 환자들이 각자 방에서 아침 식사를 하는 동안, 그들은 충격요법을 받고 나중에 지친 모습으로 휴게실로 왔다. 간호사들이 아기 다루듯 그들을 데려와 휴게실에서 식사하게 했다.

아침마다 간호사가 쟁반을 들고 노크를 하면 엄청난 안도감이 밀려들었다. 그날 충격요법을 받을 위험이 없다는 뜻이었으니까. 충격요법을 받아본 적이 없는 닥터 놀런이 어떻게 치료 중에 잠들 거라는 말을 할까. 속에서 파란 전기와 소음을 느낀다면 잠든 것처럼 보일 수 없다는 것을 어떻게 알까.

복도 끝에서 피아노 소리가 들렸다.
저녁 시간에 조용히 앉아서 벨사이즈 여자들이 수다 떠는 소리를 들었다. 다들 멋지게 차려입고 공들여 화장한 모습이었다. 그중 일부는 기혼자였다. 몇 명은 시내로 쇼핑을 다녀왔고, 친구 집에 다녀온 이도 있었다. 식사 내내 그들은 이런저런 이야기를 했다.
디디라는 여자가 말했다.
"잭한테 전화를 걸려고 하는데 그가 집에 없을 것 같아서요. 하지만 어디로 전화하면 될지 알아요. 집에 돌아오겠죠."
나랑 같은 식탁에 앉은 키 작은 금발 여자가 웃었다.
그녀는 작은 인형 같은 파란 눈을 반짝이며 말했다.
"오늘 닥터 로링을 마음껏 갖고 놀았지 뭐예요. 퍼시를 내주고 새 모델로 바꿔도 괜찮겠어."
저쪽 끝에서 조앤이 햄과 구운 토마토를 푸짐하게 먹고 있었다. 그 여자들 틈에서 아주 편해 보였고, 내게는 냉정하게 대했다. 열등생 대하듯 약간 거만을 떨었다.
저녁 식사 후 곧장 잠자리에 들었지만 피아노 소리에 깼다. 조앤, 디디, 금발의 루벨, 다른 사람들이 웃고 떠들며 내 흉을 보는 장면이 그려졌다. 다들 나 같은 사람이 벨사이즈에 온 걸 끔찍해하면서 내가 와이마크에나 있어야 한다고 쑥덕대겠지.

벨 자

그들의 악담에 종지부를 찍어주기로 했다.

담요를 숄처럼 느슨하게 어깨에 두르고 복도를 지나 밝고 유쾌한 소리가 나는 쪽으로 다가갔다.

그날 저녁 내내 나는 디디가 그랜드피아노로 자작곡을 두드리는 소리를 들었다. 다른 사람들은 둘러앉아 브리지 게임을 하고 수다를 떨었다. 대학 기숙사 분위기였다. 그중에는 대학을 졸업한 지 십 년쯤 된 사람도 있었지만.

낮은 목소리와 회색 머리칼을 지닌 키가 큰 새비지 부인은 바서대학 출신이었다. 그녀가 사교계 여자임을 금방 알 수 있었다. 사교계 데뷔 이야기밖에 안 했으니까. 그녀는 딸을 두엇 두었는데, 그해에 모두 사교계에 데뷔시키려 했지만 그녀가 요양원에 오면서 파티가 엉망이 된 모양이었다.

디디가 〈우유 배달부〉라는 노래를 부르자 노래를 발표하면 크게 히트할 거라고 이구동성으로 말했다. 처음에는 조랑말이 느릿느릿 뛰듯 가벼운 멜로디를 타닥타닥 치더니 우유 배달부의 휘파람 같은 멜로디가 이어지고, 두 가지 멜로디가 한데 섞였다.

"멋진 곡이네요."

내가 상냥하게 말했다.

조앤은 피아노 귀퉁이에 기대어 새 패션 잡지를 넘기고 있었다. 디디는 둘만의 비밀이라도 있는 듯 그녀에게 웃음을 보냈다.

그때 조앤이 잡지를 들면서 말했다.

"어머, 에스더, 이거 너 아니니?"

디디가 연주를 멈추었다.

"어디 봐요."

그녀는 잡지를 받아서 조앤이 손짓하는 페이지를 물끄러미 보더니 날 흘끗 쳐다봤다.

디디가 말했다.

"아니, 아닌데요."

그녀는 다시 잡지와 나를 번갈아 보더니 덧붙였다.

"설마!"

"아뇨, 이건 에스더예요. 에스더 맞지?"

조앤이 말했다.

루벨과 새비지 부인이 다가갔고, 나는 무슨 일인지 아는 체하면서 같이 피아노로 갔다.

잡지에는 끈 없는 흰 이브닝드레스 차림의 아가씨가 활짝 웃고 있고 남자들이 주변에 모여 있는 사진이 실려 있었다. 여자는 투명한 술이 담긴 잔을 들고 어깨 너머로 내 뒤에 있는 누군가를 보는 것 같았다. 내 뒤쪽 약간 왼쪽에 있는 사람을. 목에서 숨결이 느껴졌다. 나는 뒤돌아보았다.

야간 당직 간호사가 들어와 있었다. 부드러운 고무 밑창 신발을 신어 아무도 알아차리지 못했다.

"설마, 진짜 에스더예요?"

그녀가 말했다.

"아뇨, 내가 아니에요. 조앤이 잘못 본 거예요. 딴 사람이에

벨 자

요."
"아니, 당신인데!"
디디가 소리쳤다.
하지만 나는 그 말을 못 들은 체하며 몸을 돌렸다.
그때 루벨이 간호사에게 브리지나 하자고 부탁했다. 나도 구경하려고 의자를 끌고 갔다. 대학에 다닐 때 브리지 게임을 배울 짬이 없어서 부잣집 애들과는 달리 게임에 대해 전혀 몰랐다.
카드 위의 킹과 잭, 퀸의 평면적인 얼굴을 쳐다보며 어렵게 사는 간호사의 이야기에 귀를 기울였다.
"여러분은 두 가지 일을 하며 사는 게 어떤지 모를 거예요. 밤에는 여기서 근무하면서 여러분을 지켜보고……."
루벨이 키득댔다.
"그래도 우린 괜찮잖아요. 요양원에서 가장 나은 사람들인 걸요."
"네, 여러분이야 괜찮죠."
간호사는 스피어민트 껌 한 통을 돌리더니 은박지를 벗기고 분홍색 껌을 꺼냈다. 그녀가 덧붙였다.
"여러분이야 괜찮죠. 주립 요양원 사람들이 걱정스러워 숨이 넘어갈 지경이지만."
"그럼 양쪽에서 일하나요?"
갑자기 흥미가 생겨서 내가 물었다.
"네."

간호사는 날 빤히 쳐다봤다. 그녀는 내가 벨사이즈에 올 사람이 아니라고 생각하는 눈치였다. 간호사가 덧붙였다.

"환자분은 거기서는 조금도 못 견딜 거예요, 레이디 제인."

그녀가 내 이름을 알면서도 '레이디 제인'이라고 부르는 게 이상했다.

"왜요?"

난 끈질기게 물었다.

"이렇게 좋은 곳이 아니니까요. 여기는 컨트리클럽과 똑같죠. 저쪽 요양원에는 아무것도 없어요. 직업훈련은 말할 것도 없고 산책도 없고……."

"왜 산책을 못하는데요?"

"직원이 많지 않아서죠."

게임을 하던 간호사가 한 번에 큰 이익을 보자 루벨이 신음을 냈다. 간호사가 덧붙였다.

"정말이라니까요. 차 살 돈만 모으면 난 깨끗이 그만둘 거예요."

"여기도 깨끗이 그만둘 건가요?"

조앤이 알고 싶어 했다.

"그럼요. 그때부터는 개인 간호사만 할 거예요. 일하고 싶은 마음이 생길 때는……."

하지만 내 귀에는 아무 소리도 들리지 않았다.

간호사가 길을 일러준 것 같았다. 내가 더 나아지거나, 그게 아니면 점점 아래로 떨어져서 벨사이즈에서 카플란으로,

와이마크로 가서는 결국 닥터 놀런과 기니 여사가 포기하고, 옆에 있는 주립 요양원으로 갈 터였다.
담요로 몸을 감싸고 의자를 뒤로 밀었다.
"추워요?"
간호사가 무시하듯 물었다.
"네, 추워 죽겠어요."
나는 복도를 걸어갔다.

흰 이불 속에서 따스함과 평온을 느끼며 깼다. 희미한 겨울 햇살이 거울과 옷장 유리와 철제 문 손잡이에 반사되었다. 맞은편 복도에서 아침 식사를 준비하는 직원들의 인기척이 들렸다.
간호사가 복도 끝에 있는 옆방 문을 두드리는 소리가 났다. 새비지 부인의 졸린 목소리가 들렸고 간호사는 식기 부딪치는 소리를 내며 쟁반을 안으로 가져갔다. 김이 나는 파란 사기 커피포트와 파란 사기 컵, 흰 데이지 무늬의 파란 사기 크림 통을 떠올리자 기분이 좋아졌다.
나는 체념하기 시작하는 참이었다.
이왕 나빠질 거라면 작은 안락을 최대한 오래 누릴 작정이었다.
간호사가 내 병실 문을 두드리더니 대답을 기다리지도 않고 바람처럼 들어왔다.
새 얼굴이었다. 늘 간호사가 바뀌었다. 갸름한 얼굴에 머리칼이 누런색이었고, 앙상한 콧잔등에는 커다란 주근깨가 있었다. 어쩐지 이 간호사를 보자 속이 안 좋아졌다. 그녀가 성큼성큼 들어와 초록색 블라인드를 올릴 때에야, 빈손이어서 낯설게 느껴졌음을 알아차렸다.

아침 식사 쟁반은 어떻게 됐느냐고 물어보려다가 입을 다물었다. 간호사가 나를 다른 사람으로 착각했을 터였다. 새로 온 간호사들은 자주 그랬다. 벨사이즈에서도 충격요법을 받은 사람이 있었나 보다. 누군지 모르겠지만 간호사가 나와 착각을 했으리라. 얼마든지 있을 수 있는 일이었다.

간호사가 내 방을 한 바퀴 돌면서 이것저것 정리할 때까지 기다렸다. 그러고 나서 그녀는 쟁반을 들고 옆방의 루벨에게 가버렸다.

나는 주섬주섬 슬리퍼를 신고, 화창하지만 몹시 추운 아침이라 담요를 끌고 주방으로 갔다. 분홍색 제복 차림의 여직원이 줄줄이 놓인 파란 커피포트에 주전자로 커피를 따르고 있었다.

나는 사랑스러운 눈길로 쟁반들을 쳐다보았다. 삼각형으로 접힌 흰 종이 냅킨 위에 포크가 놓여 있고 파란 달걀 컵에는 삶은 달걀이 놓여 있었다. 조개 모양의 유리그릇에는 오렌지 잼이 담겨 있었다. 손을 뻗어 내 쟁반을 들고 가기만 하면 모든 게 제대로였다.

"착오가 있었는데요. 새로 온 간호사가 오늘 내 방에 아침을 가져다주는 걸 잊어서요."

벨 자

나는 카운터 위로 몸을 숙이며 자신 있게 낮은 목소리로 말했다.

나쁜 감정이 없다는 걸 알리려고 활짝 웃어 보였다.

"이름이 뭐죠?"

"그린우드. 에스더 그린우드."

"그린우드, 그린우드, 그린우드."

직원은 사마귀가 난 검지로 주방 벽에 붙은 벨사이즈의 환자 명단을 짚어 내려갔다.

"그린우드. 오늘 아침 식사는 없네요."

나는 양손으로 카운터의 가장자리를 짚었다.

"착오가 있을 거예요. 그린우드가 맞나요?"

"그린우드예요."

주방 직원이 단호하게 말할 때 그 간호사가 들어왔다.

간호사는 의아한 눈초리로 나와 직원을 번갈아 쳐다봤다.

"미스 그린우드가 아침 식사를 달라고 해서요."

주방 직원이 내 눈을 피하며 설명했다.

간호사가 생긋 웃으며 말했다.

"아, 오늘은 나중에 아침 식사를 할 거예요, 미스 그린우드. 환자분은……."

그녀의 말을 듣고 싶지 않았다. 나는 성큼성큼 걸어 그곳에서 나왔다. 사람들이 방으로 잡으러 올까 봐 대신 홀의 구석 자리로 갔다. 카플란보다는 못했지만 조용한 공간이었고, 조앤, 루벨, 디디, 새비지 부인이 찾지 않는 곳이었다.

움푹 들어간 공간 맨 안쪽에 웅크리고 앉아 담요를 머리까지 썼다. 마음에 걸리는 것은 충격요법이 아니라 닥터 놀런의 뻔뻔한 배신이었다. 난 닥터 놀런을 좋아했다. 그녀를 사랑했고, 쉽게 믿고 모든 걸 털어놓았다. 그녀는 충격요법을 받게 되면 미리 알려주겠다고 단단히 약속했다.

전날 밤 닥터 놀런에게 그 말을 들었다면 두려워서 밤새 뜬눈으로 지냈겠지만 아침에는 마음을 가라앉히고 준비를 했을 터였다. 양쪽으로 간호사들의 부축을 받으며 복도를 걸을 테고, 디디나 루벨, 새비지 부인, 조앤 앞을 품위 있게 지났을 텐데. 차분히 처형을 당하러 가는 사람처럼.

간호사가 몸을 굽히며 내 이름을 불렀다.

나는 몸을 빼면서 더 안쪽으로 몸을 웅크렸다. 간호사가 사라졌다. 곧 그녀가 남자 직원 두 명을 데리고 오리란 것을 알고 있었다. 그들은 몸부림치며 비명을 지르는 나를 끌고 휴게실에 모인 구경꾼들 앞을 지나겠지.

닥터 놀런이 내 팔을 잡고 엄마처럼 안아주었다.

"미리 말해준다고 했잖아요!"

나는 흐트러진 담요 사이로 소리쳤다.

닥터 놀런이 말했다.

"지금 말하고 있잖아요. 알려주려고 특별히 일찍 출근했어요. 내가 직접 에스더를 데리고 갈 거예요."

나는 부은 눈으로 그녀를 보았다.

"왜 어젯밤에 말해주지 않았죠?"

벨 자

"공연히 잠만 설치게 할 것 같아서요. 내가……."

"선생님은 말해준다고 했어요."

"들어봐요, 에스더. 내가 같이 갈 거예요. 끝날 때까지 곁에 있을 거고, 약속대로 모든 게 제대로 진행될 거예요. 에스더가 깨어날 때 내가 거기 있다가 다시 데리고 올 거예요."

닥터 놀런이 말했다.

나는 빤히 쳐다봤다. 그녀는 당황한 기색이 역력했다.

나는 잠시 기다렸다. 그러다 말문을 열었다.

"지키고 있겠다고 말씀하세요."

"약속해요."

닥터 놀런은 흰 손수건을 꺼내 내 얼굴을 닦아주었다. 오랜 친구처럼 팔짱을 끼고 나를 일으켜 세웠다. 나란히 복도를 걸었다. 담요가 발에 밟혀 떨어졌지만 닥터 놀런은 모르는 눈치였다. 조앤의 방 앞을 지날 때 그녀가 밖으로 나왔다. 내가 조롱하는 웃음을 짓자 그녀는 고개를 숙이고 우리가 지나갈 때까지 기다렸다.

닥터 놀런은 복도 끝에 있는 문을 열쇠로 열고 나를 계단으로 내려가게 했다. 신비로운 지하실 계단을 내려가니 단지 내 모든 건물의 터널과 굴이 이어져 있었다.

검은 천장에 일정한 간격을 두고 알전구가 달려 있었고, 욕실 같은 흰 타일 벽은 환했다. 여기저기 들것과 휠체어가 있고, 반짝이는 벽을 따라 복잡한 신경계같이 파이프가 뻗어 있었다. 나는 닥터 놀런의 팔에 필사적으로 매달렸고, 그녀는 다독이느라 자주 손을 꼭 쥐어주었다.
마침내 검은 글씨로 '전기 치료실'이라고 적힌 초록색 문 앞에 도착했다. 나는 뒤로 물러섰고 닥터 놀런은 기다렸다. 내가 말했다.
"우리, 이겨내요."
함께 안으로 들어갔다.
대기실에는 닥터 놀런과 나 외에 낡은 갈색 가운 차림의 창백한 남자, 그와 같이 온 간호사만 있었다.
"앉을래요?"
닥터 놀런이 나무 벤치를 손짓했지만 다리가 너무 무거워서 앉아 있다가는 치료팀이 들어올 때 일어나기 힘들 것 같았다.
"그냥 서 있을래요."
마침내 흰 작업복 차림의 키 큰 여자가 안쪽 문에서 나왔다. 나는 그녀가 갈색 가운을 입은 남자에게 다가갈 거라고 짐작했다. 그가 먼저 왔으니까. 그런데 내게 다가와서 깜짝 놀랐다.
"안녕하세요, 닥터 놀런. 에스더인가요?"
여자는 내 어깨를 감싸 안으며 말했다.
"그래요, 미스 휴이. 에스더, 이분은 미스 휴이예요. 에스더를 맡아줄 거예요. 내가 미리 잘 얘기해뒀어요."
미스 휴이는 키가 2미터도 넘을 것 같았다. 그녀가 친절하게 몸을 굽히자 얼굴이 보였다. 가운데 이가 튀어나왔고, 한때 여드름투성이였던 듯했다. 달에 분화구가 숭숭 뚫린 것 같은 얼굴이었다.

미스 휴이가 말했다.

"곧장 모시고 갈 수 있겠는데요, 에스더. 앤더슨 씨가 기다려주실 거예요. 그렇죠, 앤더슨 씨?"

앤더슨 씨가 아무 말도 하지 않자 미스 휴이가 내 어깨를 감싸고 옆방으로 데려갔다. 닥터 놀런이 뒤따라왔다.

눈이 잘 떠지지 않았다. 치료실 광경에 겁먹지 않으려고 실눈으로 높은 침상과 하얀 시트를 보았다. 침상 뒤에 기계가 있고, 그 뒤로 마스크를 쓴 남자가 있었다. 남자인지 여자인지 구분이 되지 않았다. 마스크를 쓴 사람들은 침대 양쪽에 있었다.

미스 휴이는 내가 침대에 올라가 반듯하게 눕도록 거들어주었다.

"얘기 좀 해주세요."

내가 말했다.

그녀는 위로하는 말투로 느릿느릿 말하기 시작했다. 내 관자놀이에 약을 바르고 작은 전기 단자를 머리 양쪽에 붙였다.

"아무렇지도 않을 거예요. 아무 느낌도 없으니까 그냥 물고만 있어요……"

그녀가 뭔가를 혀 아래 넣었고, 나는 겁에 질려 깨물었다. 칠판에 쓴 분필 글씨를 지우듯 어둠이 나를 삼켰다.

18

"에스더."

푹 빠졌던 깊은 잠에서 깨어나 처음 본 것은, 앞에서 어른거리는 닥터 놀런의 얼굴이었다. 그녀가 불렀다.

"에스더, 에스더."

어색한 손짓으로 눈을 문질렀다.

닥터 놀런 뒤에 여자의 몸이 보였다. 검정과 흰색 체크무늬 가운을 입은 여자는 높은 데서 천을 드리운 것처럼 옷단을 펼치고 침대에 있었다. 하지만 내가 더 파악하기도 전에 닥터 놀런은 나를 문밖으로 데려갔다. 신선한 공기와 파란 하늘 속으로.

열기와 두려움이 저절로 사라졌다. 놀랍게도 평온했다. 벨 자가 내 머리 위 2미터쯤 되는 곳에 매달려 있었다. 내 몸은 순환하는 공기를 향해 열려 있었다.

"내 말대로였지요, 안 그래요?"

벨 자

닥터 놀런이 말했다. 우리는 낙엽을 밟으며 벨사이즈로 돌아갔다.

"네."

"언제나 그럴 거예요. 일주일에 세 차례씩 충격요법을 받을 거예요. 화요일, 목요일, 토요일."

나는 숨을 길게 들이마셨다.

"얼마 동안이나요?"

"그건 에스더랑 내게 달려 있지요."

나는 나이프를 들고 삶은 달걀의 윗부분을 두드렸다. 나이프를 내려놓고 쳐다보았다. 나이프가 마음에 드는 이유를 생각해보려 했지만, 마음이 생각의 웅덩이에서 빠져나와 새처럼 허공으로 날아가버렸다.

조앤과 디디는 피아노 의자에 나란히 앉아 있었다. 디디가 〈젓가락 행진곡〉의 멜로디 부분을 치면서 조앤에게 반주 부분을 가르치고 있었다.

조앤이 말처럼 생겨서 슬프다는 생각이 들었다. 이가 넓적하고, 눈은 회색 돌맹이 같고. 그녀는 버디 윌러드 같은 남자조차 차지하지 못했다. 또 디디는 남편이 다른 여자랑 살림을 차려서 늙은 고양이처럼 그렇게 사납게 변한 것이 틀림없다.

"난 펴-언-지를 받았어."

조앤이 헝클어진 머리를 내 방에 들이밀며 노래하듯 외쳤다.

"잘됐네."

나는 책에서 눈을 떼지 않았다. 다섯 번째 충격요법을 받은 후 나는 시내 외출을 허락받았다. 조앤은 숨 가쁜 대형 초파리처럼 내 주위에서 어슬렁댔다. 옆에 붙어 있는 것만으로 회복의 달콤함을 빨아먹을 수 있다는 듯이. 요양원 측은 조앤이 방에 쌓아둔 물리학 책과 먼지 낀 강의 노트를 치웠고, 그녀는 다시 요양원 안에만 있어야 했다.

"누가 보낸 편지인지 알고 싶지 않아?"

조앤은 내 방에 들어와서 침대에 앉았다. 꺼지라고 말하고 싶었다. 널 보면 섬뜩한 기분이 든다고 말하고 싶었지만 그러지 못했다.

"그래, 누가 보낸 거야?"

나는 책갈피에 손가락을 끼우고 책을 덮었다.

조앤은 스커트 주머니에서 하늘색 봉투를 꺼내 놀리듯 흔들어댔다.

"이거 우연은 아니겠지!"

내가 말했다.

"우연이라니, 무슨 말이야?"

나는 서랍장에서 하늘색 봉투를 꺼내 조앤에게 이별의 손수건처럼 흔들었다.

"나도 편지를 받았거든. 같은 편지인지 궁금하네."

"버디가 회복했대. 퇴원했어."

벨 자

조앤이 말했다.

잠시 침묵이 흐르다 조앤이 물었다.

"그랑 결혼할 거야?"

내가 대답했다.

"아니. 너는?"

조앤은 슬쩍 웃었다.

"난 그를 별로 좋아하지 않았어."

"그래?"

"응, 내가 좋아한 건 그의 가족이었어."

"윌러드 부부 말이야?"

"그래."

조앤의 목소리가 바람처럼 내 등줄기를 타고 내려갔다. 그녀가 말을 이었다.

"그분들을 사랑했어. 내 부모와는 달리 정말 좋고 행복한 분들이었어. 항상 그분들을 만나러 갔지."

조앤은 말을 멈추었다가 덧붙였다.

"네가 나타나기 전까지."

"미안해."

내가 말했다. 그러고는 덧붙였다.

"그들을 그렇게 좋아했다면 왜 계속 만나지 않았어?"

내가 물었다.

"아, 그럴 수가 없었어. 네가 버디랑 사귀니까. 남들이 보면…… 모르겠어, 웃겼을 테지."

나는 생각에 잠겼다가 대꾸했다.

"그랬겠네."

조앤은 머뭇대다가 물었다.

"버디가 오게 내버려둘 거야?"

"모르겠어."

처음에는 버디가 요양원으로 날 찾아오면 끔찍할 거라는 생각이 들었다. 그는 자못 고소한 듯이 의사들이랑 떠들어대고 낄낄대기만 할 터였다. 그런데 그것도 과정이 되겠다 싶었다. 그를 만나서 절교 선언을 하고, 사실 아무도 없다고, 동시통역사도 누구도 없다고 밝히고 그에게 잘못이 있으니 끝내자고 말하고 싶었다.

"너는?"

"그럴 거야. 버디는 어머니를 모시고 올 거야. 내가 어머니를 모시고 오라고 부탁할 거야……."

조앤이 말했다.

"그의 엄마를?"

조앤은 뽀로통했다.

"난 윌러드 부인이 좋아. 윌러드 부인은 진짜, 진짜 대단한 분이야. 나한테 친엄마 같으시거든."

난 윌러드 부인의 모습을 떠올렸다. 여러 색이 섞인 모직 옷에 세련된 구두를 신고 어머니다운 잔소리를 하는 모습. 남편인 윌러드 씨는 그녀에게는 아이였다. 그는 사내아이처럼 높고 맑은 목소리를 지녔다. 조앤과 윌러드 부인. 조앤…… 그리고 윌러드 부인⋯⋯.

그날 아침 난 디디의 방을 두드렸다. 이중주 악보를 빌리고 싶어서였다. 한참 기다렸는데도 답이 없자, 디디가 방에 없는가 싶어 서랍장에서 악보를 꺼내 오기로 했다. 문을 밀고 안으로 들어섰다.

벨사이즈에서는, 아니 벨사이즈까지도 문에 잠금장치가 있었지만 환자들은 열쇠를 갖고 있지 않았다. 문을 닫아놓으면 사생활을 의미했고, 문을 잠근 것과 똑같이 존중받았다. 노크를 하고 대답이 없으면 다시 노크를 해보고 그냥 갔다. 문에 들어서면서 그런 기억을 떠올렸다. 밝은 복도에 있다가 어두운 방에 들어와 앞이 잘 보이지 않았다.

눈이 적응되자 침대에서 일어나는 형체가 보였다. 누군가 낮게 키득거렸다. 형체의 머리칼이 제자리를 찾자 잿빛 눈 두 개가 날 응시했다. 디디는 베개를 베고 누워 있었다. 그녀는 맨다리를 초록색 모직 가운 밖으로 내밀고 조롱하듯 웃으며 날 지켜보았다. 오른손에 든 담배가 반짝거렸다.

"난 그냥⋯⋯"

내가 중얼댔다.

"알아. 음악 때문이지."

디디가 말했다.

"에스더 왔네."

조앤이 말했다. 그 걸쭉한 목소리를 들으니 울컥 토하고 싶었다. 그녀가 덧붙였다.

"잠깐 기다려, 에스더. 내가 가서 반주 부분을 쳐줄게."

그러고 나서 조앤은 단호하게 말했다.

"난 버디 윌러드는 싫어. 자기가 뭐든 다 아는 줄 알더라니까. 자기는 여자에 대해 모르는 게 없다고 생각했지……."

나는 조앤을 쳐다보았다. 소름 끼치는 느낌에도 불구하고, 또 예전부터 싫은 마음에도 불구하고 난 그녀에게 사로잡혔다. 화성인이나 혹이 불룩한 두꺼비를 보는 것 같았다. 그녀와 생각이 다르고 감정도 달랐지만, 한편으로 워낙 가까워서 그녀의 생각과 감정이 나 자신의 뒤틀린 검은 이미지 같았다.

내가 조앤을 꾸며내서 생각하는지 의심이 들 때가 가끔 있었다. 그녀가 내 인생의 위기마다 나타나서 내가 어떤 사람이었는지, 어떤 일을 겪었는지 되새기게 하나 하고 궁금할 때도 가끔 있었다. 또 그녀 자신의 일이지만 비슷한 상황을 내 앞에 들이미는 것은 아닌지 의심스러웠다.

그날 정오 면담 때 나는 닥터 놀런에게 말했다.

"여자들이 다른 여자들에게서 보는 것을 난 못 봐요. 여자는 남자에게서 볼 수 없는 어떤 것을 다른 여자에게서 보나요?"

닥터 놀런은 가만히 있었다. 그러다가 대답했다.

"부드러움을 보지요."

그 말에 난 입을 다물었다.

조앤은 말하고 있었다.

"난 네가 좋아. 버디보다도 네가 더 좋아."

벨 자

그녀가 멍청하게 웃으며 내 침대에서 기지개를 켜자 우리 대학 기숙사에 돌던 소문이 떠올랐다. 할머니처럼 푸근한 데다 뚱뚱하고 가슴이 풍만한 선배가 있었는데, 종교학 전공생이었다. 키가 크고 얼빠진 역사학과 신입생 한 명이 있었는데, 남자를 소개받을 때마다 별별 방법으로 일찌감치 채였다. 그런데 두 사람이 자주 만나기 시작했다. 늘 붙어 다녔고, 뚱보 상급생의 방에서 포옹하다가 다른 사람에게 들켰다는 소문이 돌았다.

그때 나는 물었다.

"둘이 뭘 하고 있었는데?"

남자와 남자, 여자와 여자에 대해 생각할 때마다 실제로 그들이 뭘 하는지 상상이 되지 않았다.

목격자는 말했다.

"아, 밀리는 의자에 앉아 있었고 테오도라는 침대에 누워 있었는데, 밀리가 테오도라의 머리를 쓰다듬고 있었어."

실망스러웠다. 특별히 이상한 짓이라도 할 줄 알았는데. 여자끼리는 고작 누워서 포옹하는 게 다일까.

물론 우리 대학의 저명한 여자 시인은 여자랑 살았다. 뚱뚱하고 머리를 치켜 깎은 고전 전공 학자였다. 내가 결혼해서 아이를 많이 낳을 거라고 말하자 시인은 끔찍한 표정으로 날 노려봤다. 그러고는 쏘아붙였다.

"하지만 커리어는 어쩌고?"

머리가 아팠다. 왜 수상한 늙은 여자들이 내게 관심을 퍼부을까? 그 유명한 시인, 필로메나 기니, 제이 시, 〈크리스천 사이언티스트〉지 여자 상사 모두 마찬가지였다. 다들 날 옆에 두려 했다. 보살피고 영향을 주어서 자기를 닮게 만들려고 했다.

"난 네가 좋아."

나는 책을 들면서 대답했다.

"그건 곤란해, 조앤. 난 너를 안 좋아하니까. 이유를 알고 싶다면 말하지. 널 보면 토할 것 같아서 그래."

방에서 나왔다. 조앤은 내 침대 위에서 늙은 말처럼 늘어져 있었다.

의사를 기다리다가 그냥 갈까 고민했다. 내가 하려는 일이 불법인 줄은 알았다. 어쨌거나 매사추세츠에서는 그랬다. 가톨릭 신자가 넘쳐나는 주였으니까. 닥터 놀런은 이 의사와 오랜 친구라고 했고 그가 현명한 사람이라고 말했다.

"뭐로 예약하셨죠?"

흰 제복을 입은 안내 직원이 명단에서 내 이름에 체크를 하며 물었다.

"'뭐로'라니 무슨 뜻이죠?"

의사 외에 누군가 그런 걸 물을 줄은 미처 몰랐다. 대기실에는 의사들을 기다리는 환자들이 꽉 차 있었고, 대개 임신부거나 아기를 데려온 사람들이었다. 처녀답게 쏙 들어간 내 배에 쏠리는 그들의 시선이 느껴졌다.

벨 자

직원은 나를 올려다봤고, 난 얼굴을 붉혔다.

"피임 시술 하러 오신 거 아닌가요? 얼마를 청구할지 알아야겠기에 확인하려고 물어본 거예요. 학생이세요?"

"네-에."

"그럼 진료비가 반이에요. 10달러가 아니라 5달러요. 청구서를 보내드릴까요?"

청구서가 올 즈음이면 퇴원해서 집에 있을 것 같아서 집 주소를 가르쳐주려다가, 청구서 때문에 엄마한테 들킬 것 같았다. 집 외에 아는 주소는 사서함 번호였다. 요양원 입원자 중 어디 있는지 밝히기 꺼리는 사람은 이 주소를 이용했다. 하지만 안내 직원이 그 번호를 알아차릴 것 같았다.

"지금 지불할게요."

주머니에 든 지폐 뭉치에서 5달러짜리를 꺼냈다.

이것은 필로메나 기니 여사가 회복 선물로 보내준 용돈의 일부였다. 내가 이 돈을 어디에 쓰려는지 알면 그녀는 어떻게 생각할까.

의도했든 아니든 기니 여사는 내게 자유를 사준 셈이었다.

난 닥터 놀런에게 이런 말을 했었다.

"내가 싫은 건 남자의 손아귀에서 놀아난다는 생각이에요. 남자는 아무 걱정도 없는데 난 머리에 큰 방망이를 이고 다니듯 아기 생각을 매달고 살아야 되잖아요."

"아기 걱정을 하지 않아도 되면 다르게 행동할 것 같아요?"

"네. 하지만……."

닥터 놀런에게 기혼 여변호사가 순결을 지켜야 한다고 말했다고 이야기했다.

그녀는 내가 말을 마칠 때까지 기다렸다가 다 들은 후 웃음을 터뜨렸다.

"선전에 불과해요!"

그녀는 그렇게 말하면서 처방전 용지에 이 의사의 이름과 주소를 적었다.

나는 〈베이비 토크〉지를 초조하게 넘겼다. 페이지마다 통통하고 환한 아기들이 밝게 웃고 있었다. 대머리 아기, 초콜릿색 피부를 가진 아기, 아이젠하워처럼 생긴 아기, 처음으로 뒤집기를 한 아기, 딸랑이에 손을 뻗은 아기, 처음으로 단단한 음식을 먹는 아기. 성장하면서 겪는 온갖 사소한 일들을 하는 아기들. 그렇게 한 발 한 발 초조하고 불안정한 세상에 발을 내딛는 것을.

이유식과 시큼한 우유, 기저귀에서 나는 소금에 절인 대구 냄새가 뒤섞인 냄새를 맡자 서글프고 마음이 아련해졌다. 여기 있는 여자들은 아기를 갖는 것을 아주 쉽게 여기는데! 나는 왜 이리 모성애가 없을까. 왜 도도 콘웨이처럼 울어대는 통통한 아기에게 헌신하는 꿈을 꿀 수가 없을까.

온종일 아기 뒤치다꺼리를 해야 한다면 미칠 것 같았다.

맞은편 여자의 무릎에 앉은 아기를 보았다. 몇 살인지 가늠할 수 없었다. 내가 아기에 대해 아는 것은, 빨리 말할 수 있고, 튀어나온 붉은 입술 안에 치아가 스무 개라는 것뿐이었

벨 자

다. 아기는 어깨 위로 흐느적거리는 고개를 가누고—목이 없는 것 같았다— 현명하고 순수한 표정으로 날 관찰했다.

아기 엄마는 세상 최초의 경이라도 되는 듯 아기를 안고 웃고 또 웃었다. 나는 엄마와 아기가 서로 만족하는 이유를 알 수 있을까 해서 지켜봤지만, 뭘 발견하기도 전에 의사가 진찰실로 불렀다.

"피임 시술을 바라겠군요."

의사가 활달하게 말하자 어색한 질문을 할 사람은 아닌 것 같아 마음이 놓였다. 찰스타운 해군기지에 배가 들어오는 대로 해군과 결혼할 계획이며 약혼반지를 끼지 않은 것은 우리가 가난해서라고 둘러댈 참이었다. 하지만 마지막 순간에 이런 핑계는 접기로 하고 간단히 "네"라고만 대답했다.

진찰대에 올라가면서 속으로 중얼거렸다.

'나는 자유를 향해 올라가는 거야. 두려움에서 자유로. 섹스 때문에 버디 윌러드 같은 엉뚱한 사람과 결혼해야 되는 상황을 면하려고 올라가고 있는 거라고. 나같이 피임 기구를 삽입하지 못한 가난한 아가씨들이 미혼모 쉼터에 가야 되는 꼴을 안 당하려고 이러는 거라고. 저지른 일 때문에 그들이 져야 하는 책임을 생각하면……'

요양원으로 가는 차에서 갈색 종이 포장지에 담긴 상자를 무릎 위에 올려놓았다. 누가 보면 시내에 갔다가 노처녀 고모에게 줄 케이크나 백화점에서 모자를 사가지고 돌아간다고 생각할 것 같았다. 가톨릭 신자들의 의심에 찬 날카로운 눈초리가 점점 사라지면서 마음이 편해졌다. 쇼핑 특권으로 일을 잘 처리했다 싶었다.

 나는 당당한 여성이 되었다.

 다음 단계는 적당한 부류의 남자를 찾는 일이었다.

벨 자

19

"난 심리 상담사가 될 거야."

조앤은 평소처럼 신이 나서 이야기했다. 우린 벨사이즈 휴게실에서 사과주를 마셨다.

"아, 좋은 일이네."

내가 건조하게 대꾸했다.

"닥터 퀸이랑 오랫동안 이야기했는데, 가능한 일이라고 했어."

닥터 퀸은 조앤을 담당하는 정신과 전문의로 똑똑하고 빈틈없는 독신녀였다. 닥터 퀸이 내 주치의가 됐다면 아직도 카플란에 있거나 악화되어 와이마크에 있을 거라는 생각을 자주 했다. 닥터 퀸은 조앤이 호감을 살 만한 성격의 소유자였지만 내가 보기에는 얼음보다 냉정한 면이 있었다.

조앤은 에고와 이드에 대해 떠들어댔고, 나는 맨 아래 서랍에 든 포장을 뜯지 않은 갈색 꾸러미에 신경을 썼다. 닥터 놀런과 나는 에고나 이드 따위를 대화에 올려본 적이 없었다. 사실 내가 무슨 이야기를 하는지 알 수가 없었다.

"……이제 밖에서 살 거야."

그제야 조앤을 돌아보았다.

"어디?"

나는 질투를 감추려 애쓰며 물었다.

닥터 놀런은 추천서를 써줄 테니 기니 여사가 장학금을 주면 봄학기에 복학할 수 있을 거라고 말했다. 하지만 그사이에 내가 엄마랑 지내는 것을 허락하지 않아서, 나는 학기 개강 때까지 요양원에 머물고 있었다.

아무리 그래도 조앤이 먼저 요양원을 나가는 것은 불공평한 것 같았다.

"어디서? 의사들이 너 혼자 사는 것을 허락하지 않을 텐데, 그렇지?"

내가 물었다.

조앤은 겨우 그 주에 다시 시내 나들이를 허락받았다.

"그럼, 당연히 그렇지. 난 케네디 간호사랑 케임브리지에서 살 거야. 그녀의 룸메이트가 얼마 전에 결혼을 해서, 같이 아파트를 쓸 사람이 필요하대."

"건배."

나는 사과주 잔을 들었고, 우리는 잔을 부딪쳤다. 깊이 감추고 드러내지 않았지만 난 항상 조앤을 아꼈다. 전쟁이나 전염병 같은 심각한 상황에서 둘이 있는 것 같았다. 우리만의 세계를 공유하는 느낌이었다.

"언제 떠날 거야?"

"다음 달 1일에."

"잘됐다."

조앤은 생각에 잠겼다.

"날 만나러 올 거지, 에스더?"

"당연하지."

하지만 속으로는 '안 갈걸'이라고 중얼거렸다.

"아파요. 원래 이렇게 아픈 건가요?"

내가 말했다.

어윈은 잠자코 있다가 한참 후에 말했다.

"가끔 그렇기도 하죠."

와이드너 도서관 앞 계단에서 어윈을 만났다. 난 긴 계단 꼭대기에 서서 눈 덮인 안뜰이 있는 빨간 벽돌 건물을 내려다보고 있었다. 요양원으로 돌아가는 전차를 탈 준비를 하는데 키가 큰 청년이 와서 말을 걸었다. 좀 못생기고 안경을 썼지만 지성적인 얼굴이었다.

"몇 시인지 말해줄 수 있어요?"

나는 손목시계를 흘끗 봤다.

"네 시 오 분이네요."

그는 식판처럼 들고 있던 책 더미를 다른 손으로 옮기고 앙상한 팔목을 올렸다.

"어머나, 시계가 있었잖아요!"

남자는 얼굴을 붉히며 시계를 봤다. 그는 손목을 들어 귀에 대고 흔들었다.

"시계가 안 가네요."

그가 진지한 미소를 지었다.

"어디 가는 길이에요?"

'요양원에 돌아가는 길'이라는 말이 입 밖으로 튀어나오려 했지만, 남자가 희망에 찬 표정을 지어서 마음을 바꾸었다.

"집에요."

"커피나 마실래요?"

나는 머뭇거렸다. 저녁 식사 전에 요양원에 들어가야 했고, 거기서 영영 쫓겨날 정도로 늦게 들어가고 싶지 않았다.

"간단히 한잔 어때요?"

이 남자한테 새로 갖게 된 정상적인 성격을 실험해보기로 했다. 그는 내가 망설이자 이름이 어윈이며 돈을 잘 버는 수학 교수라고 소개했다. 그래서 나는 "좋다"라고 대답했고 얼음이 살짝 언 긴 계단을 어윈과 나란히 내려갔다.

어윈의 서재를 보자마자 그를 유혹하기로 마음먹었다.

어윈은 케임브리지 외곽의 썰렁한 거리에 있는 아파트에 살았다. 지하였지만 편안했다. 학생 카페에서 쓴 커피를 석 잔이나 마신 후에 그는 맥주나 한잔 하자며 나를 태우고 자기집으로 갔다. 우리는 서재의 갈색 가죽 의자에 앉았다. 먼지가 쌓인 이해할 수 없는 책들에는 페이지마다 엄청난 공식들이 시처럼 예술적으로 찍혀 있었다.

첫 맥주잔을 홀짝이는데—난 한겨울에는 찬 맥주를 좋아하지 않았지만 손에 들고 있을 게 필요해서 잔을 받았다—초인종이 울렸다.

어윈은 당황한 기색이었다.

"숙녀분일 것 같은데요."

어윈은 구식으로 여자를 '숙녀'라고 불렀다.

"괜찮아요."

나는 크게 몸짓을 하며 대답했다.

"그 여자분을 들어오게 해요."

어윈은 머리를 저었다.

"당신을 보면 당황할 거예요."

나는 차가운 맥주잔을 보며 생긋 웃었다.

단호하게 꾹 누른 초인종 소리가 다시 났다. 어윈은 한숨을 쉬면서 일어나 문으로 갔다. 그가 사라지자 나는 얼른 욕실로 들어가 꾀죄죄한 은색 베네치안 블라인드 뒤에 숨었다. 열린 문틈으로 어윈의 못생긴 얼굴이 보였다.

가슴이 풍만한 슬라브인 숙녀가 있었다. 큼직한 양털 스웨터에, 접힌 부분에 페르시아 양모피를 댄 굽 높은 검은 부츠 차림으로, 흰 김을 내뿜으며 들리지 않는 말을 했다. 어윈의 목소리가 차가운 복도를 지나 들려왔다.

"미안해, 올가……. 일하는 중이거든, 올가……. 아니, 안 되겠는데, 올가."

숙녀의 빨간 입술이 움직이자 하얀 입김으로 변한 말이 문가에 있는 앙상한 라일락 가지 사이에 떠올랐다. 마침내 어윈이 말했다.

"글쎄, 올가……. 잘 가요, 올가."

그녀가 내 바로 앞을 지날 때, 양털 옷을 걸친 대초원 같은 가슴에 감탄했다. 올가는 삐걱대는 나무 계단을 내려갔다. 빨간 입술로 씁쓸한 시베리아 말을 내뱉으면서.

"케임브리지에서 연애를 아주 많이 벌이나 봐요."

나는 케임브리지에 있는 프랑스 레스토랑에서 핀으로 달팽이를 집어내며 쾌활하게 말했다.

"숙녀들이랑 잘 지내게 되네요."

어윈이 어색하게 웃으며 대답했다.

달팽이 껍데기를 들고 허브로 맛을 낸 즙을 마셨다. 이렇게 먹는 게 적절한지 알 수 없었지만, 몇 달간 요양원에서 덤덤한 건강식만 먹다 보니 버터 맛에 흠뻑 빠졌다.

레스토랑에 있는 공중전화로 닥터 놀런에게 전화해 케임브리지에서 조앤과 외박해도 좋다는 허락을 받았다. 물론 어윈이 식사 후에 아파트로 가자고 할지 알 수 없었지만, 슬라브인 숙녀—다른 교수의 부인—를 보낸 걸 보면 가능성이 있을 것 같았다.

나는 머리를 젖히며 뉘 생 조르주 잔을 들이켰다.

"와인을 좋아하는군요."

벨 자

어윈이 말했다.

"뉘 생 조르주만요. 그조르주 성인을 가리킨다. 용을 베고 공주를 구했다는 전설이 있다를 상상해요…… 용이랑……."

어윈이 내 손을 잡았다.

처음 같이 자는 남자는 지성적인 사람이어야 될 것 같아서 그를 존중하고 싶었다. 어윈은 스물여섯 살의 나이에 정교수였고, 청년 천재답게 하얀 피부에는 털이 없었다. 또 남자 경험이 없는 부분을 메워줄 경험 있는 남자가 필요했는데, 어윈의 여성 편력 때문에 안심이 됐다. 거기에 안전을 위해 내가 모르고 앞으로도 모를— 부족의 의식 이야기에 나오는 것처럼 비개인적이고 공식적인 성관계— 사람이면 더 좋고.

날이 저물 즈음, 어윈에 대한 의심은 사라졌다.

버디 윌러드가 동정이 아님을 안 뒤로 내 처녀성이 목에 단 맷돌처럼 무거웠다. 아주 오랫동안 순결을 중요시하다 보니 무슨 일이 있어도 지키는 것이 습관이 되어버렸다. 오 년 동안 그렇게 살다 보니 이제 지긋지긋해졌다.

아파트에 들어서서 어윈이 와인에 취해 늘어진 나를 홱 당겨 어두운 침실로 데려갔을 때에야 더듬더듬 말했다.

"저기, 어윈. 말해야 할 것 같아서 그런데요, 난 처녀예요."

어윈은 웃음을 터뜨리며 나를 침대로 밀었다.

몇 분 후 놀라는 탄성이 터진 것으로 봐서 그는 내 말을 믿지 않았던 듯했다. 낮에 피임 기구를 삽입해서 정말 다행이다 싶었다. 그날 밤 술에 취한 상태라 세심하게 피임을 할 엄두를 내지 못했을 테니까. 나는 옷을 벗고 흥분해서 누워 있었다. 촉감이 거친 담요 위에 누워서 기적적인 변화가 감지되기를 기다렸다.

하지만 날카롭고 놀라운 통증만 느껴질 뿐이었다.

"아파요. 원래 이렇게 아픈 건가요?"

어윈은 잠자코 있다가 한참 후에 말했다.

"가끔 그렇기도 하죠."

잠시 후 어윈이 일어나 욕실로 갔고, 샤워기에서 물 쏟아지는 소리가 들렸다. 어윈이 작정한 대로 다했는지 아니면 내가 처녀인 것이 걸림돌이 됐는지 알 수 없었다. 내가 아직도 처녀인지 묻고 싶었지만 마음이 안정되지 않았다. 다리 사이에서 미지근한 액체가 흐르기 시작했다. 조심스럽게 손을 뻗어 만져보았다.

욕실에서 새어나오는 불빛에 손을 비추니 손끝이 까맸다.

"어윈, 수건 좀 갖다줘요."

내가 신경질적으로 말했다.

어윈은 허리에 큰 수건을 두르고 들어와 내게 작은 수건을 던져 주었다. 수건을 다리 사이에 넣었다가 즉시 빼냈다. 수건의 절반이 피로 얼룩져 있었다.

"피가 나요!"

나는 놀라서 일어나 앉으며 외쳤다.

"아, 그것도 자주 있는 일이에요. 괜찮을 거예요."

어윈이 안심시켰다.

벨 자

첫날밤 시트가 피로 얼룩지고, 이미 순결을 잃은 신부들은 빨간 잉크가 든 캡슐을 사용한다는 이야기가 생각났다. 피가 얼마나 날지 걱정하면서 누워서 수건을 받쳤다. 피가 해답이라는 생각이 머리를 스쳤다. 이제는 처녀일 수가 없었다. 어둠 속에서 생긋 웃었다. 대단한 전통의 일부가 된 기분이었다.

가만히, 수건의 깨끗한 부분을 다리 사이에 넣으면서 출혈이 멎는 대로 전차를 타고 요양원으로 가야겠다는 생각을 했다. 방해받지 않는 평온 속에서 내 새로운 상황에 대해 곰곰이 궁리하고 싶었다. 하지만 수건을 빼자 까맣게 젖어 피가 뚝뚝 흘렀다.

"집에…… 돌아가야겠어요."

내가 힘없이 말했다.

"이렇게 서두르면 안 될 텐데."

"아뇨, 가는 게 좋겠어요."

수건을 빌려 가도 되느냐고 묻고, 허벅지 사이에 붕대처럼 끼웠다. 그런 다음 땀에 젖은 옷을 입었다. 어윈이 차로 데려다 준다고 했지만 요양원까지 데려갈 수가 없어서 핸드백에서 조앤의 주소를 꺼냈다. 어윈이 그 지역을 알아서, 밖으로 나가 차에 시동을 걸었다. 너무 걱정스러워서 아직도 피가 난다는 말을 할 수가 없었다. 빨리 출혈이 멎기만을 바랄 뿐이었다.

하지만 황량하고 눈 쌓인 거리를 차가 지날 때, 미지근한 액체가 수건을 흥건히 적시고, 스커트와 차 시트까지 적시는 게 느껴졌다.

차가 속도를 늦추고 동네 주변을 도는 사이, 학교나 집에서 지낼 때 처녀성을 버리지 않은 게 정말 다행이라는 생각이 들었다. 학교나 집에서라면 감추는 게 불가능했을 테니까.

조앤은 놀라고 반가워하면서 문을 열어주었다. 어원이 내 손에 키스하고 조앤에게 날 잘 보살펴주라고 부탁했다.

나는 문을 닫고 문에 기대섰다. 단번에 얼굴에서 핏기가 싹 빠지는 것 같았다.

"에스더, 도대체 왜 이러는 거야?"

조앤이 물었다.

피가 내 다리를 타고 내려 검은 가죽 구두에 스미는 것을 그녀가 언제쯤 눈치챌지 궁금했다. 내가 총을 맞고 죽어가도 조앤은 검은 눈망울로 빤히 보면서 커피랑 샌드위치를 먹자고 하겠지.

"그 간호사, 집에 있어?"

"아니, 카플란에서 당직 근무야."

"잘됐네."

쓸쓸한 웃음을 짓는데 다시 젖은 수건에서 피가 흘러 구두에 떨어졌다. 내가 덧붙였다.

"아니…… 큰일이야."

"얼굴이 이상해."

조앤이 말했다.

"의사를 불러야 할 거야."

"왜?"

"얼른."

"하지만……."

조앤은 여전히 아무 눈치도 못 챘다.

나는 신음을 내면서 허리를 굽히고 추위에 갈라진, 블루밍데일에서 산 구두 한 짝을 벗었다. 조앤의 휘둥그레진 눈 앞에서 구두를 받치고 살짝 기울이니 피가 베이지색 러그에 폭포처럼 떨어졌다. 나는 조앤을 가만히 지켜봤다.

"어머나! 이게 뭐야?"

"하혈하고 있어."

조앤은 나를 질질 끌다시피 소파로 데려가 눕혔다. 그런 다음 베개를 가져와서 피 묻은 발 밑에 받쳤다. 조앤은 물러서서 물었다.

"아까 그 남자 누구야?"

제정신이 아닌 가운데, 어윈과 보낸 저녁 시간에 대해 털어놓지 않으면 조앤이 의사를 불러주지 않겠다는 생각을 했다. 털어놓은 후에도 그녀는 내게 벌을 주려고 의사를 부르지 않을 것 같았다. 하지만 그 순간, 그녀가 내 설명을 있는 그대로 받아들였다는 것을 깨달았다. 조앤은 내가 어윈과 잔 것을 도무지 이해 못할 테고, 그의 출현은 내가 와서 그녀가 느낄 기쁨을 감소시킬 터였다.

"아, 아무도 아냐."

나는 손을 흐느적흐느적 저으며 그만 말하라는 시늉을 했다. 다시 피가 터졌고, 나는 놀라서 배에 힘을 주었다.

"수건 좀 가져와."

조앤이 가서 수건과 시트를 한 아름 안고 돌아왔다. 그녀는 능숙한 간호사처럼 피에 젖은 옷을 벗겼고, 숨을 멈추고 피에 젖은 수건을 빼내 새 수건을 넣었다. 나는 누워서 심장박동을 늦추려고 애썼다. 심장이 뛸 때마다 피가 났다.

빅토리아시대 소설 시간에, 여자들이 난산 끝에 피를 콸콸 쏟으며 고귀하게 죽어가는 장면을 본 기억이 났다. 어쩌면 어원이 묘한 방식으로 내 몸에 상처를 입혔으리라. 나는 조앤네 소파에 누워서 죽어가고 있었다.

조앤이 인디언 방석을 당기더니 케임브리지에 있는 의사 명단을 보며 다이얼을 돌리기 시작했다. 첫 번째 번호는 응답하지 않았다. 두 번째 전화를 받은 사람에게 조앤이 사정을 설명했지만 "알겠습니다"라고 말하며 전화를 끊었다.

"왜 그래?"

"늘 진료하는 환자나 응급 환자만 본대. 오늘은 일요일이야."

팔을 들어 손목시계를 보려 했지만 옆에 내려놓은 바위처럼 꿈쩍하지 않았다. 일요일, 의사의 천국! 의사들이 컨트리클럽에 가고 요트를 타는 날. 어디 있든 의사가 아니라 보통 사람으로 지내는 날.

"부탁이야. 응급 상황이라고 말해."

내가 말했다.

세 번째 번호는 전화를 받지 않았고, 네 번째는 조앤이 생리 때문이라고 말하기 무섭게 전화를 끊었다. 조앤은 울기 시작했다.

내가 어렵사리 말했다.

"저기, 조앤. 종합병원에 전화해. 응급 환자라고 말해. 날 받아줄 거야."

조앤은 표정이 밝아져서 다섯 번째로 전화를 걸었다. 응급실에서는 내가 병원으로 오면 의사가 있을 거라고 말했다. 조앤이 택시를 불렀다.

그녀가 같이 가겠다고 우겼다. 나는 새로 댄 수건을 필사적으로 움켜쥐었고, 조앤이 가르쳐준 목적지에 놀란 운전사는 길모퉁이를 획획 돌아, 요란한 바퀴 소리를 내며 응급실 앞에 차를 세웠다.

조앤이 택시비를 치르는 사이, 나는 서둘러 텅 빈 환한 방으로 들어갔다. 간호사가 흰 스크린 뒤에서 서둘러 나왔다. 조앤이 들어와서 올빼미처럼 큰 눈을 껌뻑이기 전에 몇 마디 말로 정황을 설명해야 했다.

그때 응급실 담당의가 나왔고, 나는 간호사의 부축을 받아 진찰대에 올라갔다. 간호사가 의사에게 속삭이자 의사는 고개를 끄덕이며 피 묻은 수건을 빼내기 시작했다. 그가 손으로 찌르는 게 느껴졌다. 조앤이 와서 병사처럼 뻣뻣하게 곁에 서서 내 손을 잡았다. 나를 위해서가 아니라 자신을 위해서 그렇게 손을 잡고 있는 것 같았다.

"아야!"

유독 심하게 몸을 찌르는 손길에 나는 얼굴을 찌푸렸다.
의사가 휘파람을 불었다.
"백만 명 중에 한 사람이군요."
"무슨 말이죠?"
"백만 명에 한 명꼴로 이런 일이 생긴다고요."
의사가 낮고 퉁명스러운 말투로 지시를 내리자 간호사는 옆쪽 테이블로 가서 거즈 뭉치와 은색 도구를 들고 왔다.
의사가 몸을 굽히며 말했다.
"문제가 정확히 어디인지 알 만하네요."
"고칠 수 있는 거죠?"
의사는 웃음을 터뜨렸다.
"그럼요, 고칠 수 있다마다요."

문을 두드리는 소리에 깼다. 자정이 지난 시간이라 요양원은 쥐 죽은 듯 조용했다. 아직 안 자는 사람이 누구인지 가늠할 수 없었다.
"들어와요!"
침대 옆에 붙은 전등을 켰다.
문이 열렸고 닥터 퀸의 검은 머리통이 안으로 들어왔다. 나는 놀라서 그녀를 바라보았다. 누군지도 알고 복도를 지나칠 때면 목례를 하지만 한 번도 말을 해본 적이 없는 사이였다.
닥터 퀸이 말했다.
"미스 그린우드, 잠깐 들어가도 되겠어요?"

벨 자

나는 고개를 끄덕였다.

닥터 퀸이 안으로 들어오더니 조용히 문을 닫았다. 그녀는 말쑥한 파란 정장에 목이 V자로 파인 새하얀 블라우스를 입고 있었다.

"방해해서 미안해요, 미스 그린우드. 더군다나 이런 한밤중에요. 하지만 조앤을 위해 도움을 얻을 수 있을 것 같아서 왔어요."

조앤이 요양원에 돌아온 일을 닥터 퀸이 내 탓으로 돌리나 하는 의문이 잠시 생겼다. 응급실에 다녀온 후 조앤이 어디까지 아는지 난 알지 못했다. 그 며칠 후 조앤은 벨사이즈에서 살겠다고 돌아왔다. 하지만 시내는 자유롭게 드나드는 특권을 얻었다.

"할 수 있는 일을 다 할게요."

내가 닥터 퀸에게 말했다.

그녀는 어두운 표정으로 침대 가장자리에 앉았다.

"조앤이 어디 있는지 알고 싶어서요. 에스더가 알 거라고 생각했어요."

문득 나에게서 조앤을 완전히 떼어놓고 싶어졌다. 나는 냉정하게 말했다.

"난 모르는데요. 자기 방에 없나요?"

벨사이즈의 통금 시간이 지난 지 오래였다.

"없어요. 조앤은 오늘 저녁에 허락을 받고 극장에 갔는데 아직 안 돌아왔어요."

"누가 같이 갔는데요?"

닥터 퀸은 말을 멈추었다가 덧붙였다.

"조앤이 어디서 밤을 보내고 싶어 할지 아는 거 있어요?"

"돌아올 거예요. 뭐에 붙들려서 못 오고 있겠죠."

하지만 조앤이 심심한 보스턴의 밤 속에서 뭐에 붙들려 있을지 알 수가 없었다.

닥터 퀸은 고개를 저었다.

"마지막 전차가 한 시간 전에 끊겼어요."

"그럼 택시로 돌아오겠죠."

닥터 퀸은 한숨을 쉬었다.

"케네디 간호사한테 연락해보셨어요? 조앤이 전에 살던 집에요."

내가 말했다.

닥터 퀸은 고개를 끄덕였다.

"가족한테는?"

"집에는 안 갔을 거예요……. 하지만 연락해봤죠."

닥터 퀸은 조용한 방에서 실마리라도 얻어내려는 듯이 잠시 시간을 끌었다. 그러다가 입을 열었다.

"할 수 있는 일을 해야죠."

그녀가 내 방에서 나갔다.

불을 끄고 다시 자려 했지만 조앤의 얼굴이 떠올랐다. 몸은 없이 얼굴만 웃고 있었다. 그녀의 목소리가 들리는 것 같았다. 어둠 속에서 바스락대면서 다니는 소리. 하지만 그건 요양원의 나무 사이에 부는 바람 소리였다……

서리가 내린 뿌연 새벽녘, 다시 문 두드리는 소리에 깼다.

이번에는 내가 문을 열었다.

앞에 닥터 퀸이 서 있었다. 그녀는 훈련받는 병사처럼 차렷 자세였지만 묘하게 후줄근해 보였다.

"에스더가 알아야 할 것 같아서요. 조앤이 발견됐어요."

닥터 퀸이 말했다.

'나타났다'가 아니라 '발견됐다'라는 표현에 내 안에서 피 흐르는 속도가 느려졌다.

"어디서요?"

"숲에서요. 얼어붙은 연못가에서……"

난 입을 벌렸지만 아무 말도 나오지 않았다.

"요양원 직원 한 명이 발견했어요. 방금 전에 출근하다가……"

"설마 조앤이……"

"죽었어요. 목을 맨 것 같아요."

닥터 퀸이 말했다.

20

새로 내린 눈이 요양원 마당을 덮었다. 크리스마스 때 흩날리는 눈이 아니라 남자 키만큼 쌓이는 폭설이었다. 학교, 사무실, 교회, 나뭇잎 할 것 없이 하루 이상 꼼짝 못하게 만들어버리는 눈. 메모지, 공책, 달력의 새하얀 백지 같은 눈.

일주일 후 의사위원회 면접을 통과하면 필로메나 기니 여사의 검은 승용차가 나를 태우고 서쪽으로 달려 대학의 철문 앞에 내려줄 터였다.

이런 한겨울에!

매사추세츠 주는 대리석 같은 차분함에 빠지리라. 눈밭, 그랜드마 모세78세에 그림을 그리기 시작한 미국 화가 애너 메리 로버트슨의 별명가 그린 마을들, 부들이 흔들리는 습지, 개구리와 메기가 얼음장 밑에서 꿈꾸는 연못, 흔들리는 숲을 그려봤다.

하지만 교묘하게 깔끔하고 평평한 판 밑의 지형은 똑같았다. 샌프란시스코나 유럽이나 화성 대신 나는 옛 풍경을 배우고 있겠지. 그전의 개천과 언덕과 나무를. 어떤 면에서 육 개월이란 간격을 두고 시작하는 것이 별것 아닌 것 같았다. 육 개월 전 몹시도 빠져나오고 싶어 했던 곳에서.

당연히 다들 나에 대해 알 터였다.

닥터 놀런은 날 무척 조심스럽게 대하는 사람이 많을 거라고 무뚝뚝하게 말했다. 한센병 환자라도 되는 듯 피하는 사람도 있을 거라고. 내 스무 살 생일 이후 처음이자 마지막으로 요양원에 면회 왔을 때의 엄마 얼굴이 마음에 걸렸다. 꾸짖는 창백한 달 같은 얼굴. 딸이 정신 요양원에 있다니! 엄마가 그런 꼴을 당하게 한 사람은 바로 나였다. 그래도 엄마는 날 용서하기로 마음먹은 것 같았다.

엄마는 순교자같이 상냥한 웃음을 지으며 말했다.

"우리, 떠나온 곳에서 시작하는 거야. 이 모든 게 나쁜 꿈이었던 것처럼 행동하자꾸나."

나쁜 꿈.

벨 자 안에 있는 사람에게, 죽은 아기처럼 텅 비고 멈춰버린 사람에게 세상은 그 자체가 나쁜 꿈인 것을.

나쁜 꿈.

난 모든 걸 기억했다.

해부용 시신, 도린, 무화과 이야기, 마르코의 다이아몬드, 광장에서 만난 해병, 닥터 고든 병원의 사시 간호사, 깨진 체온계, 두 종류의 콩 요리를 가져다준 흑인, 인슐린 투약으로 9킬로그램이 늘어버린 체중, 하늘과 바다 사이에 회색 두개골처럼 튀어나온 바위.

어쩌면, 망각은 친절한 눈처럼 그것들을 무감각하게 하고 덮어버리리라.

하지만 그것들은 나의 일부였다. 그것들은 나의 풍경이었다.

"어떤 남자분이 찾아왔는데요!"

흰 캡을 쓴 간호사가 웃는 얼굴을 문틈으로 내밀었다. 순간적으로 내가 대학에 돌아왔다고 착각했다. 흰 전나무 가구, 나무와 언덕 위로 펼쳐진 하얀 풍경, 휑한 마당 정경.

'어떤 남자가 찾아왔어!'

기숙사 당번인 선배가 전화로 그렇게 말했다.

브리지 게임을 하고 소문에 대해 떠들고 공부하는, 내가 돌아갈 대학의 여학생들과 벨사이즈의 우리와 무엇이 다를까? 그 여학생들 역시 어떤 종류의 벨 자 밑에 앉아 있는 것을.

"들어와요!"

내가 외치자 카키색 모자를 손에 든 버디 윌러드가 방으로 들어섰다.

"어, 버디."

내가 말했다.

"어, 에스더."

우린 서로 바라보며 서 있었다. 감정의 울림을 기다렸다. 아주 희미한 행복감을. 아무 느낌도 없었다. 익숙하고 커다란 권

벨 자

태밖에 없었다. 카키색 상의를 입은 버디는 왜소해 보였고, 1년 전 그가 스키 슬로프 밑에서 기대고 서 있던 갈색 기둥만큼이나 나와 무관하게 느껴졌다.

마침내 내가 물었다.

"여기는 어떻게 왔어?"

"어머니 차로."

"이 눈 속을?"

버디는 빙그레 웃었다.

"저기, 눈 더미에 처박혔어. 언덕을 올라오기가 너무 벅찼거든. 삽을 빌릴 곳이 없을까?"

"관리인한테 빌릴 수 있을 거야."

"알았어."

버디가 몸을 돌려 나가려 했다.

"잠깐, 나도 같이 가서 도울게."

버디가 나를 쳐다봤고, 그의 눈빛에서 생소함이 번뜩였다. 면회 왔던 〈크리스천 사이언티스트〉지의 여자와 옛 영어 선생님과 목사의 호기심과 경계심이 뒤엉킨 눈빛과 같았다.

"아, 버디. 난 괜찮아."

내가 웃음을 터뜨렸다.

"그래, 나도 알아. 알아, 에스더."

버디가 다급히 대꾸했다.

"차를 파내면 안 될 사람은 바로 너야, 버디. 내가 아니라."

버디는 내가 차를 파내는 일을 다하게 내버려두었다.

차는 얼어붙은 언덕을 미끄러지며 올라 요양원까지 갔고, 바퀴 한쪽이 차도 귀퉁이의 눈 더미에 빠졌다.

잿빛 구름 막을 뚫고 햇살이 나와 발길이 닿지 않은 기슭을 여름처럼 환하게 비쳤다. 일손을 멈추고 펼쳐진 눈밭을 바라보자니 허리 높이까지 차오른 홍수에 잠긴 나무와 잔디밭을 볼 때와 똑같은 전율이 느껴졌다. 마치 세상의 질서가 약간 변해서 새로운 시기로 접어드는 것 같았다.

차가 눈 더미에 박힌 게 고마웠다. 덕분에 버디는 물어볼 말을 묻지 않았다. 나는 그가 뭘 물을지 알았다. 결국 오후에 벨사이즈에서 차를 마실 때 그는 낮고 긴장한 목소리로 물었다. 디디가 손에 든 찻잔 너머로 샘이 난 고양이처럼 우리를 쳐다보았다. 조앤이 죽은 후에 디디는 한동안 와이마크로 옮겼다가 다시 벨사이즈로 돌아왔다.

"그동안 궁금했어……."

버디는 잔을 어색하게 받침에 내려놓으며 말했다.

"뭐가 궁금했는데?"

"내가 궁금했던 것은……. 네가 이야기해줄 수 있을 거라고 생각했단 뜻이야."

버디와 눈이 마주치자 난 처음으로 그가 많이 변했음을 알았다. 사진사의 플래시처럼 쉽게 자주 번쩍이던 자신에 찬 미소는 사라지고, 우울하고 훨씬 조심스러운 표정이었다. 원하는 것을 얻지 못하는 일을 자주 겪는 남자의 얼굴이랄까.

"내가 말할 수 있는 건 말할게, 버디."

벨 자

"나의 뭔가가 여자들을 미치게 몰아간다고 생각해?"

참으려 했지만 웃음이 터져버렸다. 아마 버디의 심각한 표정과, 그런 문장에서 '미쳤다'라는 어휘의 일반적인 의미 때문이겠지.

"내 말은……"

버디는 말을 멈추었다가 다시 이었다.

"조앤과 사귀었고, 다음에는 너랑 만났어. 처음에는 네가…… 떠났고, 그 다음에는 조앤이…….''

나는 케이크 부스러기를 손가락에 묻혀서 차에 찍었다.

닥터 놀런의 말소리가 귀에 들리는 듯했다.

"물론 당신 때문에 생긴 일이 아니에요!"

나는 조앤 때문에 닥터 놀런을 찾았고, 그녀의 화난 어조를 듣기는 처음이었다. 그녀는 말을 이었다.

"누가 한 짓이 아니라고요! 그녀가 저지른 짓이에요!"

그때 닥터 놀런은 가장 실력 있는 정신과 의사의 환자도 자살을 하며, 책임이 있다면 의사들에게 있겠지만 그들은 자책하지 않는다고 말했는데…….

"너랑 우리랑 아무 관계도 없었어, 버디."

"확실해?"

"확실해."

"그럼 다행이네."

버디가 숨을 편히 쉬었다.

그는 물약 마시듯 차를 쭉 들이켰다.

"여길 떠날 거라는 소문을 들었어."

나는 간호사가 감독하는 소집단에 낀 발레리 옆에 다가갔다.

"의사들이 승낙해야 나가는 거야. 내일 면접이야."

눈을 밟자 뽀드득 소리가 났다. 한낮의 햇빛에 고드름과 다져진 눈이 녹으면서 사방에서 똑똑 물 떨어지는 소리가 들렸다. 밤이 오기 전, 고드름과 눈은 다시 얼 터였다.

한동안 발레리와 나란히 미로 같은 오솔길을 걸어서 내려갔다. 검은 소나무의 그림자가 환한 빛을 받아서 보랏빛으로 변했다. 눈이 치워져 있었다. 이어진 오솔길을 지나가는 의사들, 간호사들, 환자들이 쌓인 눈 때문에 마치 허리 밑으로 깁스를 한 것처럼 보였다.

발레리가 콧방귀를 뀌며 말했다.

"면접! 아무것도 아냐! 의사들이 에스더를 내보낼 작정이면 내보낼 거라고!"

"그러면 좋지."

카플란 앞에서 발레리와 작별 인사를 나눴다. 차분하고 흰 얼굴을 보면 나쁜 일이든 좋은 일이든 사건이 많이 일어날 수가 없을 듯했다. 혼자 걷자니 햇빛이 환한데도 흰 입김이 나왔다. 발레리의 활기찬 마지막 외침은 "잘 가! 또 봐요"였다.

'다시는 못 만날걸.'

나는 속으로 중얼거렸다.

하지만 자신할 수는 없었다. 확신이 없었다. 언젠가—대학에서, 유럽에서, 그 어디서든— 숨 막히게 뒤틀린 벨 자가 다시 내려오지 않는다는 보장이 있을까?

또 내가 차를 눈 더미에서 끌어낼 때 서 있어야 했던 버디는 복수라도 하듯 말하지 않았던가.

"이제 네가 누구한테 시집갈지 걱정이다, 에스더."

"뭐라고?"

나는 파낸 눈을 던지다가, 눈가루가 날려서 눈을 깜빡이며 대꾸했다.

"네가 누구한테 시집갈지 걱정이라고. 네가……."

버디는 언덕과 소나무들, 언덕 위로 솟은 눈 덮인 건물들을 손짓하며 말을 이었다.

"이런 데 있었으니."

물론 내가 이런 데 있었으니 누구한테 시집갈지 알 수 없었다. 알 도리가 없었다.

"청구서를 받았어요, 어윈."

요양원의 행정실 복도에 있는 공중전화에 대고 조용히 말했다. 처음에는 교환수가 통화 내용을 들을 것 같았지만, 그녀는 한눈팔지 않고 작은 튜브를 꽂았다 뺐다를 반복했다.

"그렇군요."

어윈이 대답했다.

"12월 그날의 응급처치료와 일 주 후의 진찰료로 20달러가 청구됐어요."

"네."

"병원 측은 청구서를 당신에게 보냈지만 답이 없자 나한테 보냈다고 하네요."

"알았어요, 알았어요. 지금 수표를 쓸게요. 병원으로 백지 수표를 보낼게요."

어윈은 약간 말투를 바꿔 덧붙였다.

"언제 다시 만날 수 있죠?"

"정말 알고 싶어요?"

"그럼요."

"못 만나요."

나는 그렇게 말하고 딸깍 소리가 나게 전화를 끊었다.

어윈이 병원에 수표를 보낼지 잠깐 걱정됐지만 '당연히 보낼 거야. 수학 교수인데 흐지부지 넘어가고 싶지 않을 거야'라는 생각이 들었다.

왠지 다리에 힘이 빠지면서 마음이 놓였다.

어윈의 말은 내게 무의미했다.

처음이자 마지막으로 그와 만난 후 통화는 그때가 처음이었다. 또 마지막 통화라는 확신이 있었다. 어윈은 나랑 연락할 방법이 전혀 없었다. 케네디 간호사의 아파트에 가볼 수 있지만, 조앤이 죽은 후 그녀는 다른 곳으로 이사했다. 어윈은 그녀를 찾지 못할 터였다.

난 완벽하게 자유로웠다.

벨 자

조앤의 부모님은 나를 장례식에 초대했다.

길링 부인은 내가 조앤의 절친한 친구 중 한 명이라고 말했다.

닥터 놀런은 말했다.

"참석하지 않아도 돼요. 안 가는 게 좋겠다고 내가 그러더라고 편지를 써서 보내요."

"갈래요."

나는 그렇게 말했고, 간단한 장례 예배 내내 내가 묻고 있는 게 뭔지 생각했다.

제단에 놓인 관은 눈처럼 흰 꽃 속에서 하얗게 빛났다. 뭔가의 검은 그림자는 거기 없었다. 내 주위에 앉은 조문객들은 촛불 때문에 창백해 보였고, 크리스마스 때 걸어둔 솔가지에서 나는 시큼한 향내가 찬 공기 중에 퍼졌다.

내 옆에 앉은 조디는 잘 익은 사과처럼 뺨이 환했고, 여기저기에서 대학 동창들과 조앤을 아는 고향 친구들의 얼굴이 보였다. 스카프를 쓴 디디와 케네디 간호사는 고개를 숙인 채 앞줄에 앉아 있었다.

그때 관과 꽃, 목사의 얼굴과 조문객들의 얼굴 뒤로 우리 동네 묘지의 잔디밭이 보였다. 지금쯤 눈이 무릎만큼 쌓였을 테고, 연기 나지 않는 굴뚝처럼 묘비가 솟아 있겠지.

단단한 땅을 1.8미터 깊이로 판 구덩이가 있겠지. 그 그림자가 이 그림자와 하나가 될 테고, 우리 고장의 노란 흙이 흰 바탕에 난 상처를 봉합해주겠지. 다시 눈이 내려 조앤의 새 무덤 자리를 지우리라.

나는 깊이 숨을 쉬고 예전 같은 심장박동 소리에 귀 기울였다.

나는 살아 있다, 나는 살아 있다, 나는 살아 있다.

의사들은 매주 회의를 열어 전에 벌여놓은 일, 새로 벌이는 일, 입원과 퇴원, 면담을 처리했다. 나는 도서관에 앉아 너덜너덜한 〈내셔널 지오그래픽〉지를 무심히 넘기며 내 차례를 기다렸다.

간호사를 동반한 환자들이 서가를 둘러보고, 낮은 목소리로 사서와 대화했다. 사서는 요양원 환자 출신이었다. 흘끗 보면서—근시인 노처녀로 그늘진 분위기였다— 그녀가 환자들과 달리 진짜 건강하고 정신이 말짱한지 스스로 어떻게 알지 궁금했다. 정신이상에서 완전히 벗어났는지 어떻게 알까.

"겁낼 것 없어요."

닥터 놀런은 말했다.

"내가 그 자리에 있을 거예요. 에스더가 아는 나머지 의사들과 손님 몇 분, 원장인 닥터 바이닝이 몇 가지 질문을 할 거예요. 그 과정을 거치면 에스더는 퇴원할 수 있어요."

하지만 닥터 놀런의 위로에도 나는 무서워 죽을 것 같았다.

예전부터 퇴원할 때는 앞에 펼쳐진 모든 것을 알고 확신하고 싶다는 소망이 있었다. 내가 '분석'되었으니 모든 게 분명해질 터였다. 그런데 내가 알 수 있는 것은 물음표뿐이었다.

닫힌 회의실을 초조하게 흘끔댔다. 스타킹의 솔기는 반듯했고, 검은 구두는 갈라졌지만 반들거렸다. 빨간 모직 정장은 내 계획들만큼이나 화려했다. 오래된 것, 새로운 것…….

하지만 결혼은 안 할 작정이었다. 두 번 태어나는—치료됐고, 길을 나서도 좋다는 허가가 떨어진— 데 대한 의식은 있어야겠지. 적절한 의식을 궁리하려 애쓰는데 닥터 놀런이 불쑥 나타나 내 어깨를 건드렸다.

"좋아요, 에스더."

일어나서 그녀를 따라 회의실로 갔다.

문지방을 넘으면서 걸음을 멈추고, 잠시 숨을 쉬었다. 입원하던 날 강과 청교도들에 대해 이야기하던 은발의 의사가 보였다. 얽은 시체 같은 얼굴의 미스 휴이도 보였고, 흰 마스크 위로 본 눈이 낯익은 사람들도 있는 것 같았다.

사람들의 눈이 내게 쏠렸고, 그 눈길은 마법의 실처럼 나를 방으로 이끌었다.

옮긴이의 말

어디로 가야 할까,
그 질문이 떠오를 때

    미국의 유명한 시인으로, 서른을 갓 넘긴 나이에 가스 오븐에 머리를 넣고 자살한 실비아 플라스의 자전적 소설 『벨 자』. 이 작품을 우리말로 옮기면서, 나는 소녀 시절 좋아한 수필집 『그리고 아무 말도 하지 않았다』의 작가 전혜린을 떠올렸다. 세상의 관습 속에서 살아야 했던, 재능 넘치고 자신에 대한 성찰이 깊었던 젊은 여성들. 실비아 플라스와 전혜린, 둘 다 뛰어난 작가들이었고, 당대 최고의 지성으로 꼽힌 남자들과 결혼해서 자식을 낳고 살다가 젊은 나이에 스스로 생을 마감한 닮은꼴 인생을 살았기 때문일까.

    실비아 플라스는 여덟 살 때 아버지의 죽음을 겪은 후 어릴 때부터 자살을 꿈꾸었다고 한다. 스미스대학에 진학했을 무렵 자작시가 이미 400편에 이를 정도로 문학적 재능이 뛰어났고, 잡지 공모전에 당선되어 객원 편집 기자로 일하기도 했다. 이후 영국 케임브리지대학교에서 풀브라이트 장학생으로 공부하다가, 훗날 영국의 계관시인이 된 테드 휴스와 만나 결혼했다. 둘 사이에 자녀 둘을 두었지만, 휴스의 외도를 계기로 실비아는 자살한다. 죽기 몇 주 전 자전적 소설인 『벨 자』가 가명으로 영국에서 출간되었고, 미국에서는 유가족의 반대로 1971년에야 출간될 수 있었다.

『벨 자』의 주인공 에스더 그린우드는 여대에 다니던 중 잡지사의 공모전에 입상해서, 여름 한철 동안 뉴욕에서 잡지사 인턴사원으로 일할 기회를 얻는다. 이 소설은 지방 도시에서 모범생으로 살던 에스더가 뉴욕에서 경험하는 새로운 삶과 인간군상의 모습을 생생히 보여준다. 자유로운 영혼과 삶을 누릴 수 있을 것 같은 뉴욕이지만 그곳 사람들은 진정한 자유를 누리지 못하고, 화려해 보이는 삶은 인턴사원들이 파티에 갔다가 걸리는 식중독처럼 병들어 있다. 에스더는 소비문화의 화려함 뒤편에 감추어진 추악한 일면을 보고, 왜곡된 인간관계에 충격 받는다. 뒤틀린 어머니와의 관계에 남자친구와의 관계까지 더해져, 자기를 찾지 못하는 에스더는 세상에서 자리를 잡을 수가 없다.

그녀는 머리에 종 모양의 유리관인 벨 자가 씌워져 있다고 생각한다. 벨 자에 갇혀서 진정한 삶과 소통하지 못하는 답답한 상태, 그것은 에스더 그린우드 즉 실비아 플라스가 느끼는 삶의 현실이었을 것이다. 벨 자에 갇혀서 바라본 사물들 또한

옮긴이의 말

일그러진 상이었을 테고. 그런 벨 자 속에서 어떤 길을 갈지 선택을 강요받지만, 한쪽 길을 선택하는 것은 나머지 길들이 영원히 어둠에 묻힌다는 것을 알기에 깊이 갈등했을 것이다.

수년 전에 출간한 『벨 자』를 이번에 다시 번역하여 출간하게 되었다. 처음 이 작품을 번역할 때 나는 정신병을 앓게 되는 주인공 에스더의 마음속 깊이 들어가지 못했다. 어쩌면 뉴욕에 가기 전의 에스더처럼 삶에 금을 긋고서 그 금을 벗어나지 않게 살아왔기에, 당시에는 뚜렷한 이유가 없는 그녀의 정신질환이 '비정상적인 상태' 정도로 보였다. 그래서 에스더를 이해하기 힘들었던 것도 사실이다. 하지만 시간이 좀 더 흐르면서 인간의 마음에 더 다가갈 줄 알게 되었다. 정상적인 사고방식이나 삶과, 비정상적인 사고방식이나 삶을 줄 긋듯 나눌 수 없다는 것도 이제는 안다. 에스더의 현실과 마음 깊숙이 들어가, 타협하기 힘든 부조리한 세상 속에서 그녀가 시달렸을 외로움을 느꼈고, 온전한 정신으로는 살 수 없는 세상이라는 점도 이해하게 되었다. 이번에 다시 이 책을 내면서 에스더에게 깊은 연민을 느꼈다. 그 연민이 이해와 공감이리라고 믿는다. 시인 실비아 플라스가 자기 이야기에 기초한 소설을 쓴 이유도 세상과의 그런 소통 때문일 것이다.

실비아 플라스의 말처럼 우리는 벨 자 안에서 살아간다. 꿈을 갖고 있지만 현실은 왜곡된 상으로 눈에 들어오고, 몸은 옴짝달싹 못하는 상황에서 어느 길로 가야 할지 선택을 강요받는다. 에스더의 어머니가 상징하는 사회의 관습과 기대는 내가 진정한 모습대로 사는 것을 막고, 나는 가지 않는 길에 대한 두려움 때문에 한 발짝도 나가기 힘든 상황. 그것이 인생 아닐까.

『벨 자』는 단순히 실비아 플라스가 1950년대 미국의 젊은 여성이 처한 상황을 자전적으로 그린 소설이 아니다. 넓은 세상에 사는 것 같지만 사실은 벨 자만 한 공간에서 삶을 채워가야 하는 우리 모두의 현실에 대한 통찰이고 아픔이다. 번역을 하는 내내, 여자 시인들의 시를 감상적이라고 폄하한 남자 시인들에 맞서 스스로를 '여자 시인'이라고 불렀던 실비아 플라스와 대화하며 걸음을 내딛는 느낌이 들었다. 주인공 에스더를 통해 자신에게 위로와 치유를 안겨주고 싶었지만 세상을 떠나는 선택을 할 수밖에 없었을 작가가 안쓰러워 마음이 못내 아팠다. 이 소설은 내게 삶의 조건인 벨 자에 대한, 그 아래에서 살아가야 하는 나 자신에 대한 성찰을 요구한다. 그러고 나면 조금 더 성숙한 나를 만날 수 있을 것 같다.

2013년 여름
공경희

옮긴이의 말

『벨 자』를 말한다

실비아 플라스는 시인의 자기 정체성이 유지될 수 없는 극단적이고 지친 마음 상태를 묘사하는 재능을 발휘했다. 삶의 물리적인 면에 대한 공포가 지적 능력을 넘어서는 때조차도.

조이스 캐롤 오츠

이 작품은 처음으로 사실을 밝히고 있다. 과거와 현재와 미래에 받을 고통에 대해 단순한 진실을 기록했다. 따라서 『벨 자』의 두 번째 요소는 그녀에 대한 바꿀 수 없는 진실, 과거와 미래의 현실이다.

테드 휴스

실비아는 내면의 세계를 탐구하기 위해, 지하실로 내려가서 자신의 악마와 맞서기 위해 새로운 방식을 시도했다. 그 용기와 독특한 예술적 객관성이 놀랍다. 또 그녀가 얼마나 외로웠을지 마음 아프다.

A. 알바레즈

실비아 플라스는 대중적인 현상이며, 개인사와 작품과는 별개로 그녀 자체가 문학에서의 한 사건이다.

라이프

『벨 자』는 신중하게 구성되고 고려된 작품이다. 주제가 복잡하게 얽혀 있지만 실비아 플라스의 언어는 명료하다. 그녀는 책을 통

틀어 시적인 미사여구 한 마디까지도 세심히 고르고 표현했다.

텔레그라프

실비아 플라스는 『벨 자』에서 그녀의 세대가 마주하기 꺼린 진실들을 지긋이 응시했다.

인디펜던트

이 소설은 좁은 의미에서 정치적이거나 역사적인 작품이 아니다. 이 소설은 광적인 세계를 들여다보면서, 우리에게 중요한 질문을 던진다. 모든 진정한 현실적인 소설에 담긴 이 질문은 '현실은 무엇이며 우리는 어떻게 현실에 맞설 수 있는가?'이다.

뉴욕 타임스

『벨 자』는 『호밀밭의 파수꾼』에 맞먹는 걸작이다.

보스턴 글로브

실비아 플라스의 출중하고 비극적인 삶과 작품은, 과거에도 현재에도 여성 예술가에게 또 모든 여성에게 무엇이 최선이고 최악인지에 대해 말해준다.

애틀랜틱

실비아 플라스의 다른 자아인 에스더 그린우드의 저항하는 만트라는 시대를 넘어 메아리친다.

살롱